message de Frolix 8

PHILIP K. DICK — ŒUVRES

LOTERIE SOLAIRE	J'ai Lu 547**
Dr BLOODMONEY	J'ai Lu 563***
LE MAÎTRE DU HAUT CHÂTEAU	J'ai Lu 567****
À REBROUSSE-TEMPS	J'ai Lu 613***
UBIK	J'ai Lu 633***
SIMULACRES	J'ai Lu 594***
EN ATTENDANT L'ANNÉE DERNIÈRE	
AU BOUT DU LABYRINTHE	J'ai Lu 774**
LE VOYAGEUR DE L'INCONNU	
BRÈCHE DANS L'ESPACE	
LA VÉRITÉ AVANT-DERNIÈRE	J'ai Lu 910***
MANQUE DE POT	
ROBOT BLUES	
LE BAL DES SCHIZOS	
LES CLANS DE LA LUNE ALPHANE	J'ai Lu 879**
LES CHAÎNES DE L'AVENIR	
L'HOMME VARIABLE	
LE PRISME DU NÉANT	
LES DÉLIRES DIVERGENTS DE PHILIP K. DICK	
SIVA	
DEDALUS MAN	
LES MARTEAUX DE VULCAIN	
L'ŒIL DANS LE CIEL	J'ai Lu 1209***
LE DÉTOURNEUR	
LE TEMPS DÉSARTICULÉ	
CONFESSION D'UN BARJO	
DEUS IRAE (en collaboration avec Roger Zelazny)	
SUBSTANCE MORT	
LES ANDROÏDES RÊVENT-ILS DE MOUTONS ÉLECTRIQUES ?	
LES MACHINES À ILLUSIONS (en collaboration avec Ray Nelson)	J'ai Lu 1067**
LE GUÉRISSEUR DE CATHÉDRALES	
GLiSSEMENT DE TEMPS SUR MARS	
L'HOMME DORÉ	J'ai Lu 1291***
LE DIEU VENU DU CENTAURE	J'ai Lu 1379***
MESSAGE DE FROLIX 8	J'ai Lu 1708***

PHILIP K. DICK

message de Frolix 8

traduction de Robert LOUIT

Éditions J'ai Lu

Ce roman a paru sous le titre original :

OUR FRIENDS FROM FROLIX 8

© Philip K. Dick, 1970
© Éditions Opta, 1972
© Librairie des Champs-Élysées, 1978

1

— Je ne veux pas passer l'examen, dit Bobby.

Il le faut pourtant, pensait son père. Si l'on veut que quelque espoir subsiste pour l'avenir de notre famille, longtemps après notre mort — la mienne et celle de Kleo.

— Prenons les choses de la façon suivante, dit-il à haute voix tout en évoluant parmi la foule qui encombrait le trottoir roulant en direction du Bureau fédéral des qualifications du personnel. Les capacités varient selon les gens. (Cela, il était bien placé pour le savoir.) Mes capacités, par exemple, sont très limitées. Je n'accède même pas au classement officiel G-1, qui est le plus bas de tous.

La chose était pénible à admettre, mais il le fallait. Il fallait faire comprendre à son fils l'importance vitale de l'examen.

— Aussi, n'ai-je aucune qualification. J'ai un petit travail en dehors du gouvernement... pas grand-chose, vraiment. Tu ne veux pas devenir comme moi quand tu seras grand ?

— Tu es très bien comme ça, dit Bobby avec tout l'aplomb de ses douze ans.

— Oh ! mais non ! dit Nick.

— Pour moi, si.

Il se sentit frustré et, comme tant de fois récemment, au bord du désespoir.

— Laisse-moi te dire comment la Terre est vraiment gouvernée. Il y a deux forces qui gravitent l'une autour de l'autre. Tantôt c'est l'une qui gouverne, tantôt l'autre. Ces forces...

— Je n'appartiens à aucune, répondit son fils. Je suis un Ordinaire et un Régulier. Je ne veux pas passer l'examen. Je sais ce que je suis, je sais ce que tu es, et moi, je suis comme toi.

La gorge sèche, l'estomac contracté, Nick sentit un besoin violent le saisir. Regardant autour de lui, il avisa un drugbar de l'autre côté de la rue, au-delà des files de squibs et de véhicules de transport public, plus larges et arrondis. Il entraîna Bobby vers une rampe d'accès pour piétons. Dix minutes plus tard, ils étaient sur le trottoir d'en face.

— Je vais dans ce bar deux minutes, dit Nick. Je ne me sens pas assez bien pour t'emmener à l'immeuble fédéral à ce point précis de jonction spatio-temporelle.

Ils traversèrent le champ de la cellule photo-électrique commandant la porte, et se retrouvèrent dans la salle obscure du Donovan's Drugbar. Nick n'y était jamais venu, mais l'endroit lui plut au premier coup d'œil.

— Vous ne pouvez pas amener ce garçon ici, dit le barman en montrant un avis sur le mur. Il n'a pas dix-huit ans. Vous voulez que j'aie l'air de vendre des doses aux mineurs ?

— A mon bar habituel... commença Nick, mais le barman lui coupa brutalement la parole.

— Ici, ce n'est pas votre bar habituel !

Il se dirigea en clopinant vers l'autre bout de la salle nappée d'ombre, pour s'occuper d'un client.

— Va regarder un peu les vitrines à côté, dit Nick en poussant son fils du coude. (Il lui indiqua la porte par laquelle ils venaient d'entrer et ajouta :) Je te rejoins dans cinq minutes.

— Tu dis toujours ça.

Bobby rechigna, mais s'éloigna tout de même d'un pas traînant et sortit se mêler à l'humanité grouillante de midi qui se pressait en légions sur les trottoirs... Il jeta un coup d'œil en arrière, hésitant, puis reprit sa route et disparut.

Nick s'installa sur un tabouret du bar et dit :

— Je voudrais cinquante milligrammes de chlorhydrate de phenmetrazine et trente de stelladrine avec des sels acétyl-salicyliques pour faire descendre le tout.

— La stelladrine vous fera rêver d'une multitude d'étoiles lointaines, dit le barman en plaçant sa soucoupe devant Nick.

Il sortit les pilules, puis prépara les sels acétyl-salicyliques dans un gobelet de plastique, mit le tout devant Nick et recula d'un pas en se grattant pensivement l'oreille.

— J'espère bien que ça m'y fera rêver, répondit Nick en avalant les trois maigres pilules — c'était tout ce qu'il pouvait se permettre car la fin du mois approchait.

Il but une grande gorgée de son digestif saumâtre.

— Vous emmenez votre fils passer un examen fédéral ?

Nick fit oui de la tête, tout en sortant son portefeuille.

— Vous croyez que les examens sont truqués ?
— Je n'en sais rien, dit sèchement Nick.

Posant les coudes sur la surface polie du comptoir, le barman se pencha vers lui et dit :

— Moi, je crois que oui.

Il prit l'argent de Nick et se tourna vers le tiroir-caisse.

— Je vois des gens passer par ici quinze, vingt fois. Ils ne veulent pas admettre le fait qu'ils ne réussiront pas — eux ou leur fils, dans votre cas. Ils s'acharnent mais le résultat est toujours le même. Les Hommes Nouveaux ne vont pas laisser entrer d'autres gens dans l'Administration. Ils veulent... (Le barman jeta un coup d'œil autour de lui et baissa la voix.) Ils n'ont pas l'intention de partager le fromage avec qui que ce soit en dehors d'eux-mêmes. Bon sang ! ils le reconnaissent pratiquement dans les discours officiels. Ils...

— Ils ont besoin de sang neuf, fit Nick, l'air têtu... tout comme il se l'était répété à lui-même tant de fois.

— Ils ont leurs propres gosses, dit le barman.
— Ça ne suffit pas.

Nick buvait son digestif à petites gorgées. Il ressentait déjà les premiers effets du chlorure de phenmetrazine : une conscience fortifiée de sa propre valeur, une montée d'optimisme, une puissante bouffée de chaleur au plus profond de lui-même.

— Si l'on apprenait que les examens de l'Administration sont truqués, dit-il, le gouvernement tomberait dans les vingt-quatre heures et les Exceptionnels se retrouveraient au pouvoir. Vous croyez que les Hommes Nouveaux ont envie que ce soit les Exceptionnels qui gouvernent ? Seigneur !

— Je crois qu'ils travaillent ensemble, fit le barman en s'éloignant pour s'occuper d'un autre client.

Combien de fois n'ai-je pas moi-même pensé cela ? se dit Nick en sortant du bar. D'abord, ce sont les Exceptionnels qui gouvernent, puis les Hommes Nouveaux... S'ils ont vraiment mis la chose au point de manière à tenir sous leur contrôle tout le dispositif de passage des examens, alors ils sont en mesure de créer une structure de pouvoir capable de se perpétuer elle-même indéfiniment. Pourtant, tout notre système politique est basé sur l'hostilité mutuelle des deux groupes... nos existences reposent sur cette vérité fondamentale — et sur la reconnaissance du fait qu'en raison de leur supériorité, ils méritent de gouverner et peuvent le faire avec sagesse. Nick fendit la masse mouvante des piétons et retrouva son fils en admiration devant une vitrine.

— Allons-y, dit-il en posant une main ferme — c'était l'effet des drogues — sur l'épaule du jeune garçon.

Bob demeura immobile et dit :

— Ils vendent des couteaux de torture à distance. Est-ce que je peux en avoir un ? Ça me donnerait davantage confiance en moi d'en avoir un au moment où je passerai l'examen.

— C'est un jouet, dit Nick.

— Ça ne fait rien, dit Bobby. S'il te plaît. Je me sentirais vraiment mieux.

Un beau jour, pensa Nick, tu n'auras pas besoin de t'affirmer en infligeant la souffrance — domine tes pairs, sers tes maîtres. Tu seras un maître toi-même; et ce jour-là, je pourrai accepter avec bonheur tout ce que je vois se faire autour de moi.

— Non, dit-il en ramenant son fils vers la foule compacte qui se pressait sur le trottoir. Ne t'attarde pas sur les choses matérielles, ajouta-t-il sévèrement. Pense aux choses abstraites, pense aux processus de la neutrologique. C'est là-dessus qu'ils t'interrogeront.

Le garçon s'accrochait à son bras.

— Avance! dit Nick d'un ton autoritaire tout en le traînant derrière lui.

La réticence qu'il sentait chez Bobby lui communiqua un sentiment accablant d'échec.

Il y avait cinquante ans que cela durait, depuis l'élection du premier Homme Nouveau en 2085... huit ans avant l'accession du premier Exceptionnel au poste suprême. La chose était tout à fait nouvelle pour l'époque. Tout le monde s'était demandé comment les spécimens d'évolution aberrante récemment surgis s'en sortiraient dans la pratique — et ils s'en étaient fort bien sortis, trop bien pour qu'un quelconque Ordinaire pût les suivre. Les Ordinaires ne pouvaient projeter qu'une lumière unique aux endroits où les Exceptionnels savaient faire jouer un brillant faisceau. Certaines opérations, basées sur des processus mentaux qu'aucun Ordinaire n'était même capable de suivre, ne possédaient aucun équivalent connu chez les variétés plus anciennes de l'espèce humaine.

— Regarde les gros titres.

Bobby s'était arrêté devant un étalage de journaux.

LA CAPTURE DE PROVONI SERAIT IMMINENTE

Nick lut d'un œil indifférent. Il se sentait à la fois incrédule et pas réellement concerné. Pour lui, Provoni, arrêté ou non, avait cessé d'exister. Par contre, Bobby semblait fasciné par la nouvelle — fasciné et dégoûté.

— Ils n'attraperont jamais Provoni, fit-il.
— Tu parles trop fort, dit Nick à l'oreille de son fils.

Il se sentait fort mal à l'aise.

— Qu'est-ce que ça peut faire qu'on m'entende?

répliqua Bobby. (Il désigna d'un geste la marée humaine autour d'eux.) De toute façon, ils sont d'accord avec moi.

Il leva vers son père un regard brillant de colère.

— En quittant le système solaire, dit Nick, Provoni a trahi l'humanité tout entière, les Supérieurs — et les autres.

Il en était fortement persuadé. Ils avaient eu de nombreuses disputes à ce sujet, sans jamais parvenir à accorder leurs vues sur cet homme qui avait promis de trouver une autre planète, un autre monde salutaire où les Ordinaires pourraient vivre... et *assurer leur propre gouvernement*.

— Provoni n'était qu'un lâche, poursuivit Nick, et un Inférieur mental. Je pense qu'il ne valait même pas la peine d'être poursuivi. Quoi qu'il en soit, ils l'ont manifestement retrouvé.

— C'est ce qu'ils disent toujours, répondit Bobby. Il y a deux mois, ils nous ont affirmé que dans les vingt-quatre heures...

— C'était un Inférieur, alors, de toute manière, il ne compte pas, l'interrompit brusquement Nick.

— Nous aussi, nous en sommes, dit Bobby.

— Moi oui, mais pas toi.

Ils continuèrent en silence. Ni l'un ni l'autre n'avait envie de parler.

L'officier d'administration Norbert Weiss tira une fiche verte de l'ordinateur derrière son bureau et lut attentivement les renseignements qui y étaient inscrits.

APPLETON, ROBERT.

Je me souviens de lui, se dit Weiss. Douze ans, un père ambitieux... Qu'était-il apparu durant l'examen prélim du garçon? Un facteur E très net, considérablement au-dessus de la moyenne. Mais...

Décrochant son vidfone interservice, il forma le numéro de son supérieur hiérarchique.

Le visage allongé, grêlé de Jérôme Pikeman apparut sur l'écran, les traits tirés par le surmenage.

— Oui?

— Le petit Appleton sera là sous peu, dit Weiss. Avez-vous pris une décision? Allons-nous l'admettre ou non?

Il brandit la fiche verte devant l'objectif du vidfone, pour rafraîchir la mémoire de son chef.

— Les responsables de mon service n'aiment pas l'attitude servile de son père, dit Pikeman. Il en fait tellement — dans le respect de l'autorité — que cela pourrait à notre avis aisément engendrer l'attitude inverse dans la croissance émotionnelle de son fils. Recalez-le.

— Complètement? demanda Weiss. Ou juste un échec provisoire?

— Recalez-le définitivement. Un rejet total. Nous ne ferons que lui rendre service, car il en a probablement envie.

— Ses notes sont très élevées.

— Mais pas exceptionnelles. Rien dont nous ne puissions nous passer.

— Mais par simple souci d'équité envers le garçon... protesta Weiss.

— Par simple souci d'équité nous le recalons. Ce n'est ni un honneur ni un privilège d'obtenir une qualification fédérale. C'est un fardeau, une responsabilité. N'est-ce pas votre impression, Mr Weiss?

Il n'avait jamais envisagé la chose sous cet angle. Oui, se dit-il, je suis surchargé d'impôts à cause de mon emploi, le salaire est mince et, comme dit Pikeman, il n'y a aucun titre honorifique, rien qu'une sorte de sens du devoir. Pourtant, il faudrait qu'ils me tuent pour me faire abandonner mon poste. Il se demanda pourquoi il voyait les choses ainsi.

C'était en septembre 2120 qu'il avait obtenu son statut d'administrateur, et il n'avait pas cessé de travailler pour le gouvernement depuis, d'abord sous la présidence d'un Exceptionnel, puis sous celle d'un Homme Nouveau... Quel que fût le groupe détenteur de l'autorité suprême, lui, tout comme les autres employés de l'Administration, restait en place pour accomplir ses tâches qualifiées — qualifiées et qui exigeaient des talents.

Quant à lui personnellement, il s'était toujours défini légalement depuis son enfance comme un Homme Nouveau. Incontestablement, des nœuds de Rogers apparaissaient sur son cortex et, dans les tests d'intelligence, il manifestait instantanément toutes les qualités requises. A neuf ans, il venait déjà à bout d'un Ordinaire adulte par le raisonnement; à vingt, il était capable de recomposer mentalement une table de cent nombres lâchés au hasard... et bien d'autres choses encore. Ainsi, il parvenait, sans l'aide d'un ordinateur, à établir la trajectoire d'un vaisseau soumis à trois gravités et, grâce à ses seuls mécanismes mentaux innés, à calculer sa position à tout instant. Il pouvait déduire la plus grande variété de corollaires d'une proposition donnée, soit d'ordre théorique soit d'ordre pratique. Et, à trente-deux ans...

... dans un mémoire largement diffusé, il avait contesté la théorie classique des limites, établissant à sa manière inimitable la possibilité d'un retour — du moins en théorie — à l'idée du mouvement infiniment divisé du paradoxe de Zénon, s'appuyant pour ce faire sur la théorie du temps circulaire de Dunne.

Tout ceci pour aboutir à un emploi mineur dans une branche mineure du Bureau fédéral des qualifications du personnel. Car, si originaux que fussent les travaux qu'il avait accomplis, ils ne représentaient pas grand-chose. Pas en comparaison des progrès dus à d'autres Hommes Nouveaux.

En cinquante ans... les Hommes Nouveaux avaient transformé la carte de la pensée. Ils en avaient fait quelque chose que les Ordinaires, les hommes du passé, ne pouvaient pas comprendre. Ainsi la théorie de l'acausalité exposée par Bernhad en 2103. Bernhad, un chercheur de l'Institut polytechnique de Zurich, avait démontré que l'immense scepticisme de Hume touchait à une vérité fondamentale : c'est la coutume, et rien d'autre, qui relie entre eux les événements mis par les Ordinaires en relation de cause à effet. Bernhad avait modernisé le monadisme de Leibniz — avec des résultats dévastateurs. Pour la première fois dans l'histoire de l'humanité, on était parvenu à prévoir l'issue de certaines séries matérielles à partir d'un faisceau de prémisses variables, toutes également vraies, également engagées dans une relation de causalité. Ceci avait amené les sciences appliquées à prendre une nouvelle forme que les Ordinaires n'étaient pas en mesure de maîtriser : dans leur esprit, un principe d'acausalité signifiait le chaos. Ils n'étaient pas capables de prévoir quoi que ce soit.

Et ce n'était pas tout.

En 2130, Blaise Black, un Homme Nouveau certifié G-16, avait bouleversé le principe de synchronicité de Wolfgang Pauli en montrant que la prétendue ligne de relations « verticale » fonctionnait à la manière d'un élément prévisible, aussi facile à rapporter — en utilisant les nouvelles méthodes de sélection par le hasard — que la série « horizontale ». La distinction entre les séries se trouva de ce fait oblitérée dans la réalité — libérant la physique abstraite du fardeau d'une double détermination —, et toutes les opérations d'estimation, y compris celles dérivées de l'astrophysique, furent fondamentalement simplifiées. Le système de Black, comme on l'appela, mit enfin un terme à toute pertinence de la théorie ou de la pratique des Ordinaires.

L'apport des Exceptionnels avait été plus spécifique, lié à des opérations impliquant des entités purement matérielles. De son point de vue d'Homme Nouveau, du moins, sa propre race avait apporté les fondements sous-jacents de la carte recomposée de l'univers, tandis que le travail des Exceptionnels avait consisté à fournir des applications de ces structures d'ensemble. Il savait bien que les Exceptionnels ne seraient pas tombés d'accord avec ses vues, mais cela ne le gênait pas.

Je suis titulaire d'une qualification G-3, se dit-il, et j'ai accompli quelque chose. J'ai ajouté un petit élément à l'ensemble de nos connaissances. Aucun Ordinaire, si doué soit-il, n'en aurait été capable. Sauf Thors Provoni, peut-être. Mais Thors Provoni n'était plus là depuis des années; il ne troublait pas plus le sommeil des Exceptionnels que celui des Hommes Nouveaux. La rage au cœur, Provoni écumait les confins de la galaxie à la recherche d'une réponse, d'une chose vague, métaphysique, peut-être. Thors Provoni hurlait dans le vide, amplifiant son propre tumulte dans l'espoir d'éveiller un écho.

Dieu nous vienne en aide, pensa Weiss, si jamais il trouve sa réponse.

Pourtant, pas plus que ses égaux il n'avait peur de Provoni. Quelques murmures s'élevaient parmi un petit nombre d'Exceptionnels inquiets, à mesure que les mois devenaient des années sans apporter ni la mort de Provoni ni sa capture. Thors Provoni était un anachronisme : le dernier Ordinaire à ne pas être capable d'accepter l'histoire, à rêver d'entreprises conformes aux normes passées, irréfléchies... Il vivait dans un morne passé, en grande partie imaginaire, un passé mort et sans rêves que même un homme possédant les dons, l'éducation et l'énergie de Provoni ne pouvait plus ressusciter. C'est un pirate, songea Weiss, une silhouette presque romantique, imprégnée de hauts faits. En un sens, il me manquera lorsqu'il sera mort. Après tout, nous sommes bien issus des Ordinaires. Nous sommes parents de Provoni. Parents éloignés.

Norbert Weiss s'adressa à son supérieur Pikeman.

— C'est un fardeau. Vous avez parfaitement raison.

Fardeau que ce travail, ce classement administratif. Je ne peux pas m'envoler vers les étoiles. Je ne peux pas aller poursuivre dans les lointains replis de l'univers quelque chose qui n'existe pas. Que ressentirai-je, se demanda-t-il, lorsque nous détruirons Thors Provoni? Mon travail me semblera simplement d'autant plus fastidieux. Et pourtant ce travail me plaît. Je ne voudrais pas l'abandonner. Etre un Homme Nouveau, c'est être quelque chose.

Peut-être suis-je la victime de notre propre propagande, songea-t-il.

— Lorsque Appleton arrivera avec son fils, dit Pikeman, faites subir l'examen complet au petit Robert... Ensuite, dites-leur que les résultats ne seront pas prêts avant une semaine environ. Comme ça, le coup sera moins dur à encaisser. (Il sourit avec raideur et ajouta :) Et vous n'aurez pas à annoncer la nouvelle vous-même — ce sera sous forme d'un avis écrit.

— Cela m'est égal de leur annoncer, dit Weiss.

En réalité, cela ne lui était pas égal; sans doute parce que ce ne serait pas la vérité.

La vérité, pensa-t-il. C'est NOUS qui sommes la vérité. Nous la créons, elle nous appartient. Ensemble, nous avons rédigé une nouvelle charte. La charte grandit avec nous et nous changeons. Où en serons-nous l'an prochain ? se demanda-t-il. Il n'y a aucun moyen de le savoir... sauf les précogs, dans les rangs des Exceptionnels, et ils perçoivent simultanément de nombreux avenirs, à la manière — c'est ce qu'il avait entendu dire — d'une rangée de boîtes.

La voix de sa secrétaire sortit de l'intercom.

— Mr Weiss, il y a là un Mr Nicholas Appleton et son fils pour vous voir.

— Faites-les entrer.

Weiss se renversa dans son fauteuil en similinauga, prêt à recevoir ses visiteurs. Il jouait d'un air songeur avec la feuille d'examen sur son bureau, contemplant du coin de l'œil les diverses formes qu'elle revêtait. Il ferma presque les yeux un bref instant... et lui fit prendre exactement la forme désirée.

2

Dans leur petit appartement, Kleo Appleton jeta un coup d'œil rapide à sa montre et frissonna. Il est tellement tard, songea-t-elle. Et la chose est tellement, tellement inutile. Peut-être ne reviendront-ils jamais; peut-être qu'ils vont dire un mot de trop et se retrouver dans un de ces centres d'internement dont on entend parler.

— C'est un imbécile, dit-elle en s'adressant au téléviseur.

Du récepteur vinrent les applaudissements d'un « public » imaginaire.

— Mrs Kleo Appleton de North Platte, Idaho, annonça le « présentateur », dit que son mari est un imbécile. Qu'est-ce que vous pensez de ça, Ed Garley ?

Un visage rond et bouffi apparut ensuite : Ed Garley, célébrité du petit écran, préparait une repartie spirituelle.

— Considéreriez-vous qu'il soit tout à fait absurde pour un adulte de s'imaginer un instant que...

Kleo Appleton ferma le poste d'un geste de la main. Du four, à l'autre bout de la pièce, s'échappait une odeur de tarte aux pommes synthétique. Cela lui avait coûté la moitié de ses coupons de salaire de la semaine, plus trois tickets jaunes de rationnement. Et ils ne sont même pas là pour la manger, se dit-elle. Sans doute que ça ne compte pas beaucoup, en comparaison de tout le reste. Cette journée était peut-être la plus importante de l'existence de son fils.

Elle avait besoin de parler à quelqu'un, pendant l'attente. Cette fois-ci, la télévision ne ferait pas l'affaire.

Elle sortit de l'appartement, traversa le couloir et alla frapper à la porte de Mrs Arlen.

Telle une tortue, Mrs Rose Arlen, une femme entre deux âges, aux cheveux en bataille, pointa sa tête par la porte entrouverte et jeta un coup d'œil circonspect.

— Oh ! Mrs Appleton.

— Est-ce que vous avez encore Mr Propre ? demanda Kleo Appleton. J'en aurais besoin. Vous comprenez, je veux tout arranger pour que la maison soit bien prête lorsque Nick et Bobby reviendront. Bobby passait l'examen aujourd'hui. N'est-ce pas merveilleux ?

— Les examens sont truqués, fit Mrs Arlen.

— Ce sont les gens qui ont échoué qui disent cela, ou ceux de leur entourage. Il y a des tas de gens qui sont reçus chaque jour, des enfants comme Bobby, pour la plupart.

— Tiens donc !

Kleo reprit d'un ton glacé :

— Avez-vous Mr Propre ? J'ai droit à trois heures d'utilisation hebdomadaire et je ne m'en suis pas encore servie cette semaine.

A contrecœur, Mrs Arlen s'éloigna en trottinant et

revint au bout d'un moment en poussant devant elle Mr Propre, le factotum hautain et pompeux de l'immeuble.

— Bonjour, Mrs Appleton, fit Mr Propre de sa voix geignarde au timbre métallique. Voulez-vous bien me brancher? Mais comme c'est agréable de vous revoir. Bonjour, Mrs Appleton. Voulez-vous bien me brancher? Mais comme c'est...

Kleo Appleton tira Mr Propre le long du couloir jusqu'à son appartement.

— Pourquoi êtes-vous tellement hostile à mon égard? lança-t-elle à Mrs Arlen. Qu'est-ce que je vous ai donc fait?

— Je ne suis pas hostile. J'essaie simplement de vous ouvrir les yeux. Si l'examen était régulier, notre fille Carol aurait réussi. Elle est télépathe, enfin un petit peu. C'est une Exceptionnelle authentique, au même titre que n'importe qui dans les classements de l'Administration. Un grand nombre d'Exceptionnels certifiés perdent leur capacité parce que...

— Excusez-moi, il faut que j'aille faire le ménage.

Kleo referma vivement la porte et regarda autour d'elle en quête d'une prise pour brancher Mr Propre.

Elle s'interrompit et demeura immobile. Un petit homme maigre, d'aspect douteux, le nez crochu et les traits mobiles, vêtu d'un manteau d'étoffe râpé et d'un pantalon en tire-bouchon, se tenait devant elle. Il était entré dans l'appartement pendant qu'elle discutait avec Mrs Arlen.

— Qui êtes-vous? demanda Kleo, le cœur contracté par la frayeur.

Elle sentait chez l'homme quelque chose de furtif; il semblait prêt à s'esquiver en un clin d'œil... Ses petits yeux sombres se promenaient nerveusement de-ci de-là, comme, pensa-t-elle, s'il avait voulu s'assurer qu'il avait bien repéré toutes les issues.

— Je m'appelle Darby Shire, dit-il d'une voix enrouée. (Il la regardait fixement et son visage affichait de plus en plus une expression de bête traquée.) Je suis un vieil ami de votre mari. Quand va-t-il rentrer? Puis-je rester ici en l'attendant?

— Ils vont arriver d'un moment à l'autre.

Elle n'avait toujours pas bougé, se tenant aussi loin que possible de Darby Shire — si tel était bien son vrai nom.

— Il faut que je nettoie l'appartement avant leur retour.

Cependant, elle ne brancha pas Mr Propre. Elle maintenait son regard fixé sur Darby Shire, continuant à l'examiner attentivement. De quoi avait-il donc si peur ? Est-ce que la police interne de sécurité est après lui ? Mais alors, qu'est-ce qu'il a pu faire ?

— Je voudrais bien une tasse de café, dit Shire.

Il rentra la tête comme pour échapper aux accents plaintifs de sa propre voix, comme s'il se blâmait de lui demander quelque chose mais, pressé par le besoin, ne pouvait faire autrement.

— Est-ce que je peux voir votre identiplaque ? demanda Kleo.

— Servez-vous.

Shire fouilla dans les poches déformées de son manteau et en retira une poignée de cartes en matière plastique qu'il jeta sur une chaise à côté de Kleo Appleton.

— Prenez-en autant que vous voudrez.

— Trois identiplaques ? dit-elle d'une voix incrédule. Mais on n'a pas le droit d'en avoir plus d'une. C'est contre la loi.

— Où est Nick ?

— Il est avec Bobby, au Bureau fédéral des qualifications du personnel.

— Oh ! vous avez un fils. (Il eut un sourire en forme de rictus.) C'est vous dire depuis combien de temps je n'ai pas eu affaire à Nick. Est-ce que votre garçon est Nouveau ? Exceptionnel ?

— Nouveau.

Kleo traversa le living-room pour aller décrocher le vidfone. Elle commença à former un numéro.

— Qui appelez-vous ? demanda Shire.

— Le Bureau. Pour savoir si Nick et Bobby sont déjà partis.

Shire s'approcha vivement du vidfone.

— Ils ne se rappelleront plus. Ils ne sauront pas de

qui vous voulez parler. Vous ne comprenez donc pas leur manière d'agir ? (Il tendit le bras et coupa la communication.) Lisez donc mon livre.

Farfouillant dans toutes ses poches, il exhiba un petit volume bon marché aux pages cornées et tachées, à la couverture déchirée, et le lui tendit.

— Je n'en veux pas, dit Kleo, l'air dégoûté.

— Prenez-le. Lisez-le, et vous comprendrez ce que nous devons faire pour nous débarrasser de la tyrannie des Nouveaux et des Exceptionnels qui empoisonne nos vies et tourne en dérision tout ce que l'homme essaie de faire. (Il parcourut le volume déchiré et souillé à la recherche d'un passage précis.) Puis-je avoir cette tasse de café à présent ? demanda-t-il d'un ton plaintif. On dirait que je n'arrive pas à retrouver le passage que je cherche; ça va me prendre un petit moment.

Elle resta un instant à réfléchir, puis disparut dans la cabine-cuisine afin de mettre de l'eau à chauffer pour le café synthétique instantané.

— Vous pouvez rester cinq minutes, dit-elle à Shire. Et si Nick n'est pas encore rentré à ce moment-là, vous devrez partir.

— Avez-vous peur d'être surprise ici en ma compagnie ?

— Je... je sens que je deviens nerveuse.

Parce que je sais ce que vous êtes, pensa-t-elle. Et j'ai déjà vu un de ces petits livres abîmés et tordus, de ces petits bouquins traînant à droite et à gauche dans des poches crasseuses, qu'on se refile à la dérobée.

— Vous êtes un membre du R.I.D., fit-elle à haute voix.

Shire eut un nouveau rictus.

— Le R.I.D. est trop passif. Il ne réclame que des élections.

Il avait enfin trouvé le passage qu'il cherchait, mais semblait à présent trop las pour le lui montrer. Il se contentait de rester immobile, cramponné à son livre.

— J'ai passé deux ans dans une prison de l'Etat. Donnez-moi un peu de café et je m'en irai. Je ne vais pas attendre Nick. De toute façon, il ne peut sans doute rien faire pour moi.

— Que pensiez-vous qu'il pourrait faire? Nick ne travaille pas pour le gouvernement; il n'a aucun...

— Ce n'est pas ce dont j'ai besoin. Légalement, je suis libre, j'ai tiré mon temps. Est-ce que je pourrais rester ici? Je n'ai pas d'argent, aucun endroit où aller. J'ai pensé à tous les gens susceptibles de m'aider dont je pouvais me souvenir et je suis arrivé à Nick par élimination.

Il prit la tasse de café et lui tendit le livre en échange.

— Merci, dit-il en buvant avidement. (Il s'essuya la bouche.) Savez-vous que toute la structure du pouvoir sur cette planète va s'effondrer sous l'effet de son propre pourrissement? Le pourrissement interne... Un jour, nous serons en mesure de la repousser du bout d'un bâton. Quelques hommes clés — des Ordinaires — ici et là, à l'intérieur comme à l'extérieur de l'appareil administratif et... (un geste large et soudain de la main). Tout est dans mon livre. Gardez-le et lisez-le; lisez de quelle manière les Hommes Nouveaux et les Exceptionnels nous manipulent à travers leur contrôle des médias et de...

— Vous êtes fou, dit Kleo.

Shire secoua vivement sa tête de fouine en grimaçant, comme pour mieux se défendre de l'accusation.

— Plus maintenant. Quand ils m'ont arrêté, il y a trois ans, j'avais, officiellement et cliniquement, été déclaré fou — paranoïa, qu'ils disaient — mais, avant d'être libéré, j'ai dû passer d'autres tests psychiques et je suis en mesure de prouver mon équilibre mental. (Il replongea encore une fois la main dans ses poches.) J'ai même les documents officiels avec moi. Je ne m'en sépare pas.

— Ils devraient bien faire une nouvelle vérification, dit Kleo, tout en se demandant quand Nick allait rentrer.

— Le gouvernement est en train de mettre sur pied un programme de stérilisation des Ordinaires mâles, dit Shire. Vous le saviez?

— Je n'y crois pas.

Elle avait entendu circuler les histoires les plus fantaisistes à ce sujet, mais aucune n'avait jamais correspondu à la réalité... enfin presque aucune.

— Vous dites cela pour justifier la violence, l'usage de la force, vos activités illégales.

— Nous possédons une copie Xerox du projet de loi qui a déjà été approuvé par dix-sept membres du Conseil sur...

Le téléviseur se mit en marche et une voix annonça : « Bulletin spécial. Selon le rapport d'un groupe de reconnaissance de la Troisième Armée, le vaisseau *Dinosaure Gris* à bord duquel le citoyen Thors Provoni a quitté le système solaire vient d'être localisé au large de Proxima sans aucun signe de vie à bord. Des vaisseaux remorqueurs tentent en ce moment même d'arraisonner l'astronef, abandonné selon toute vraisemblance. On s'attend à récupérer le corps de Provoni dans l'heure qui suit. Veuillez rester à l'écoute pour notre prochain bulletin. » Son message terminé, le téléviseur s'éteignit de lui-même.

Un frisson convulsif parcourut Darby Shire, qui grimaça, saisissant son bras droit... Ses mâchoires se refermèrent violemment dans le vide. Le regard brillant, il se retourna et fit face à Kleo.

— Ils ne l'auront jamais, dit-il entre ses dents. Et je vais vous expliquer pourquoi. Thors Provoni est un Ordinaire, le meilleur d'entre nous, supérieur à n'importe quel Homme Nouveau ou n'importe quel Exceptionnel. *Il va revenir dans notre système en amenant de l'aide.* Comme il l'a promis. Là-haut, quelque part, il existe un espoir, un secours pour nous, et Provoni le trouvera, même si cela prend quatre-vingts ans. Il n'est pas en quête d'un monde que nous pourrions coloniser, c'est *eux* qu'il cherche. (Il scruta Kleo du regard.) Vous ne saviez pas ça, hein ? Personne ne le sait. Nos maîtres contrôlent toutes les informations, même celles concernant Provoni, mais c'est bien de cela qu'il s'agit : Provoni va mettre un terme à notre isolement. Nous ne serons plus assujettis à des mutants opportunistes exploitant leurs prétendues « capacités » pour s'emparer du pouvoir sur cette Terre et le garder éternellement.

Il se laissait emporter par ses propres convictions fanatiques, la respiration bruyante, le visage crispé, le regard étincelant.

— Je vois.

Elle se détourna avec répulsion.

— Vous me croyez ?

— Je crois que vous êtes un partisan fanatique de Provoni, ça oui, je le crois.

Et je crois que vous êtes aussi légalement et cliniquement fou qu'il y a deux ans, ajouta-t-elle pour elle-même.

— Bonsoir. (Nick venait d'entrer dans l'appartement avec Bobby à sa traîne.) Qui est-ce, celui-ci ? demanda-t-il en apercevant Darby Shire.

— Bobby a-t-il réussi ? demanda Kleo.

— Je crois que oui. Ils nous le feront savoir par écrit dans la semaine qui vient. S'il avait échoué, ils nous l'auraient dit sur le moment.

— J'ai échoué, dit Bobby d'un air absent.

— Est-ce que tu te souviens de moi, après tout ce temps ? demanda Darby Shire. (Les deux hommes se dévisagèrent.) Moi, je me souviens, continua Shire, comme pour provoquer une reconnaissance chez Nick. Il y a quinze ans, à Los Angeles. Les Archives du Comté. Nous étions employés aux écritures dans le service de Brunnell-Tête-de-Cheval.

— Darby Shire, dit Nick.

Ils se serrèrent la main.

Il a pris un sérieux coup de vieux, songea Nicholas Appleton. Qu'est-ce qu'il a pu changer — il faut dire que quinze ans, c'est long.

— Tu n'as pas du tout changé, dit Darby Shire qui brandit les lambeaux de son livre sous le nez de Nick. Je fais du recrutement. Tiens, par exemple, je viens d'essayer de gagner ta femme à ma cause.

— C'est un Résistant ! s'écria Bobby en apercevant le livre. Est-ce que je peux le voir ? demanda-t-il d'une voix excitée, le bras tendu.

Nick s'adressa à Darby Shire.
— Sors d'ici.
— Tu ne crois pas que tu pourrais...

Shire n'eut pas le temps d'achever sa phrase car Nick le coupa brutalement.

— Je sais ce que tu es !

Nick attrapa Darby Shire par la manche de son manteau râpé et le propulsa sans ménagements vers la porte.

— Je sais que tu te caches des agents de la police interne. Allez, ouste ! Dehors !

— Il a besoin d'un endroit où se réfugier, dit Kleo. Il voulait rester quelque temps ici avec nous.

— Non, fit Nick. Jamais de la vie.

— Tu as peur ? demanda Shire.

Nick hocha la tête.

— Oui.

Tout individu pris à faire circuler de la propagande pour les Résistants — ou associé d'une manière quelconque avec un propagandiste — se voyait automatiquement retirer le droit de se présenter aux examens administratifs. Si les agents de la P.I.S. prenaient Darby Shire ici, l'avenir de Bobby serait ruiné. Et ils risquaient une amende, en plus, sans parler des camps de replacement où on pouvait les envoyer pour une durée indéterminée. Sans aucune procédure légale.

Darby Shire prit calmement la parole.

— N'aie pas peur, garde l'espoir.

Comme il est petit, songea Nick tandis qu'il se redressait — et moche.

— Souviens-toi de la promesse de Thors Provoni. Et d'autre chose aussi : de toute manière, ton fils n'obtiendra pas de qualification administrative, alors tu n'as rien à perdre.

— Notre liberté, voilà ce que nous avons à perdre, dit Nick, qui hésita pourtant à pousser carrément Darby Shire hors de l'appartement.

Et si Provoni revenait ? pensa-t-il. Il s'était souvent posé la question. Non, je n'y crois pas. Ils sont en train de le capturer en ce moment même.

— Non, dit-il. Je ne veux rien avoir à faire avec toi.

Détruis ta propre existence, mais fais-le tout seul — et va-t'en.

Il se décida à pousser le petit homme dans le couloir. Plusieurs portes s'étaient ouvertes et les voisins, certains connus de lui, suivaient le déroulement de la scène avec intérêt.

Darby Shire toisa Nick du regard puis, posément, plongea la main dans la poche intérieure de son manteau. Il semblait plus grand à présent, plus maître de lui-même... et de la situation.

— Citoyen Appleton, dit-il en ressortant un mince portefeuille noir qu'il ouvrit d'un coup sec, je suis heureux que vous ayez réagi comme vous l'avez fait. J'effectue des vérifications individuelles dans cet immeuble. Des sondages, en quelque sorte.

Il montra son identiplaque officielle à Nick : elle émettait une lueur terne, sous l'effet d'un foyer artificiel.

— Officier de la P.I.S. Darby Shire.

Nick sentit un froid soudain l'engourdir, le réduisant au silence. Les mots lui manquaient.

— Oh! mon Dieu!

Kleo, affolée, vint au côté de Nick, imitée, après un moment d'hésitation, par Bobby.

— Mais nous avons dit ce qu'il fallait, n'est-ce pas?

— Tout à fait, répondit Shire. Vos réponses étaient entièrement convenables. Je vous souhaite le bonjour.

Il remit son identiplaque dans la poche intérieure de son manteau et s'éloigna, un vague sourire flottant sur les lèvres, parmi la foule des voisins médusés. Au bout d'un moment, on ne le vit plus et seul demeura le cercle des badauds mal à l'aise — et Nick, sa femme, son fils.

Nick referma la porte et se tourna vers Kleo.

— On ne peut jamais se laisser aller un seul instant, dit-il d'une voix sourde.

Il s'en était fallu de peu. Un moment de plus, comprit-il, et... j'aurais pu lui dire de rester. En souvenir du bon vieux temps. Après tout, je l'ai vraiment connu. A une certaine époque.

J'imagine que c'est pour cette raison qu'ils l'ont

choisi pour faire un sondage de loyauté auprès de moi et de ma famille. Seigneur! se dit-il. Il en tremblait de peur, et se dirigea d'un pas incertain vers la salle de bains et l'armoire à pharmacie où il rangeait ses provisions de pilules.

— Un peu de chlorhydrate de fluphénazine, murmura-t-il en tendant le bras vers le flacon apaisant.

— Ça va faire le troisième que tu prends aujourd'hui, dit Kleo. C'est trop; arrête-toi.

— Ça ira, dit Nick.

Il remplit d'eau son verre à dents et avala la pilule ronde sans un mot.

Il sentit une sourde colère monter en lui. Un éclair de rage contre le système, les Hommes Nouveaux, les Exceptionnels, l'Administration — puis la fluphénazine fit son effet. La vague de colère reflua.

Pas tout à fait cependant.

Il regarda Kleo.

— Crois-tu que notre appartement soit surveillé?

— Notre appartement, surveillé? (Elle eut un haussement d'épaules.) Bien sûr que non. Il y a longtemps que nous nous serions fait embarquer, avec toutes les horreurs que raconte Bobby.

— Je ne pense pas pouvoir en supporter beaucoup plus, dit Nick.

— Beaucoup plus de *quoi*?

Il ne répondit pas, mais il savait bien au fond de lui-même de quoi il s'agissait. Son fils savait, lui aussi. Ils se sentaient unis à présent — mais pour combien de temps, se demanda-t-il? Je vais attendre de voir si Bobby est reçu à l'examen. Après, je déciderai de ce que je dois faire. Bon sang! se dit-il soudain. Qu'est-ce qui me prend? Je perds la tête...

— Le livre est toujours là, dit Bobby en se penchant pour ramasser le volume corné et déchiré que Darby Shire avait laissé traîner. Est-ce que je peux le lire? Ça a l'air d'être un vrai, dit-il en tournant les pages. Les policiers ont dû le récupérer sur un Résistant qu'ils ont arrêté.

— Lis-le! dit rageusement Nick.

3

Deux jours plus tard, une enveloppe officielle tomba dans la boîte aux lettres des Appleton; Nick l'ouvrit aussitôt, le cœur battant. C'étaient bien les résultats. Il parcourut rapidement la liasse de feuillets — on avait joint un Xerox de la copie de Bobby — et parvint à la décision finale.

— Recalé, dit-il.
— Je le savais, dit Bobby. C'est pour ça que je ne voulais pas me présenter, depuis le début.

Kleo se mit à pleurnicher.

Nick demeura silencieux, le cerveau vidé, engourdi. Une main lui serrait le cœur d'une étreinte plus froide que celle de la mort, paralysant toute émotion.

4

Willis Gram, président du Conseil extraordinaire de sécurité publique, décrocha son fone-1 et demanda d'un ton goguenard :

— Alors, directeur, où en est la capture de Provoni ? Quelles sont les dernières nouvelles ?

Il étouffa un rire. Dieu sait où est Provoni. Mort depuis longtemps, sans doute, sur quelque astéroïde lointain où l'oxygène manquait.

Le directeur de la police Lloyd Barnes resta de marbre.

— Voulez-vous parler des derniers communiqués diffusés par les médias, monsieur le président ?

Gram se mit à rire.

— Racontez-moi donc les derniers bavardages des journaux et de la T.V.

Il aurait pu allumer son propre poste sans même bouger de son lit, mais il aimait retourner un peu sur le gril ce personnage gourmé qu'était son chef de la police au sujet de cette affaire Provoni. La couleur que prenait alors le visage de Barnes ne manquait pas d'un certain intérêt morbide. En tant qu'Exceptionnel du rang le plus élevé, Gram était bien placé pour apprécier en direct le spectacle de la panique s'emparant de l'esprit de Barnes dès que la question du renégat en fuite venait sur le tapis.

Après tout, c'était bien Barnes lui-même qui avait libéré Provoni d'une prison fédérale dix ans auparavant. Réhabilité.

— Provoni va encore nous filer entre les doigts de justesse, fit Barnes sur un ton lugubre.

— Pourquoi ne pas annoncer qu'il est mort ?

L'impact psychologique sur la population serait considérable — dans la ligne de ce qu'il espérait.

— Si jamais il se manifeste à nouveau, nous serons sciés. Le simple fait de se montrer...

— Mon petit déjeuner, fit Gram. Dites-leur de m'apporter mon petit déjeuner.

— Certainement, monsieur, répondit Barnes, piqué au vif. Que désirez-vous ? Des œufs et des toasts ? Du jambon frit ?

— Est-il vraiment possible d'avoir du jambon ? Alors, ce sera du jambon avec trois œufs. Mais assurez-vous qu'il n'y aura rien de synthétique.

Barnes, peu satisfait de jouer les serveurs, marmonna : « Bien, monsieur », et coupa la communication.

Willis Gram reposa sa tête sur l'oreiller. Un des hommes de sa suite personnelle surgit aussitôt et, d'une main experte, arrangea les coussins. Voyons, où est ce fichu journal ? Gram tendit la main dans un geste d'attente. Un autre de ses hommes, ayant remarqué son mouvement, produisit aussitôt avec dextérité les trois éditions du *Times* en circulation.

Il resta un moment à parcourir les gros titres de l'illustre et vénérable journal — aujourd'hui contrôlé par le gouvernement.

— Eric Cordon, dit-il enfin.

D'un geste, il indiqua qu'il désirait dicter quelque

chose. Un scribe apparut l'instant d'après, transcripteur portatif au poing.

— A l'attention de tous les membres du Conseil, dit Gram. Nous ne pouvons pas revendiquer la mort de Provoni — pour les raisons soulignées par le directeur Barnes — mais nous pouvons leur livrer Cordon. J'entends par là que nous pouvons l'exécuter. Et ce ne sera pas un mince soulagement.

Presque comme si c'était Provoni lui-même, se dit-il. Eric Cordon était l'orateur et l'organisateur le plus admiré dans tout le réseau des Résistants. Sans parler de ses nombreux ouvrages, naturellement.

Cordon était un authentique Ordinaire intellectuel, un physicien, un chercheur capable de susciter des réactions massives parmi les autres Ordinaires désabusés qui regrettaient le bon vieux temps. Capable, si on lui en donnait la possibilité, de ramener le monde cinquante ans en arrière. Pourtant, malgré toute sa belle éloquence, Cordon était un penseur, pas un homme d'action — à la différence de Provoni. Provoni, l'homme d'action, était parti à grand fracas « chercher de l'aide ». Cordon, son ami de jadis, se contentait de rappeler le fait dans d'interminables discours, dans ses livres et dans de méchants tracts. Cordon était populaire, certes, mais pas dangereux — à la différence de Provoni. Son exécution laisserait un vide qu'au fond il n'avait jamais réellement été capable de remplir. Cordon, en dépit de toute sa popularité, n'était jamais que de la petite bière.

Seulement, la masse des Ordinaires n'avait pas conscience de cette nuance. Eric Cordon était entouré d'un véritable culte : il était réel, alors que Provoni n'était qu'un vague espoir. Il écrivait, travaillait, parlait, ici même sur la Terre.

Gram prit le fone-2 :
— Passez-moi Cordon sur grand écran, miss Knight.
Il raccrocha et se replongea, confortablement installé, dans la lecture des journaux.

Au bout d'un moment, le scribe parla :
— Avez-vous autre chose à me dicter ?

— Ah oui ! (Gram repoussa le journal.) Où en étais-je ?

— J'entends par là que nous pouvons l'exécuter. Et ce ne sera pas un mince...

— Reprenons, dit Gram en s'éclaircissant la gorge. Je veux que les autorités de tous les services (vous prenez bien tout ceci ?) comprennent pleinement les motivations qui me poussent à souhaiter la liquidation de... comment s'appelle-t-il déjà ?

— Eric Cordon.

— C'est ça. Les raisons qui rendent cette exécution nécessaire sont les suivantes. Cordon constitue un lien entre les Ordinaires de la Terre et Provoni. Tant que Cordon est vivant, les gens sentent la présence de Provoni. Sans Cordon, ils n'ont plus aucun contact, réel ou autre, avec ce salopard perdu quelque part là-haut dans l'espace. D'une certaine manière, Cordon est la voix de Provoni pendant l'absence de celui-ci. Je dois reconnaître que nous risquons un retour de flamme momentané, quelques émeutes parmi les Ordinaires... D'un autre côté, cela pourrait décider les Résistants à sortir de l'ombre et faciliter leur capture. En un sens, je m'apprête à mettre délibérément le feu aux poudres et à susciter un affrontement avec les Résistants avant l'heure. Dès l'annonce de la mort de Cordon, il faut s'attendre à des remous violents, mais à long terme...

Il s'interrompit. Le grand écran qui couvrait tout le mur opposé de sa chambre commençait à s'illuminer, révélant un fin visage d'intellectuel aux joues creuses. Une mâchoire sans volonté, se dit Gram en observant le mouvement de la bouche en train de parler. Des lunettes sans monture, les cheveux clairsemés : quelques mèches peignées avec soin sur un crâne chauve.

Les lèvres de Cordon continuaient à remuer silencieusement.

— Le son, ordonna Gram.

— ... plaisir.

La voix de Cordon parut détoner dans la pièce : le son était mal réglé.

— Je sais que vous êtes un homme très occupé. Si

vous désirez me parler... (Cordon eut un geste élégant.) Je suis prêt.

Gram se pencha vers un de ses aides.

— Où diable se trouve-t-il à présent?

— A la prison de Brightforth.

Gram revint à l'image sur le grand écran.

— Vous mangez à votre faim?

— Oh! tout à fait, oui.

Cordon sourit, découvrant une rangée de dents si bien alignées qu'elles paraissaient fausses — et l'étaient probablement, d'ailleurs.

— Et vous êtes libre d'écrire?

— J'ai les matériaux sous la main.

Gram prit un ton énergique.

— Dites-moi, Cordon, pourquoi écrivez-vous toutes ces choses ? Vous savez qu'elles sont fausses.

— La vérité est dans l'œil de celui qui regarde.

Cordon rit à sa manière, amère et sans gaieté.

— Vous savez, ce procès, il y a quelques mois... Les juges vous avaient condamné à seize ans de prison pour haute trahison... Eh bien, figurez-vous qu'ils sont revenus sur leur décision et qu'ils ont modifié la peine. Ils ont décidé de vous condamner à mort.

Le pâle visage de Cordon demeura sans expression.

— Est-ce qu'il peut m'entendre? demanda Gram.

— Oh! ça oui, monsieur le président! Pour vous entendre, il vous entend.

— Nous allons vous faire exécuter, Cordon, reprit Gram. Vous savez, je lis parfaitement dans votre esprit. Je sais à quel point vous avez peur.

C'était la vérité. Cordon tremblait intérieurement. Il se trouvait pourtant à trois mille kilomètres de là, et son contact avec Gram était purement électronique. Ce genre de pouvoirs psioniques stupéfiait toujours les Ordinaires — et souvent les Hommes Nouveaux également.

Cordon resta silencieux, mais on pouvait voir qu'il se rendait compte que Gram avait commencé à le tester par télépathie.

— Tout au fond de vous-même, reprit Gram, vous

êtes en train de penser : peut-être que je ferais bien de renverser la vapeur. Provoni est mort...

— Je ne pense pas que Provoni soit mort, dit Cordon avec une expression outragée, la première à paraître sur son visage.

— Ça se passe dans votre subconscient. Vous ne vous en rendez même pas compte.

— Quand bien même Thors serait mort...

— Allez, soyons sérieux. Vous savez aussi bien que moi que si Provoni était mort, vous cesseriez toutes vos activités subversives et vous iriez ramper dans un petit coin sombre hors de la scène publique pour tout le restant de votre foutue vie inutile.

Une sonnerie aiguë se déclencha brusquement sur le tableau de communications à la droite de Gram.

— Excusez-moi, dit-il en appuyant sur un bouton.

— L'avocat de votre femme est ici, monsieur le président. Vous avez laissé des instructions pour que nous le recevions quelles que soient vos occupations du moment. Puis-je le faire entrer, ou...

— Oui, faites-le entrer. (Gram se retourna vers Cordon.) Vous serez avisé — par le directeur Barnes, selon toute vraisemblance — une heure avant le moment prévu pour votre mort. Au revoir, je suis occupé, à présent.

Il fit un geste, et l'image se brouilla, l'écran mural redevint opaque.

La grande porte centrale de la chambre s'ouvrit et un homme de haute taille, mince et élégant, portant une courte barbe, entra dans la pièce, la serviette à la main. Horace Denfeld était toujours très soigneux de sa personne.

— Savez-vous ce que je viens de déchiffrer dans l'esprit de Cordon ? demanda Gram. Inconsciemment, il regrette d'avoir adhéré aux Résistants, lui qui en est le chef — dans la mesure où ils ont un chef. Je vais les éliminer totalement, en commençant par Cordon. Approuvez-vous ma décision de le faire exécuter ?

Denfeld s'assit et ouvrit sa serviette.

— Conformément aux instructions d'Irma et à mon propre avis professionnel, nous avons modifié plusieurs clauses — mineures — dans l'accord sur la séparation de biens. Que voici. (Il tendit une chemise à Gram.) Prenez tout votre temps, monsieur le président.

— Que se passera-t-il après la disparition de Cordon ? demanda Gram en déployant les feuillets au format réglementaire qu'il se mit à parcourir, s'arrêtant particulièrement sur les passages marqués en rouge.

— Je n'en ai vraiment pas la moindre idée, monsieur le président, répondit négligemment Denfeld.

— Des clauses mineures, répéta sarcastiquement Gram. Bon sang ! elle a fait passer la pension des enfants de deux à quatre cents pops par mois.

Il parcourut les feuillets avec stupeur, sentant le rouge lui monter aux joues.

— Et sa pension alimentaire de trois mille à cinq mille, et...

Il en était au dernier feuillet, tout zébré de traits rouges et couvert de sommes inscrites au crayon.

— La moitié de mes frais de déplacement — ça aussi, c'est pour elle. Et la totalité de ce que me rapportent mes allocutions sur commande.

Il sentit les picotements d'une sueur tiède sur sa nuque.

— Mais elle vous abandonne entièrement le bénéfice de tous travaux écrits que vous...

— Travaux écrits ! Il n'y en a pas, de travaux écrits ! Vous me prenez pour qui, pour Eric Cordon ?

Il rejeta brutalement les feuillets sur le lit et resta un moment à bouillir intérieurement... en partie à cause de ce qu'il venait de lire, mais aussi à cause de l'avocat lui-même. Horace Denfeld était un Homme Nouveau, assez bas dans l'échelle, mais un Homme Nouveau tout de même, et comme tel il considérait tous les Exceptionnels — y compris Gram lui-même — comme représentant une fausse évolution. Gram sentait ce mépris constant, cette certitude de sa propre supériorité, dans l'esprit de Denfeld.

— J'ai besoin de réfléchir un peu plus longuement à la question, dit Gram.

Je montrerai ça à mes avocats, pensa-t-il. Les meilleurs avocats de l'Administration : ceux des impôts.

— J'aimerais que vous preniez une chose en considération, monsieur le président. D'une certaine manière, il peut vous paraître injuste de la part de Mrs Gram de réclamer autant de... (il semblait chercher le mot) une partie aussi considérable de vos biens.

— La maison, les quatre immeubles de Scranton, en Pennsylvanie. Et à présent ceci !

— Certes, poursuivit Denfeld d'une voix mielleuse, la langue papillonnante, mais il n'en demeure pas moins essentiel *pour vous-même* que votre séparation d'avec votre femme soit à tout prix tenue secrète. Il faut considérer le fait qu'un président du Conseil extraordinaire de sécurité publique ne peut pas laisser traîner un parfum de... *calugna*, dirons-nous ?...

— Que voulez-vous dire ?

— De scandale. De toute manière, comme vous le savez pertinemment, aucun Exceptionnel, aucun Homme Nouveau de rang élevé ne peut se permettre d'être mêlé à un scandale. Mais à cela vient s'ajouter votre position personnelle...

— Je démissionnerai, grommela Gram, avant de signer ce papier. Cinq mille pops de pension par mois. Elle a perdu la tête. (Il fixa un regard pénétrant sur Denfeld.) Que se passe-t-il dès qu'une femme obtient un divorce ou une séparation de biens ? Elle veut tout rafler par tous les moyens. La maison, l'appartement, la voiture, tous les pops du monde entier.

Seigneur ! se dit-il. Il se sentait las. Il se massa le front avec la main et dit à un de ses domestiques :

— Apportez-moi mon café.

— Bien, monsieur.

Le serviteur s'affaira auprès du percolateur et lui tendit une tasse d'expresso noir et corsé.

— Qu'est-ce que je peux faire ? Elle me tient, fit Gram, prenant à témoin toute l'assistance.

Il rangea la liasse de documents dans le tiroir du bureau, près de son lit.

— Nous n'avons plus rien à discuter. Mes avocats vous feront connaître ma décision. (Il braqua un œil mauvais sur Denfeld, qu'il détestait.) A présent, si vous le voulez bien, j'ai d'autres affaires qui m'appellent.

Il fit un signe de tête à l'un de ses auxiliaires, qui posa une main ferme sur l'épaule de l'avocat et le guida vers une des portes menant hors de la chambre.

Lorsque Denfeld fut sorti, Gram se rallongea, pensif, en sirotant son café. Si seulement elle avait enfreint une loi quelconque. Ne serait-ce que le code de la route — n'importe quoi pour la mettre en mauvaise posture aux yeux de la police. Si on la prenait à traverser en dehors des clous, on arriverait à la coincer. Elle pourrait avoir résisté à une interpellation ou utilisé un langage obscène en public, constituer un danger public par sa violation délibérée d'un règlement... Et si seulement les sbires de Barnes pouvaient lui coller une infraction criminelle sur le dos : achat et/ou consommation d'alcool, par exemple. A ce moment-là (c'est ce que ses propres avocats lui avaient expliqué), on pourrait la poursuivre en justice pour incapacité d'assurer ses responsabilités maternelles, lui retirer les enfants et mettre tous les torts de son côté dans une véritable action en divorce — qui pourrait alors être rendue publique.

Seulement, telles que les choses se présentaient, Irma avait barre sur lui. Un divorce sujet à contestation ternirait son image, aucun doute là-dessus, sans parler de tout ce qu'Irma pourrait encore aller repêcher dans le caniveau.

Il décrocha son fone-1 et appela Barnes.

— Barnes, retrouvez-moi cette femme-occifer, Alice Noyes, et envoyez-la-moi. Vous feriez peut-être bien de venir aussi.

L'occifier de police Alice Noyes était à la tête de l'équipe qui s'efforçait depuis bientôt trois mois d'épingler Irma sur une charge quelconque. Vingt-quatre heures sur vingt-quatre, la femme de Gram était la cible de tous les gadgets audiovisuels de la police — à son insu, naturellement. Il y avait même une vidéo-caméra dans sa salle de bains, prête à enregistrer tout ce qui pourrait se produire, mais cela n'avait malheureusement rien donné qui vaille la peine d'être relevé. Tout ce qu'Irma pouvait voir, dire ou faire, les endroits où elle se rendait — tout avait été enregistré et les bandes étaient conservées au central de la P.I.S. à Denver. Et l'on n'était pas plus avancé.

Elle possède sa propre police, se dit-il lugubrement. D'anciens pieds-plats de la P.I.S. qui rôdaient autour d'elle quand elle sortait pour faire des courses, se rendre à une party ou consulter son dentiste, le Dr Radcliff. Il faut que je me débarrasse d'elle, se dit-il. Je n'aurais jamais dû épouser une Ordinaire. Mais la chose s'était produite il y a bien longtemps, alors qu'il n'occupait pas encore le poste important qui devait lui échoir par la suite. Le premier Homme Nouveau ou le premier Exceptionnel venus riaient de lui dans son dos et cela ne lui plaisait guère. Il déchiffrait des pensées, beaucoup de pensées, venant d'un grand nombre de gens, et le mépris était toujours là, enfoui quelque part.

Particulièrement chez les Hommes Nouveaux.

En attendant l'arrivée de Barnes et de l'occifier Noyes, il se replongea dans la lecture du *Times*, prenant au hasard l'une ou l'autre de ses trois cents pages...

... et il se retrouva avec un article concernant le projet Grande Oreille sous les yeux... un article signé d'Amos Ild, un Nouveau particulièrement bien placé. Quelqu'un que Gram ne pouvait pas atteindre.

Eh bien, railla-t-il tout en lisant, le projet Grande Oreille se porte bien.

Considérée jusqu'à présent comme au-delà de toute possibilité, la construction du premier appareil d'écoute télépathique entièrement électronique progresse à une allure satisfaisante. Telle est la déclaration faite aujourd'hui devant un public d'observateurs sceptiques lors d'une conférence de presse donnée par des responsables de la société McMally, qui a conçu et mis en œuvre ce que d'aucuns nomment aujourd'hui le projet Grande Oreille. Mr Munro Capp a émis l'avis que « lorsqu'il sera devenu opérationnel, Grande Oreille sera en mesure de capter les ondes mentales de milliers de personnes et — à la différence des Exceptionnels — de démêler ces vagues gigantesques de... »

Il repoussa le journal qui rejoignit avec un froissement bruyant la pile répandue sur la moquette. Ses dents grincèrent dans une réaction de rage impuissante. Salopards de Nouveaux. Ils vont engloutir des milliards de pops dans ce projet, et après Grande Oreille ils construiront un appareil capable de supplanter les Exceptionnels précogs, et après ça tous les autres pouvoirs, un par un. On verra des machines *poltergeist* déambuler dans les rues, bourdonner dans les airs. *Et on n'aura plus besoin de nous.*

Alors... au lieu du système bipartite solide et stable qui régnait actuellement, viendrait un système à parti unique, avec des Hommes Nouveaux occupant les postes clés à tous les niveaux. Adieu l'Administration — sauf les examens destinés à évaluer l'activité corticale Nouvelle, cette neutrologique pour cerveaux doubles, nourrie d'axiomes tels qu' « une chose est égale à son contraire et leur concordance est directement proportionnelle à leur divergence ». Seigneur !

Peut-être que toute la structure de la Pensée Nouvelle n'est qu'une vaste fumisterie, se dit-il. Nous n'y comprenons rien, les Ordinaires n'y comprenent rien, nous les croyons sur parole lorsqu'ils affirment qu'il s'agit d'un nouvel échelon gravi dans le cours de l'évolution de l'activité cérébrale humaine. D'accord, il y a ces nœuds de Rogers ou je ne sais trop quoi. La structure physique du cortex cérébral est différente. Oui, mais...

Le déclic d'un intercom l'interrompit.

— Mr le directeur Barnes et une femme-occifier de la police sont...

— Faites-les entrer.

Gram se cala confortablement contre ses oreillers, croisa les bras et attendit.

Il allait leur révéler son nouveau plan.

5

Nicholas Appleton arriva sur le lieu de son travail à huit heures et demie le lendemain matin et s'apprêta à commencer sa journée.

Le soleil brillait sur le petit immeuble où se trouvait son atelier. Nick retroussa ses manches, chaussa ses verres grossissants et brancha le fer chaud.

Les mains dans les poches de son pantalon de treillis, un cigare italien pendant de ses lèvres épaisses, Earl Zeta, le patron de Nick, s'approcha d'un pas traînant.

— Quoi de neuf, Nick ?

— On ne sera pas fixés avant deux jours. Ils nous enverront les résultats par la poste.

— Ah oui ! pour ton gosse. (Zeta posa une grosse patte brune sur l'épaule de Nick.) Tu ne creuses pas suffisamment les sillons. Je veux qu'ils descendent jusqu'à l'enveloppe. Dans la foutue carcasse !

Nick protesta :

— Mais si je creuse plus profond...

Le pneu éclatera pour peu que le gars roule sur une allumette encore chaude, acheva-t-il pour lui-même. Autant le descendre avec un laser.

— Bon ! d'accord ! (Après tout, Earl Zeta était le patron.) Je vais creuser plus profond, jusqu'à ce que le fer ressorte de l'autre côté.

— Fais donc ça et tu es viré, dit Zeta.

— D'après votre philosophie, du moment qu'ils ont acheté la chignole...

— Notre responsabilité cesse dès que leurs trois roues touchent le bitume municipal. Tout ce qui peut leur arriver après, c'est leur affaire.

Nick ne voulait pas devenir rechapeur de pneus... un homme qui prenait un pneu lisse et y gravait de nouveaux sillons, de plus en plus profonds, à la pointe de fer chauffée à blanc, de manière qu'il paraisse utilisable, comme s'il avait encore toute la chape requise. Il avait hérité le métier de son père, qui l'avait lui-même hérité du sien. Au fil des années, d'une génération à l'autre. Quelle que fût la haine qu'il vouait à son travail, Nick était certain d'une chose : il était un rechapeur virtuose, et le resterait. Zeta avait tort : il creusait bien assez profond comme cela. C'est moi l'artisan, pensa-t-il, et ce devrait être à moi de décider de la profondeur des sillons.

D'un geste nonchalant, Zeta alluma son collier radio. Une musique vulgaire et bruyante retentit aussitôt, provenant des sept ou huit haut-parleurs disposés en divers endroits de son opulente personne.

La musique s'interrompit et la voix au détachement tout professionnel d'un présentateur lui succéda après une pause. « Des porte-parole de la P.I.S., représentant le directeur Lloyd Barnes, ont annoncé il y a quelques instants qu'Eric Cordon, emprisonné depuis longtemps pour activités subversives, vient d'être transféré de la prison de Brightforth aux établissements de liquidation de Long Beach, Californie. En réponse à la question d'un journaliste sur la signification de ce transfert, les porte-parole de la P.I.S. ont déclaré qu'aucune décision n'avait encore été prise quant à une éventuelle exécution de Cordon. Toutefois, dans les milieux proches de la P.I.S., on ne cache pas que ce geste doit être interprété comme une annonce officieuse de cette exécution. Les mêmes sources bien informées font ressortir que sur les neuf cents derniers prisonniers de la P.I.S. transférés à diverses époques aux installations de Long Beach, près de huit cents ont finalement été exécutés. C'était un bulletin de... »

D'un mouvement brusque, Earl Zeta porta la main au bouton de sa radio incorporée, le manqua et serra convulsivement le poing tout en se balançant d'avant en arrière, les yeux fermés.

— Les salauds ! dit-il entre ses dents, ils vont l'assassiner.

Il rouvrit les yeux et grimaça, les traits tordus par une intense souffrance... puis, progressivement, il reprit le contrôle de lui-même. Son angoisse parut s'atténuer, sans pourtant se dissiper tout à fait. Son corps replet demeura tendu tandis qu'il fixait son regard sur Nick.

— Vous êtes un Résistant, dit Nick.

— Ça fait dix ans que tu me connais ! gronda Zeta en sortant un mouchoir rouge dont il s'épongea soigneusement le front. (Ses mains tremblaient.) Ecoute, Appleton.

Sa voix était plus normale, à présent. Plus ferme. Pourtant le tremblement persistait, quelque part au fond de lui. Nick s'en rendait compte, sentait sa présence.

— Ils vont m'avoir, moi aussi. S'ils commencent à exécuter Cordon, ils vont tous nous liquider, tous, jusqu'au menu fretin dans mon genre. Et on se retrouvera dans les camps, dans ces foutus camps de concentration pourris sur Luna. Tu en avais entendu parler ? C'est là qu'on va se retrouver, nous tous — ceux de mon bord. Pas toi.

— Je sais, pour les camps, dit Nick.

— Tu vas me donner aux flics ?

— Non.

— Ils m'auront de toute façon, dit amèrement Zeta. Ça fait des années qu'ils dressent leurs listes. Des listes d'un kilomètre de long, même sur microbande. Ils ont des ordinateurs, des espions. N'importe qui pourrait être un espion. N'importe qui parmi les gens que tu connais, tous ceux à qui tu as jamais parlé. Ecoute, Appleton : la mort de Cordon signifie que nous ne nous battons pas seulement pour l'égalité politique, nous nous battons purement et simplement pour nos vies. Est-ce que tu comprends ça, Appleton ? Peut-être que tu n'as pas beaucoup de sympathie pour moi — Dieu sait que nous ne nous entendons pas bien — mais as-tu envie de me voir *assassiné* ?

— Qu'est-ce que je peux faire ? Je ne peux pas arrêter la P.I.S.

Zeta se redressa de toute sa hauteur, son corps massif raidi par l'angoisse.

— Tu pourrais partager notre sort.

— D'accord.

— D'accord ? Qu'est-ce que tu veux dire ?

Zeta le dévisageait, cherchant à déchiffrer ses pensées.

— Je ferai ce que je pourrai.

Il se sentait glacé par ses propres paroles. Tout était perdu, maintenant : la chance de Bobby était bel et bien passée, et une race de rechapeurs de pneus allait se perpétuer indéfiniment.

J'aurais dû attendre, pensa-t-il. Tout ça m'est tout bonnement tombé dessus; je n'y étais pas préparé — je ne comprends pas réellement. Ce doit être à cause de l'échec de Bobby. Et pourtant, me voici en train de dire ces choses, de dire ces choses à Zeta. Ça y est, c'est fait.

— Allons dans mon bureau ouvrir une pinte de bière, dit Zeta d'une voix rauque.

— Vous avez de l'alcool ?

Il n'en croyait pas ses oreilles, tant la peine était lourde pour ce délit.

— Nous boirons à Eric Cordon, dit Zeta en ouvrant le chemin.

6

Ils prirent place de chaque côté de la table. Nick commençait à se sentir terriblement mal à l'aise.

— Je n'ai jamais bu d'alcool auparavant. On n'arrête pas de dire dans les journaux que ça rend les gens complètement détraqués, que ça modifie la personnalité, cause des dommages au cerveau. En fait...

— Des histoires destinées à effrayer les gens, voilà tout. Enfin, ce qui est vrai, c'est qu'au début il vaut mieux y aller prudemment. Il faut boire doucement, bien laisser descendre sans forcer.

— Qu'est-ce qu'on risque pour avoir bu de l'alcool ?

Nick se rendit compte qu'il avait de la peine à former ses mots.

— Un an, sans sursis.

— Est-ce que ça vaut vraiment la peine ?

La pièce autour de lui avait perdu de sa substance et semblait irréelle.

— Et est-ce que ça ne crée pas une accoutumance? Dans les journaux, ils disent qu'une fois qu'on y a goûté, on ne peut plus...

— Contente-toi de boire ta bière.

Zeta buvait à petites gorgées, sans effort apparent.

— Vous savez ce que Kleo dirait si elle me voyait en train de boire de l'alcool?

— Toutes les femmes sont pareilles.

— Je ne suis pas d'accord. Elle, oui. Il y en a qui ne sont pas comme ça.

— Non, elles sont toutes comme ça.

— Pourquoi?

— Parce que le mari, dit Zeta, ça représente le portefeuille.

Il rota, fit la grimace et se renversa en arrière sur sa chaise tournante, la bouteille de bière serrée dans sa grosse patte.

— Pour elles — regarde un peu les choses de cette façon : supposons que tu possèdes une machine, un appareil très compliqué et très fragile. Quand elle est en bon état de marche, cette machine t'aligne autant de pops que tu veux. A présent, suppose que ta machine...

— Est-ce que c'est vraiment comme ça que toutes les femmes voient leurs maris?

— Absolument.

Zeta rota de nouveau, passa la bouteille à Nick avec un hochement de tête.

— C'est de la déshumanisation.

— Ça, tu peux le dire, et je t'en fous mon billet.

— Je crois que Kleo s'en fait pour moi parce que son père est mort quand elle était très jeune. Elle a peur que tous les hommes soient...

Il ne parvint pas à trouver le mot qu'il cherchait; ses pensées s'enchaînaient d'une manière désordonnée et prenaient un cours étrange, son esprit était comme couvert d'un voile. Il n'avait jamais rien éprouvé de semblable auparavant, et il avait peur.

— Ne t'énerve pas, dit Zeta.

— Je crois que Kleo est fade, fit Nick.

— Fade ? Comment ça, fade ?
— Vide. (Il eut un geste vague.) Passive, voilà peut-être ce que je veux dire.
— La passivité est censée être le lot des femmes.
— Seulement ça les empêche de... (Il trébucha sur le mot et se sentit rougir de confusion.) Ça les empêche de devenir adultes.

Zeta se pencha vers lui.
— Tu parles comme ça parce que tu as peur de sa réprobation. Tu dis qu'elle est « passive », mais c'est ainsi que tu la veux. Tu veux qu'elle suive, qu'elle approuve ton action. Mais pourquoi la mettre au courant ? Quel besoin a-t-elle de savoir ?
— Je lui dis toujours tout.

Zeta haussa le ton.
— Pourquoi ?
— C'est ainsi que cela doit être.
— Dès que nous aurons fini cette bière, dit Zeta, nous allons nous rendre quelque part, toi et moi. Je ne te dirai pas où — simplement quelque part. Avec un peu de chance, nous pourrons y prendre quelques documents.
— Vous voulez dire des tracts de Résistants ?

Nick sentit son cœur se glacer. On l'entraînait vers des eaux peu sûres.
— J'ai déjà un livret qu'un ami qui se faisait passer pour... (Il s'interrompit, incapable de construire sa phrase.) Je ne vais pas aller prendre des risques.
— Mais c'est déjà fait.
— Et ça suffit bien comme ça. Rester là à boire de la bière et à parler comme nous l'avons fait.
— Le seul qu'on doive écouter « parler », dit Zeta, c'est Eric Cordon. La vérité, le fond du problème, c'est ce qu'il dit, et non pas les mensonges qu'on fait circuler dans les rues. Mais je ne vais rien t'expliquer : je veux que ce soit *lui* qui t'explique. Dans une de ses brochures. Je sais où on peut en trouver. (Il se leva.) Je ne parle pas vaguement de « ce que dit Eric Cordon »; je parle de ce qu'il a *vraiment* dit dans ses pamphlets, ses apologues, ses plans, connus seulement de ceux qui

appartiennent réellement au monde des hommes libres. Les Résistants au sens profond, vrai, du terme.

— Je ne veux rien faire que Kleo n'approuverait pas. Mari et femme doivent être honnêtes l'un envers l'autre. Si je me lance dans ce...

— Si elle n'est pas d'accord, trouve-toi une autre femme qui le sera.

— Vous pensez vraiment ?

L'esprit embrumé de Nick ne parvenait plus à discerner si Zeta plaisantait ou non et, dans le cas où il parlait sérieusement, s'il avait tort ou raison.

— Vous voulez dire que cette affaire pourrait causer notre séparation ?

— Ça en a causé bien d'autres. De toute manière, es-tu réellement heureux avec elle ? Tu l'as dit toi-même tout à l'heure : « elle est fade ». Tes propres termes. C'est *toi* qui as dit cela, pas moi.

— C'est l'alcool, répondit Nick.

— Bien sûr que c'est l'alcool. *In vino veritas*. (Zeta découvrit ses dents jaunies dans un large sourire.) C'est du latin. Ça signifie...

— Je sais ce que ça signifie.

Nick était en colère à présent, mais sans pouvoir dire contre qui. Zeta ? Non, pensa-t-il, Kleo. Je sais bien quelle serait sa réaction à tout ceci. N'allons pas chercher des ennuis. Nous nous retrouverons dans un dôme de détention sur Luna, dans un de ces affreux camps de travail.

— Qu'est-ce qui passe d'abord ? demanda-t-il à Zeta. Vous êtes marié, vous aussi. Vous avez une femme et deux enfants. Est-ce que votre respon... (De nouveau, sa langue refusa d'articuler le mot.) Où vont vos premières loyautés ? A votre famille ? Ou à l'engagement politique ?

— Elles vont à l'ensemble des hommes.

Zeta releva la tête, but le restant de bière et reposa brutalement la bouteille sur la table.

— Allez, en route, dit-il. C'est comme il est dit dans la Bible : *Tu connaîtras la vérité et la vérité te rendra libre.*

Nick se remit sur ses pieds — non sans difficulté.

43

— *Libre?* La liberté, c'est bien la dernière chose que nous vaudront les opuscules de Cordon. Un traceur relèvera nos noms, découvrira que nous nous procurons les écrits de Cordon, et alors...

— Tu es toujours à regarder par-dessus ton épaule pour guetter les traceurs? (Le ton de Zeta était cinglant.) Comment peux-tu vivre ainsi? J'ai vu des centaines de gens acheter et vendre des pamphlets, et il y en avait parfois pour mille pops d'un coup, et (il s'arrêta un instant) parfois, c'est vrai, les traceurs arrivent à fourrer leur museau dans le circuit. Ou alors, c'est une voiture de patrouille qui vous repère pendant que vous êtes en train de refiler quelques pops à un fourgue. A ce moment-là, on est bon pour Luna et la prison, comme tu le dis. Mais c'est à toi de prendre tes risques. La vie elle-même est un risque. On se demande : « Est-ce que cela en vaut la peine? » et on se répond : « Oui, ça en vaut la peine. Et comment! »

Zeta enfila son manteau, ouvrit la porte du bureau et sortit dans le soleil. Au bout d'un moment, Nick, voyant qu'il ne se retournait pas, finit par le suivre lentement. Parvenu à l'endroit où son squib était garé, Zeta se retourna vers Nick et dit :

— Je crois que tu ferais bien de commencer à te chercher une autre femme.

Il ouvrit la portière du squib et glissa sa masse derrière les commandes. Nick monta à son tour et ferma la portière de son côté; le squib s'élança dans le ciel matinal, Zeta avait le sourire aux lèvres.

— Ça ne vous regarde vraiment pas, fit Nick.

Zeta ne répondit pas. Il se concentrait sur la conduite du squib.

— Pour l'instant, je peux me permettre de mal conduire, dit-il en tournant la tête vers Nick. Mais au retour, nous aurons la camelote avec nous, alors pas question de se faire épingler par un flic de la P.I.S. pour excès de vitesse ou non-respect d'un sens giratoire. Vu?

— Oui.

Nick sentit de nouveau la peur le paralyser. Les événements prenaient un cours inéluctable. Ils s'étaient trop engagés, et à présent Nick ne pouvait plus se retirer. Et pourquoi donc? se demanda-t-il. Je sais qu'il me faut en passer par là, mais pourquoi? Pour montrer que je n'ai pas peur que nous soyons arrêtés par un traceur? Pour prouver que je ne suis pas dominé par ma femme? Pour des tas de mauvaises raisons, pensa-t-il... et surtout parce que j'ai bu de l'alcool, la substance la plus dangereuse — l'acide prussique mis à part — que l'on puisse absorber. Eh bien, qu'il en soit ainsi.

— Belle journée, dit Zeta en prenant de la hauteur. Le ciel est bleu, pas de nuages derrière lesquels se planquer.

Il était à son affaire. Nick, engourdi, l'air désemparé, se tenait recroquevillé sur son siège tandis que le squib filait dans le ciel.

Zeta fit halte à un taxifone. Sa communication se réduisit à quelques mots à demi articulés.

— Il en a? Il est là? D'accord. Oui, compris. Merci. Salut. (Il raccrocha.) Ça, c'est la partie que je n'aime pas. Quand on fone. Tout ce qu'on peut se dire pour se rassurer est qu'il se donne tellement de millions de coups de fone dans un jour donné qu'ils ne peuvent pas tous les contrôler.

— Et la loi de Parkinson? fit Nick, affectant de prendre les choses à la légère pour cacher sa peur. Si une chose peut se produire...

— Elle ne s'est pas produite jusqu'ici, dit Zeta en remontant dans le squib.

— Mais tôt ou tard...

— Tôt ou tard, c'est la mort qui nous aura tous.

Zeta lança le moteur et l'engin bondit de nouveau dans le ciel. Ils survolaient à présent une vaste zone résidentielle. Zeta regarda au-dessous d'eux en fronçant les sourcils et grommela :

— Toutes ces fichues baraques ont exactement la même allure. Pas facile de s'y retrouver d'en haut. Mais c'est très bien comme ça, il est planqué au beau milieu de dix millions de bons et loyaux sujets de Willis Gram, d'Exceptionnels, d'Hommes Nouveaux et de tout ce foutu merdier.

Le squib plongea brusquement.

— C'est parti! fit Zeta. Tu sais, cette bière m'a fait de l'effet — parole, elle m'a fait de l'effet. (Il sourit à Nick.) Quant à toi, tu as l'air d'une chouette empaillée. On dirait que ta tête pourrait faire un tour complet sur elle-même.

Il se mit à rire. Ils se posèrent sur une piste-terrasse.

Suivi de Nick, Zeta sortit de l'appareil avec un grognement et se dirigea vers l'escalator.

— Si un occifier nous arrête et nous demande ce qu'on fait là, dit-il à voix basse, on est venu rapporter à un gars les clés de son squib, qu'on avait oublié de lui rendre quand on l'a eu en réparation.

— Ça ne tient pas debout, dit Nick.

— Et pourquoi donc?

— Parce que si c'était nous qui avions ses clés, il n'aurait pas pu voler jusqu'ici.

— Bon, bon, alors c'est un deuxième jeu de clés qu'il nous a commandé, pour sa femme.

Au cinquantième étage, Zeta quitta l'escalator et ils longèrent un couloir recouvert de moquette sans rencontrer personne. Zeta s'arrêta tout d'un coup, jeta un rapide coup d'œil alentour et frappa à une porte.

Une jeune fille parut devant eux. Petite, les cheveux noirs, belle, mais d'une beauté étrange et dure. Elle avait le nez un peu camus, les lèvres sensuelles, les pommettes joliment dessinées. Autour d'elle flottait un halo magique de féminité que Nick perçut aussitôt. C'est son sourire, pensa-t-il. Il éclaire, il illumine tout son visage et le rend vivant.

Zeta n'avait pas l'air heureux de la voir.

— Où est Denny? demanda-t-il d'une voix basse mais tranchante.

Elle leur tint la porte ouverte.

— Entrez, il arrive.

Mal à l'aise, Zeta pénétra dans la pièce et fit signe à Nick de le suivre; puis, au lieu de faire les présentations, il se mit à parcourir le living-room à grandes enjambées, inspectant le coin-cuisine, la chambrette. Il était aux aguets comme un animal.

— Vous êtes nets, ici? demanda-t-il brusquement.

— Oui, répondit la fille. (Elle leva les yeux de quelques centimètres, vers le visage de Nick.) Je ne vous ai jamais vu avant.

— Non, vous n'êtes pas nets, fit Zeta.

Un bras plongé vers le vide-ordures, il ramena un paquet qui avait été fixé à l'intérieur avec un morceau de ruban adhésif.

— Vous autres les jeunes, vous êtes complètement cinglés.

— Je ne savais pas que c'était là, répondit vivement la fille. De toute façon, il était fixé de telle manière que si un traceur avait fait une descente ici, on aurait pu l'expédier au fond rien qu'en le touchant, et il n'y aurait plus eu de preuves.

— Ils sont branchés sur le conduit, et ils récupèrent la camelote vers le second étage, avant que ça tombe dans les fourneaux.

La fille se tourna vers Nick.

— Je m'appelle Charley.

— Charley ? Pour une fille ?

— Charlotte.

Il serra la main qu'elle lui tendait.

— Dites, je crois savoir qui vous êtes. Vous êtes le rechapeur de pneus de Zeta.

— Oui.

— Et vous voulez une brochure, une vraie ? C'est vous qui payez, ou bien Zeta ? Parce que Denny ne va plus faire crédit; il voudra des pops.

— C'est moi qui paie, dit Zeta. Au moins pour cette fois.

— C'est toujours comme ça qu'ils procèdent, dit Charley. Le premier livret est gratuit, le second c'est cinq pops, le suivant dix, et puis...

La porte de l'appartement s'ouvrit. Chacun retint sa respiration.

Un jeune garçon se tenait sur le seuil. Son élégance, ses cheveux blonds emmêlés, ses grands yeux lui donnaient un charme que venait gâter la tension qui contractait son visage et y faisait paraître quelque chose de cruel, de déplaisant. Il jeta un bref regard à Zeta puis examina longuement Nick en silence avant de refermer la porte derrière lui et de la boucler avec une barre de sécurité. Il traversa la pièce, se dirigea vers la fenêtre, regarda au-dehors, tout en mordillant l'ongle de son pouce. Il émanait de toute sa personne une impression de menace, comme si quelque chose de terrible était sur le point de se produire... Il va vraiment le faire, pensa Nick, il va vraiment nous casser la figure à tous. Il se dégageait de lui une sensation de force, mais d'une force malsaine, disproportionnée, comme ses yeux à fleur de tête ou ses cheveux embroussaillés. Un Dionysos des bas-fonds de la ville, pensa Nick. Ainsi donc, c'était cela le fourgue. La personne auprès de qui se procurer les tracts authentiques.

— J'ai aperçu votre squib sur le toit.

Le garçon parlait comme s'il annonçait la découverte de quelque acte de malveillance.

— Qui est-ce, celui-ci ? demanda-t-il en indiquant Nick de la tête.

— Quelqu'un que je connais et qui désire acheter, dit Zeta.

— Ah oui ! vraiment ?

Denny se dirigea vers Nick pour l'examiner de plus près. Il étudie mes vêtements, ma figure, il m'évalue, se dit Nick. Comme si une sorte d'affrontement bizarre, dont la nature restait incompréhensible à ses yeux, était engagé.

Tout d'un coup, les yeux globuleux du garçon bougèrent vivement et se posèrent sur la brochure.

— Je l'ai pêchée dans le vide-ordures, dit Zeta.

Denny se tourna vers la fille.

— Petite garce, je t'avais dit de garder cette piaule nette. Nette, tu comprends ?

Il baissa sur elle un regard menaçant. Les lèvres de Charley s'entrouvrirent anxieusement. Elle leva vers Denny un regard effarouché, mais qui ne cillait pas. Denny pivota rapidement, s'empara du paquet, l'ouvrit et examina la brochure.

— C'est Fred qui t'a fourgué ça, dit-il. Combien l'as-tu payé ? Dix pops ? Douze ?

— Douze. Tu es complètement parano. Arrête de nous regarder comme si nous étions tous des traceurs.

Tu es toujours en train de penser que n'importe qui peut être un traceur du moment que tu ne le connais pas personnellement.

Denny s'adressa à Nick.

— Comment tu t'appelles?

— Ne lui dites pas, fit Charley.

Denny se retourna et leva la main. Elle lui fit face calmement, le visage dur et impassible.

— Vas-y! dit-elle. Frappe-moi et je t'envoie un coup de pied là où ça te fera mal pour le restant de tes jours.

Zeta intervint :

— C'est un de mes employés.

— Mais naturellement, fit Denny, sarcastique. Et tu l'as connu toute ta vie. Pourquoi ne pas me dire tout simplement que c'est ton frère?

— C'est la vérité, dit Zeta.

— Et qu'est-ce que tu fabriques? demanda Denny.

— Je creuse de nouveaux sillons dans les pneus, répondit Nick.

Denny se mit à sourire, toute son attitude changea, comme si les nuages se dissipaient.

— Ah oui? (Il rit.) Quel boulot! Quelle vocation... Transmise par ton père, évidemment?

— Oui.

Nick pouvait à grand-peine dissimuler la haine qui bouillait en lui. Il le fallait pourtant; car il avait peur de Denny — peut-être parce que les autres personnes présentes en avaient peur elles-mêmes et que cette peur le gagnait à son tour.

Denny tendit la main à Nick.

— Ça va, creuseur de sillons, tu veux un bouquin à cinquante ou à cent balles? J'ai les deux.

Il plongea la main dans son blouson de cuir et ressortit une liasse de tracts.

— Ça, c'est de la bonne camelote. Entièrement authentique. Je connais le gars qui les imprime. J'ai vu le manuscrit original de Cordon à son atelier.

— Puisque c'est moi qui régale, dit Zeta, ce sera une brochure à cinquante.

— Alors, je suggère *Morale de l'homme véritable*, dit Charley.

— Ah ! tu suggères ? fit ironiquement Denny en la dévisageant.

Elle croisa encore une fois son regard sans fléchir. Elle est aussi dure que lui, pensa Nick. Capable de lui tenir tête. Mais pourquoi ? Est-ce que cela vaut la peine de rester auprès d'un personnage aussi violent ? Oui, violent, je peux le sentir. Et instable. Capable de faire n'importe quoi à n'importe quel moment. Il a un type de personnalité nourri aux amphétamines. Il doit en prendre des doses massives, par voie orale ou par injection. Ou alors, c'est qu'il a besoin d'être comme ça pour faire ce travail.

— Je prendrai celle-ci, dit-il. Celle qu'elle m'a suggérée.

— Ça y est, elle t'a entortillé, fit Denny. Comme elle entortille tous les bonshommes. C'est une conne ! Une garce stupide et courte sur pattes !

— Espèce de pédé ! dit Charley.

— Ecoutez la gouine qui parle, fit Denny.

Zeta sortit un billet de cinq pops et le tendit à Denny. Il n'avait qu'une envie : conclure la transaction et partir.

Denny se tourna vers Nick.

— Est-ce que je vous énerve ? demanda-t-il avec brusquerie.

— Non, répondit prudemment Nick.

— Parce qu'il y a des gens que j'énerve, fit Denny.

— Naturellement, que tu l'énerves, dit Charley.

Elle lui prit des mains le paquet de livres, sortit le volume désiré et le tendit à Nick avec un de ces sourires radieux dont elle avait le secret. Seize ans, pensa-t-il. Seize ans tout au plus. Des enfants jouant avec le feu. Toujours à se quereller et à se détester — mais sans doute prêts à se soutenir l'un l'autre quand ça tourne mal. L'animosité apparente de Denny et de son amie dissimulait une attirance plus profonde, conclut-il. Ils formaient un tandem, en quelque sorte. Une symbiose. Pas beau à voir, mais néanmoins réel. Un Dionysos des trottoirs et une mignonne élevée à la dure, capable de lui tenir tête — ou s'y efforçant. Elle le haïssait, probablement, mais ne pouvait se résoudre à partir. Sans doute parce qu'il la tient physiquement, pensa-t-il. Parce qu'à ses yeux, c'est un homme, un vrai. Il est plus dur qu'elle, et ça, c'est une chose qu'elle respecte. Elle-même est assez dure pour savoir ce que le mot veut dire.

Mais quel drôle de choix, comme compagnon. Ses traits avaient fondu et il ressemblait à un fruit mûr trop longtemps exposé à la chaleur. Seul l'éclat brûlant de son regard semblait maintenir l'unité de son visage.

Je m'imaginais que les gens qui s'occupaient de diffuser les écrits de Cordon étaient des purs, des idéalistes. Mais pas du tout. L'œuvre de Cordon enfreint la loi et attire naturellement ceux qui s'occupent de choses illégales, et qui forment eux-mêmes une espèce à part. Des gens pour qui ce qu'ils trafiquent ne compte pas en soi; seulement le fait que c'est illégal et qu'il y a des gens prêts à payer un bon prix, un très bon prix.

— Est-ce que tu es sûre que la piaule est nette, à présent? demanda Denny. J'habite ici, tu es au courant? Je suis là dix heures par jour. Si jamais ils trouvent quoi que ce soit...

Il arpentait la pièce comme un animal, l'air méfiant, haineux, ruminant ses soupçons.

Soudain, il saisit un pied de lampe, l'examina puis, tirant une pièce de monnaie de sa poche, se mit à en défaire les vis. La plaque de base de la lampe lui resta dans les mains et trois brochures enroulées tombèrent du montant creux.

Denny se tourna vers la fille, qui restait immobile, le visage impassible. Nick vit qu'elle avait les lèvres serrées comme si elle se préparait à un coup dur.

Levant son bras droit, Denny la frappa, visant l'œil. Elle esquiva, mais pas suffisamment. Le coup l'atteignit sur le côté du visage, au-dessus de l'oreille. Avec une rapidité saisissante, elle prit le bras tendu, leva le poignet et le mordit profondément. Denny hurla, agitant le bras afin de libérer son poignet.

« Au secours! » criait-il en direction de Nick et de Zeta. Ne sachant que faire, Nick se dirigea vers la fille. Il s'entendit marmonner, lui disant de lâcher prise, qu'elle risquait de mordre un nerf et de le laisser avec une main paralysée. Pendant ce temps, Zeta saisit simplement Charley par le menton, lui fourra ses gros doigts maculés dans la bouche et lui ouvrit de force les mâchoires. Denny retira aussitôt son bras et se mit à examiner la morsure. Il avait l'air abasourdi, mais une expression de violence revint aussitôt sur son visage, une violence meurtrière, cette fois. Ses yeux semblaient littéralement sur le point de lui sortir de la tête. Se penchant, il ramassa la lampe et la brandit au-dessus de lui.

Zeta le cueillit et l'immobilisa dans une prise serrée, tout en disant à Nick d'une voix haletante :

— Sors-la d'ici. Emmène-la quelque part où il ne pourra pas la retrouver. Tu ne vois donc pas ? *C'est un alcoolique.* Ils sont capables de n'importe quoi. Allez, vite !

Comme hypnotisé, Nick prit la fille par la main et la mena rapidement hors de l'appartement.

Entre deux halètements, Zeta lui cria :

— Prenez mon squib !

— D'accord !

Nick entraîna la fille le long du couloir — petite et légère, elle se laissait faire sans résistance. Il parvint à l'ascenseur et pressa violemment le bouton.

— On ferait mieux de prendre l'escalier, dit Charley.

Elle semblait calme et lui décocha même un de ces sourires radieux qui rendaient son visage tellement exquis.

— Vous avez peur de lui ? demanda Nick tandis qu'ils commençaient à gravir l'escalier quatre à quatre.

Il n'avait pas desserré l'étreinte autour de son poignet, mais elle parvenait malgré tout à suivre son rythme. Souple, aérienne, elle semblait réunir une promptitude animale et une sorte de qualité glissante, presque surnaturelle. Une vraie gazelle, pensa-t-il.

Loin au-dessous d'eux, Denny surgit en hurlant d'une voix tremblante d'excitation :

— Reviens ! Il va falloir que j'aille faire examiner cette morsure. Conduis-moi à l'hôpital.

Charley ne sembla pas autrement émue par les pitoyables gémissements de son ami.

— C'est ce qu'il dit toujours. N'y faites pas attention et espérons qu'il ne coure pas plus vite que nous.

— Est-ce qu'il se conduit souvent comme ça? demanda Nick en haletant.

Ils avaient atteint la terrasse et couraient en direction du squib de Zeta.

— Il sait comment je réagis, répondit Charley. Vous avez vu ce que j'ai fait — il a horreur des morsures. Est-ce que vous avez déjà été mordu par un adulte? Vous êtes-vous jamais demandé ce qu'on ressent? Je sais faire autre chose, aussi — je m'appuie contre un mur et m'arrange pour me tenir fermement à quelque chose avec les bras étendus, et puis je frappe avec les deux pieds à la fois. Il faudra que je vous montre. Rappelez-vous donc ça : n'essayez jamais de porter la main sur moi lorsque je ne veux pas être touchée. Il n'y a pas un homme qui puisse faire ça et s'en tirer.

Nick la fit entrer dans le squib, courut de l'autre côté et s'installa derrière les commandes. Au moment où il mettait le moteur en marche, Denny surgit à la sortie de l'escalier, la respiration sifflante. En l'apercevant, Charley eut un rire ravi de petite fille. Couvrant sa bouche de ses mains, elle se mit à se balancer d'un côté et de l'autre.

— Oh! mon Dieu! il a l'air tellement furieux. Et il ne peut absolument rien faire. Décollez, vite!

Nick abaissa la manette des gaz et l'engin s'éleva. Tout vieux et tout cabossé qu'il fût, le squib possédait un moteur puissant que Zeta avait trafiqué lui-même, modifiant tous les circuits. Denny n'avait aucune chance de les rattraper à bord de son propre squib, à moins qu'il ne l'ait également trafiqué.

— Que savez-vous de son squib? demanda Nick. Est-ce qu'il a...

Charley était en train de lisser ses cheveux et de se refaire une beauté.

— Denny est incapable du moindre travail manuel. Il a horreur de se mettre du cambouis sur les mains. Seulement, il a un Shellingberg 8 avec moteur B-3, alors il peut faire pas mal de vitesse. Quand il n'y a pas beaucoup de circulation, tard dans la nuit par exemple, il met pleins gaz et monte jusqu'à cinquante.

— Alors, pas de problème. Ce vieux clou peut taper les soixante-dix, soixante-quinze. S'il faut en croire Zeta, bien sûr.

Le squib glissait rapidement à travers le trafic du milieu de la matinée.

— Je le sèmerai, dit Nick.

Derrière lui, il aperçut un Shellingberg peint en rouge vif.

— Est-ce lui? demanda-t-il.

Charley se tourna vers l'arrière.

— Oui, c'est lui. Denny possède le seul Shellingberg 8 rouge vif de tous les Etats-Unis.

— Je vais plonger dans la zone à grande circulation, fit Nick, qui commença à descendre vers le niveau fréquenté par les squibs de puissance modeste.

Presque aussitôt, deux petits squibs anodins se mirent dans son sillage tandis que lui-même collait au squib qui le précédait. Un ballon portant l'indication HASTINGS AVENUE parut en dansant sur leur droite.

— Je vais tourner là, dit Nick.

Il prit son virage et se retrouva — ainsi qu'il l'espérait — entraîné dans la lente procession des squibs à la recherche d'endroits où se garer... la plupart conduits par des femmes sorties faire leurs courses.

Nick tourna la tête dans toutes les directions. Aucun signe de Shellingberg 8 rouge vif.

— Vous l'avez semé, constata Charley d'un ton neutre. Pour Denny, il n'y a que la vitesse — foncer à toute allure dans les hauteurs, au-dessus de la circulation. Mais à ce niveau...

Elle rit, et Nick crut voir une lueur de plaisir dans son regard.

— Il ne descend jamais jusqu'ici, il n'a pas la patience.

— Alors, que va-t-il faire, à votre avis ?

— Il va abandonner. Sa colère sera passée d'ici à deux jours, de toute manière. Mais, pendant ces deux jours, il va être comme un fou furieux. C'était vraiment idiot de ma part de cacher ces brochures dans la lampe. Il a raison, mais c'est égal, je n'aime pas qu'on me frappe. (D'un air songeur, elle se massa le côté du visage où il l'avait giflée.) Il cogne dur, poursuivit-elle, mais il ne supporte pas qu'on lui rende les coups. Je ne peux pas vraiment lui faire grand mal, je suis trop petite — mais vous m'avez vue mordre.

— Ça oui ! La morsure du siècle.

Il n'avait pas envie de lui disputer ce point.

— C'est bien aimable à vous de m'aider comme ça. Vous ne me connaissez pas du tout. Vous ne savez même pas mon nom.

— J'aime autant en rester à Charley.

Cela semblait lui convenir.

— Je n'ai pas bien saisi votre nom à vous.

— Nick Appleton.

Elle se plongea le visage dans les mains en pouffant.

— Ça pourrait être le nom d'un personnage dans un livre. Un traceur privé, peut-être. Ou bien dans une de ces émissions à la télé.

— C'est un nom qui respire la compétence, fit Nick.

— Compétent, vous l'êtes, admit-elle. Vous nous avez... vous *m'avez* tirée de là. Merci.

— Où allez-vous passer les prochaines quarante-huit heures ? Le temps qu'il se calme...

— J'ai un autre appartement. On s'en sert aussi. On transporte la marchandise de l'un à l'autre, au cas où la P.I.S. nous collerait un mandat S-S sur le dos. Saisie-surprise, vous savez. Mais ils ne nous soupçonnent pas. La famille de Denny a de l'argent et des relations. Un jour, un traceur s'était mis à venir fouiner, et une huile de la P.I.S. qui était ami avec le père de Denny a appelé pour nous prévenir. C'est la seule fois où nous ayons eu des ennuis.

— Je ne crois pas que vous feriez bien d'aller à l'autre appartement, fit Nick.

— Pourquoi pas ? Toutes mes affaires sont là-bas. Il faut que j'y aille.

— Allez plutôt quelque part où il ne vous trouvera pas. Il serait capable de vous tuer.

Nick avait lu des articles sur les changements de personnalité auxquels sont souvent sujets les alcooliques, sur la dose de cruauté primitive qui se révélait fréquemment lorsque, à l'intérieur d'une personnalité virtuellement psychotique, la mobilité de la manie se mêle à la rage suspicieuse de la paranoïa. Eh bien, à présent, il en avait vu un, de ces alcooliques, et cela ne lui avait pas plu. Pas étonnant que les autorités aient interdit la chose — et pas pour rire : un alcoolique pris sur le fait se retrouvait d'ordinaire dans un camp psychodidactique pour le restant de ses jours, à moins d'être capable de se payer un avocat connu qui pourrait lui-même couvrir les frais élevés d'un examen du sujet destiné à prouver que sa période d'intoxication était terminée. Terminée, elle ne l'était jamais, évidemment. Un gnôleux restait un gnôleux à tout jamais, même après une opération de Platt sur le diencéphale, contrôlant les désirs oraux.

— S'il me tue, dit Charley, je l'aurai aussi. Et au départ, il a plus peur que moi. Denny vit dans la peur. Presque tous ses actes sont dictés par la peur. Je devrais même dire l'affolement : il est dans un état constant de terreur panique.

— Et quand il n'a pas bu ?

— C'est pareil, et c'est pour ça qu'il boit... Mais il n'est pas violent, à moins d'avoir bu : il a juste envie de courir se cacher quelque part — seulement il ne peut pas, parce qu'il s'imagine que les gens l'observent et savent qu'il fait du trafic. C'est à ce moment-là qu'il se met à boire.

— Mais en buvant il attire l'attention, et c'est précisément ce qu'il cherche à éviter, non ?

— Peut-être bien que non, justement. Peut-être qu'il veut être pris. Il n'a jamais levé le petit doigt pour travailler avant de donner dans le trafic de tracts, de brochures et de minibandes; sa famille l'a toujours entretenu. Alors à présent, il abuse de la créd... comment dit-on ?

— La crédulité.

— Est-ce que ça veut dire quand quelqu'un veut croire à quelque chose ?

— Oui.

L'approximation était suffisante.

— Alors, il abuse de la crédulité des gens, parce qu'il y a beaucoup de gens qui croient en Provoni, vous savez ? Le retour de Provoni, et tout ce baratin qu'on trouve dans les écrits de Cordon...

— Vous voulez dire que vous, les gens qui font circuler les écrits de Cordon, les gens qui les vendent... ?

— Nous n'avons pas besoin d'y croire. Est-ce qu'on a besoin d'être soi-même gnôleux pour vendre une pinte d'alcool ?

Toute correcte qu'elle fût, cette logique l'effarait.

— C'est pour l'argent. Vous ne les lisez sans doute même pas, ces tracts. Vous connaissez simplement les titres. Comme un employé dans un entrepôt.

— J'en ai lu quelques-uns.

Elle se tourna pour lui faire face, tout en continuant à se masser le front.

— J'ai la migraine. Est-ce que vous avez du darvon ou de la codéine chez vous ?

7

— Non.

Tout d'un coup, il se sentait mal à l'aise.

Elle veut passer les deux jours qui viennent chez moi, se dit-il.

— Ecoutez, nous allons choisir un motel au hasard et je vais vous y conduire. Il ne vous trouvera jamais. Je paierai pour les deux nuits.

— Mais bon sang ! fit Charley, il y a ce repéromètre au centre de contrôle où sont programmés les noms de chaque personne qui descend dans chaque motel en Amérique du Nord. Pour deux pops, il peut s'en servir ; il n'a qu'à décrocher un fone.

— Nous nous servirons d'un faux nom.

Elle secoua la tête.

— Non.

— Pourquoi pas ?

Sa gêne grandissait. Elle allait lui coller après

comme du papier tue-mouches et pas moyen de s'en défaire.

— Je ne veux pas rester seule. S'il me trouve vraiment dans un motel, il va me voler dans les plumes, et pour de bon cette fois. Rien à voir avec tout à l'heure. Il faut que je reste avec quelqu'un. J'ai besoin d'avoir des gens autour de moi pour...

— Je ne serais pas capable de l'arrêter.

Nick disait la vérité. Zeta lui-même, avec toute sa force, n'avait pas pu retenir Denny plus de quelques minutes.

— Il ne se battra pas avec vous. C'est juste qu'il ne veut pas que quelqu'un d'autre voie ce qu'il me fait. (Elle marqua une pause.) Mais je ne devrais pas essayer de vous entraîner là-dedans. Ce n'est pas juste. Supposez qu'une bagarre éclate chez vous et qu'on soit tous embarqués par la P.I.S. S'ils retrouvent ce tract sur vous, celui qu'on vous a fourni... vous savez ce que ça coûte.

— Je vais m'en débarrasser. Tout de suite.

Il baissa la vitre de son côté et fouilla dans son fourre-tout à la recherche du petit volume.

— Ainsi donc, Eric Cordon vient en second, dit Charley. (Sa voix était neutre, sans trace de réprimande.) Me protéger de Denny passe d'abord. Vous ne trouvez pas ça drôle ? Ça l'est vraiment, pourtant.

— Une personne compte plus que des considérations théor...

— Vous n'êtes pas encore mordu, mon chou. Vous n'avez pas lu Cordon. Quand vous l'aurez lu, vous réagirez différemment. De toute manière, j'ai encore deux tracts dans mon sac, alors ça ne changerait rien.

— Jetez-les !

— Non !

Et voilà, pensa-t-il. Cette fois, nous y sommes. Elle ne veut pas jeter les pamphlets et elle ne veut pas que je la conduise à un motel. Qu'est-ce que je suis censé faire ? Tourner en rond dans ce foutu trafic jusqu'à ce que je sois à sec ? Avec toujours la possibilité de voir surgir le Shellingberg 8 ? Ça réglerait tout en un instant. Il nous foncerait sans doute droit dessus et tout le monde y passerait. A moins que les effets de l'alcool ne se soient dissipés.

— J'ai une femme et un enfant, dit-il simplement. Je ne peux rien faire qui...

— C'est déjà fait. Vous avez laissé Zeta se rendre compte que vous vouliez un tract. Vous étiez dans le coup dès l'instant où Zeta et vous avez frappé à la porte de notre appartement.

— Et même avant ça, fit Nick en hochant la tête.

C'était vrai.

Comme c'est allé vite, pensa-t-il. Il s'était mouillé en un clin d'œil. Mais il y avait longtemps que cela couvait. La nouvelle de l'assassinat projeté de Cordon — car c'était bien un assassinat — l'avait amené à prendre certaines décisions, et dès lors, Kleo et Bobby étaient en danger.

D'un autre côté, la P.I.S. venait de le sonder, en se servant de Darby Shire comme appât, et Kleo et lui avaient passé l'épreuve. D'un simple point de vue statistique, il avait peu de chances de subir une nouvelle investigation avant longtemps.

Mais il ne fallait pas se faire d'illusions. Ils surveillent probablement Zeta, pensa-t-il. Et ils sont au courant pour les deux appartements. Ils savent tout ce qu'il faut savoir. La seule question, c'est : quand vont-ils choisir de passer à l'action ?

Dans cette hypothèse, il était vraiment trop tard. Autant aller jusqu'au bout et prendre Charley avec Kleo et lui pendant deux jours. Le divan du living-room pouvait être arrangé en lit : ils avaient déjà reçu des amis chez eux.

Seulement, cette fois, la situation était bien différente.

— Vous pouvez rester avec ma femme et moi, à condition de vous débarrasser de ces tracts. Vous n'avez pas besoin de les détruire — vous ne pouvez pas tout simplement les déposer à un endroit connu de vous ?

Sans répondre, Charley prit un des pamphlets, tourna les pages et commença à lire à haute voix :

— *La mesure d'un homme n'est pas son intelligence.*

Ce n'est pas la manière dont il s'élève dans l'appareil dément du système. La mesure d'un homme est ceci : à quelle vitesse est-il capable de réagir aux besoins d'un autre être ? Combien peut-il donner de sa personne ? Dans le don véritable, il ne faut attendre aucun retour, ou du moins...

— Je connais, fit Nick. C'est en donnant qu'on reçoit quelque chose. On rend service à quelqu'un, à l'occasion il vous rend la politesse. Ça coule de source.

— Ce n'est pas un don ça. C'est un troc. Ecoutez ceci : *Dieu nous enseigne...*

— Dieu est mort. On a retrouvé sa carcasse dérivant dans l'espace du côté d'Alpha en 2019.

— On a retrouvé les restes d'un organisme mille fois plus évolué que le nôtre. Capable de toute évidence de créer des mondes habitables et de les peupler d'organismes vivants tirés de sa propre substance. Mais cela ne prouve pas qu'il s'agissait de Dieu.

— Et moi, je crois que c'était lui.

— Est-ce que je peux rester chez vous ce soir ? demanda Charley. Ce soir et peut-être — mais seulement si c'est nécessaire —, peut-être demain soir. C'est d'accord ?

Elle lui adressa son sourire le plus innocent en levant les yeux vers lui. Un petit chat demandant sa soucoupe de lait.

— N'ayez pas peur de Denny. Il ne vous fera pas de mal. S'il doit rosser quelqu'un, ce sera moi. Mais il ne trouvera jamais votre appartement. Comment le pourrait-il ? Il ne connaît pas votre nom, il ne connaît pas...

— Il sait que je travaille pour Zeta.

— Zeta n'a pas peur de lui. Il pourrait le réduire en bouillie.

— Vous vous contredisez.

C'est du moins l'impression qu'avait Nick. Peut-être était-il encore sous l'effet de l'alcool. Il se demanda combien de temps cela mettait à se dissiper. Une heure ? Deux heures ? Quoi qu'il en soit, il semblait piloter son squib correctement. Aucun occifier de la P.I.S. ne l'avait encore interpellé, ou colleté avec des rayons aspirants.

— Vous avez peur de ce que dira votre femme si vous me ramenez chez vous. Elle s'imaginera des choses.

— Eh bien oui, il y a ça. Et aussi la loi sur le « viol formel ». Vous n'avez pas vingt et un ans, n'est-ce pas ?
— Seize.
— Vous voyez bien.
— Bon ! fit-elle gaiement. Posez-vous et laissez-moi là.
— Vous avez de l'argent ?
— Non.
— Mais vous saurez vous débrouiller ?
— Oui. Je me débrouille toujours.

Elle parlait sans trace de ressentiment et ne semblait pas lui tenir rigueur de son hésitation. Peut-être n'est-ce pas la première fois que quelque chose de semblable se passe entre eux, pensa-t-il. Et d'autres, tels que moi, se sont fait prendre. Avec les meilleures intentions du monde.

— Je vais vous dire ce qui risque de nous arriver si vous me ramenez chez vous. Vous pouvez vous faire embarquer pour vous être trouvé dans une pièce contenant des écrits de Cordon. Vous pouvez être accusé de viol formel. Votre femme, qui sera aussi arrêtée pour la première raison, vous quittera et refusera toujours de vous comprendre ou de vous pardonner. Et pourtant, vous n'arrivez pas à me laisser tout bonnement tomber, bien que vous ne me connaissiez pas, parce que je suis une fille et que je n'ai nulle part où aller...

— Des amis. Vous devez bien avoir des amis vers qui vous tourner. (Et s'ils ont trop peur de Denny, se demanda-t-il ?) Vous avez raison. Je n'arrive pas à vous laisser tout bonnement tomber.

Et le kidnapping, pensa-t-il. Je pourrais aussi être accusé de kidnapping, s'il prenait à Denny l'envie d'appeler la P.I.S. Mais non, Denny ne pourrait jamais faire cela, car il se retrouverait épinglé à son tour comme trafiquant de matériel cordonien. Il ne peut pas prendre ce risque.

— Vous êtes une drôle de petite fille, reprit Nick. Par certains côtés, vous êtes l'innocence même ; par d'autres, vous êtes aussi endurcie qu'un vieux rat d'égout.

Etait-ce le fait de tenir un commerce illégal qui la rendait ainsi ? Ou bien était-ce le contraire... Elle avait été élevée à la dure et s'était naturellement trouvée entraînée vers ce genre d'occupation en grandissant. Il la regarda, évaluant ses vêtements. Trop bien habillée, se dit-il. Ces habits coûtent cher. Peut-être est-elle avide — peut-être a-t-elle trouvé là un moyen de gagner assez de pops pour satisfaire ses envies. Pour elle, les habits. Pour Denny, le Shellingberg 8. Sans cela, ils ne seraient rien d'autre que des adolescents allant à l'école en jeans et en sweaters informes.

Le Mal servant le Bien. Mais les écrits de Cordon représentaient-ils vraiment le Bien ? Il n'avait jamais vu d'authentique tract cordonien auparavant. A présent, il en possédait un. Libre à lui de le lire et de prendre position. Et de la laisser rester s'il était d'accord. Sinon, il n'avait qu'à la rejeter aux loups, à Denny, aux voitures de patrouille avec leurs Exceptionnels télépathes toujours aux aguets.

— Je suis la vie, dit-elle.

Il eut un sursaut.

— Hein ?

— Pour vous, je représente la vie. Quel âge avez-vous ? Trente-huit ans ? Quarante ? Qu'avez-vous appris ? Qu'avez-vous accompli ? Regardez-moi, par contre : Regardez. Je suis vivante, et quand vous êtes avec moi, ça déteint un peu sur vous. Vous ne vous sentez pas si vieux en ce moment, hein ? Assis dans un squib avec moi à vos côtés.

— J'ai trente-quatre ans et je ne me sens pas vieux. En fait, avec vous, je me sens plus vieux, pas plus jeune. Rien ne déteint.

— Ça viendra.

— Vous parlez par expérience. Avec des hommes plus vieux. Avant moi.

Charley tira de son sac un miroir et un crayon de maquillage et entreprit de tracer des lignes complexes, partant de ses yeux et suivant les pommettes jusqu'à l'angle du maxillaire.

— Vous mettez trop de maquillage, dit Nick.
— Traitez-moi de pute à deux pops, pendant que vous y êtes!
— Comment?
Il détourna un instant son attention de la circulation matinale et la regarda.
— Rien. (Elle remit crayon et miroir dans son sac.) Vous voulez de l'alcool? Denny et moi avons pas mal de contacts pour ça. Je pourrais peut-être même vous obtenir de ce... comment déjà?... ah oui! du scotch.
— Fabriqué dans une distillerie volante avec Dieu sait quoi!
Elle fut prise d'un fou rire.
— Je vois d'ici une distillerie en train de battre des ailes et de prendre son vol au milieu de la nuit, en route vers un prochain arrêt où la P.I.S. ne pourra pas la retrouver.
Elle continuait à rire, la tête dans les mains, comme si elle ne parvenait pas à s'extirper l'idée de l'esprit.
— L'alcool peut vous rendre aveugle, dit Nick.
— Ridicule. L'alcool de *bois*, oui.
— Et comment pouvez-vous être sûre que ce n'en est pas?
— Comment peut-on être sûr de quoi que ce soit? Denny peut nous rattraper à n'importe quel moment et nous tuer, lui ou la P.I.S... C'est peu probable, et il faut toujours se baser sur ce qui est probable, pas sur ce qui est possible. Parce que *tout* est possible. (Elle lui sourit.) Mais c'est une bonne chose, vous ne comprenez pas? Ça signifie qu'on peut toujours garder l'espoir. C'est ce que dit Cordon. Je me souviens de ça. Il n'arrête pas de le rabâcher. Cordon n'a pas grand-chose à dire, en réalité, mais de ça, je me souviens. Vous et moi pouvons tomber amoureux, vous quitteriez votre femme et moi Denny; et là, il deviendrait vraiment fou — il irait prendre une cuite terrible — et nous tuerait tous, et lui ensuite.
Elle rit. Une lumière dansait dans ses yeux.
— Mais est-ce que ça n'est pas magnifique? Vous ne voyez pas à quel point c'est magnifique?
Non, il ne voyait pas.

— Ça viendra, dit Charley. En attendant, ne m'adressez plus la parole pendant dix minutes. Il faut que je trouve quelque chose à dire à votre femme.
— Je m'en charge.
— Non, vous gâcheriez tout. C'est *moi* qui m'en chargerai.

Les yeux fermés, les paupières froncées, elle se concentrait. Il prit la direction de son appartement.

8

Fred Huff, l'assistant personnel de Barnes, plaça un document sur le bureau du directeur de la P.I.S.
— Veuillez m'excuser, mais vous avez demandé à recevoir un rapport quotidien concernant l'appartement 3XX24J. Le voici. Nous nous sommes servis d'enregistrements de voix types pour identifier les visiteurs. Un seul nouveau, aujourd'hui. Un nommé Nicholas Appleton.
— Pas l'air bien terrible, fit Barnes.
— Nous l'avons mis sur ordinateur, sur celui qu'on loue à l'université du Wyoming. L'ordinateur a extrapolé d'une manière intéressante dès qu'il a été en possession de tout le matériau antécédent concernant ce Nicholas Appleton : âge, occupation, formation, situation de famille, enfants, infrac...
— Et il n'a jamais enfreint la loi auparavant de quelque manière que ce soit.
— Vous voulez dire qu'il n'a jamais été pris. Nous avons également posé la question à l'ordinateur. Y a-t-il un risque pour que cet individu, étant ce qu'il est, commette en toute connaissance de cause un acte délictueux à caractère criminel. Réponse : aucun, très probablement.
— C'est pourtant ce qu'il a fait en se rendant à 3XX24J ! remarqua Barnes d'un ton mordant.
— Et nous en avons pris note. D'où la demande de diagnostic à l'ordinateur. En extrapolant à partir de ce

cas et d'autres semblables survenus au cours de ces dernières heures, l'ordinateur affirme que les nouvelles de l'exécution prochaine de Cordon ont déjà grossi les rangs des Cordoniens dans la proportion de quarante pour cent.

— Foutaises, fit Barnes.

— Les chiffres sont là, monsieur le directeur.

— Vous voulez dire qu'ils se sont engagés ouvertement en signe de contestation ?

— Ouvertement, non, sûrement pas. Mais en signe de contestation, oui.

— Demandez à l'ordinateur quelle sera la réaction à l'annonce de la mort de Cordon.

— Impossible. L'ordinateur ne possède pas assez de renseignements. Enfin, il s'est livré à une estimation, mais les possibilités sont tellement diverses que nous ne sommes pas plus avancés. A dix pour cent : un soulèvement de masse. A quinze pour cent : refus de croire que...

— Quelle est la plus grande probabilité ?

— La conviction que Cordon est mort, mais que Provoni ne l'est pas, lui, et qu'il reviendra, avec ou sans Cordon. Il vous faut garder à l'esprit le fait que des milliers d'écrits de Cordon, authentiques ou faux, circulent à tout instant sur toute la surface de la planète. Sa mort ne mettra pas un terme à cet état de choses. Souvenez-vous du fameux révolutionnaire du XXe siècle, Che Guevara. Même après sa mort, le journal qu'il laissait derrière lui...

— Ou comme le Christ, fit Barnes. (Il se sentait déprimé, tout à coup.) Tuez le Christ, et vous avez le Nouveau Testament. Tuez Guevara, et vous avez un journal qui est un véritable manuel d'instruction sur la manière de conquérir le pouvoir partout dans le monde. Tuez Cordon...

Une sonnerie retentit sur le bureau du directeur. Barnes se pencha vers l'intercom.

— Oui, monsieur le président. L'occifier Noyes est avec moi.

Il fit un signe de tête et la femme qui était assise dans le fauteuil de cuir en face de son bureau se leva.

— Nous arrivons.

D'un geste, Barnes indiqua à l'occifier de le suivre. Il éprouvait une profonde antipathie envers elle.

D'une manière générale, il n'aimait pas les femmes policiers, surtout celles qui se plaisaient à porter l'uniforme. Il s'était depuis longtemps persuadé que les femmes n'étaient pas faites pour porter l'uniforme. Les indicatrices ne le gênaient pas, car on ne leur demandait en aucune manière de renoncer à leur féminité. L'occifier de police Noyes, par contre, n'avait pas de sexe — au sens littéral, physiologique du terme. Elle avait subi l'opération de Snyder : légalement et physiquement, ce n'était plus une femme. Elle n'avait pas à proprement parler d'organes sexuels, pas de poitrine, ses hanches étaient étroites, comme celles d'un homme, et son visage était cruel, insondable.

— Pensez donc un peu, dit Barnes tandis qu'ils descendaient le couloir, entre les deux rangs de gardes armés, combien vous vous sentiriez mieux si vous étiez parvenue en fin de compte à trouver quelque chose sur Irma Gram. Dommage.

Barnes poussa du coude l'occifier Noyes comme la porte de chêne de la chambre bureau de Gram, massive et surchargée d'ornements, s'ouvrait. Ils entrèrent. Gram était couché dans son immense lit, enterré sous un amoncellement de sections du *Times,* une expression de ruse sur le visage.

— Monsieur le président, fit Barnes, voici Alice Noyes, l'occifier spécial que nous avons chargée d'obtenir des informations concernant les mœurs de votre épouse.

— Nous nous sommes déjà rencontrés, dit Gram.

Alice Noyes hocha la tête.

— Exact, monsieur le président.

— Je désire voir ma femme assassinée par Eric Cordon, en direct sur le circuit mondial de télévision, annonça Gram d'une voix calme.

Barnes écarquilla les yeux. Gram lui rendit paisiblement son regard. L'expression de ruse amicale était toujours sur son visage.

Au bout d'un moment, Alice Noyes dit :

— `Naturellement, sa liquidation ne poserait aucun problème. Un accident de squib fatal pendant qu'elle part faire ses emplettes en Europe ou en Asie : elle n'arrête pas. Mais Eric Cordon...

— C'est là que ça devient ingénieux, fit Gram.

— Avec tout mon respect, monsieur le président, reprit Alice Noyes, sommes-nous censés élaborer nous-mêmes ce projet, ou bien possédez-vous quelques idées sur la manière dont nous devrions procéder ? Plus vous pourrez nous en dire, meilleure sera notre position, d'un point de vue opérationnel, sur toute la chaîne jusqu'au niveau des exécutants.

Gram la fixa du regard.

— Je suppose que tout ceci est une manière de me demander si je sais comment m'y prendre ?

Barnes intervint à ce moment :

— Je suis également assez perplexe. Tout d'abord, j'essaie de me représenter l'effet que cela aurait sur le citoyen ordinaire de voir Cordon accomplir une action de cette sorte.

— Ils se rendraient compte que toutes ces salades sur l'amour, le don, l'entraide, l'empathie, la coopération entre Ordinaires, Nouveaux et Exceptionnels sont autant de foutaises grandiloquentes. Et je serais débarrassé d'Irma. N'oubliez pas cet aspect de la question, directeur ! Ne l'oubliez pas !

— Je ne l'oublie absolument pas, mais je ne vois toujours pas comment cela peut être fait.

— Tous les hauts personnages du gouvernement assisteront à l'exécution de Cordon en compagnie de leurs épouses — je serai avec ma femme, directeur. Cordon sera encadré d'une douzaine de gardes armés. Les caméras de la TV filmeront tout, ne l'oubliez pas non plus. Alors, brusquement, par un de ces coups du sort comme il peut s'en produire, Cordon s'empare de l'arme d'un occifier, la dirige sur moi mais me manque et snuffe Irma, qui est bien sûr assise à mes côtés.

— Seigneur Dieu !

Barnes sentait comme un poids immense s'amasser sur lui, l'obligeant à se courber.

— Sommes-nous censés altérer le cerveau de Cordon

de manière qu'il se sente conduit à faire un tel geste ? Ou bien va-t-on juste lui demander si cela ne l'ennuierait pas de...

— Cordon aura déjà été snuffé, dit Gram. La veille au plus tard.

— Alors, comment...

— Son cerveau aura été remplacé par une tour de contrôle neural synthétique qui le dirigera et lui fera accomplir les gestes que nous désirons lui voir accomplir. C'est assez facile. Amos Ild se chargera de la mise en place.

— Le Nouveau qui construit Grande Oreille ? dit Barnes. Vous avez l'intention de lui demander de s'occuper de ceci ?

— Voici comment les choses se présentent : s'il refuse, je coupe tous les crédits pour le développement de Grande Oreille, et nous trouverons un autre Nouveau capable de faire sauter le cerveau de Cordon.

Il s'interrompit — Alice Noyes venait d'avoir un frisson.

— Excusez-moi. De lui retirer le cerveau, si vous préférez. De toute manière, le résultat est le même. Qu'en pensez-vous, Barnes ? Est-ce que ce n'est pas une idée brillante ? (Il marqua un silence.) Répondez.

— Cela contribuerait à jeter le discrédit sur le mouvement des Résistants, fit prudemment Barnes. Seulement, le risque est trop grand, par rapport aux chances de profit. C'est sous cet angle-là, si je puis me permettre, qu'il faut envisager la chose.

— Quel risque ?

— Tout d'abord, il vous faudra mettre un Homme Nouveau de haut rang dans le coup, ce qui vous place en position d'infériorité par rapport à eux, et de cela, nous ne voulons absolument pas. De plus, ces cerveaux synthétiques sur lesquels ils travaillent dans leurs centres de recherches ne sont pas sûrs. Le mécanisme pourrait fort bien se dérégler et faire tuer tout le monde, vous compris. Je ne voudrais pas être là quand cette chose surgira avec un pistolet et commencera à exécuter son programme. Je tiens trop à ma peau.

— L'idée ne vous plaît pas, en somme, dit Gram.

— Vous pouvez l'interpréter ainsi.

Intérieurement, Barnes bouillait d'une indignation qui n'échappa pas à Gram.

— Et vous, Noyes, qu'en pensez-vous ? demanda le président.

— Je pense qu'il s'agit du plan le plus brillant, le plus fantastique dont j'aie jamais eu connaissance.

— Vous voyez ? fit Gram à l'adresse de Barnes.

Le directeur se tourna vers l'occifier Noyes d'un air intrigué.

— Quand êtes-vous arrivée à cette conclusion ? Tout à l'heure, lorsque le président a parlé de...

— Simple question de choix des mots, fit Alice Noyes. Toute cette histoire de reportage en direct. Mais à présent, je suis en mesure de replacer la chose dans sa perspective.

— C'est la plus belle idée qui me soit venue au cours de toutes ces années que j'ai passées dans l'Administration et à ce poste suprême, dit fièrement Gram.

— Peut-être bien, fit Barnes d'un ton las. Peut-être bien, après tout.

Ce qui en dit long sur ton compte, pensa-t-il.

Gram surprit la réflexion intérieure de Barnes et fronça les sourcils.

— Ce n'est qu'un doute passager, fit le directeur. Un moment d'égarement qui ne durera pas, j'en suis sûr.

Il avait oublié les dons télépathiques de Gram. D'ailleurs, s'en serait-il souvenu, il n'en eût pas moins formulé cette pensée.

— C'est exact, dit Gram qui avait également intercepté cette réflexion. Désirez-vous démissionner, Barnes ? demanda-t-il. Et vous dégager de toute l'affaire ?

— Non, monsieur le président, répondit respectueusement Barnes.

Gram eut un hochement de tête.

— Très bien. Saisissez-vous d'Amos Ild dès que possible, faites-lui bien comprendre qu'il s'agit d'un secret d'Etat et demandez-lui de se mettre au travail sur une réplique du cerveau de Cordon, et faites-moi crépiter les encéphalogrammes, ou quoi que ce soit qu'ils utilisent.

— Ce sont bien des encéphalogrammes. (Barnes confirma de la tête.) Une étude serrée, exhaustive de l'esprit de Cordon — de son cerveau, si vous préférez.

— Il ne faut pas oublier l'image publique d'Irma. Vous et moi savons ce qu'il en est, mais le public se représente une philanthrope généreuse, humaine, bourrée de bonnes intentions, qui subventionne des bonnes œuvres et d'une manière générale des entreprises d'intérêt public destinées à améliorer la qualité de la vie : jardins flottants en plein ciel, etc. Mais nous savons que...

Barnes l'interrompit :

— De cette manière, le public s'imaginera que Cordon vient de tuer un être bon et inoffensif. Un crime terrible, même aux yeux des Résistants. Tout le monde sera content de voir Cordon « tué » aussitôt après avoir perpétré cet acte pervers et insensé. Dans la mesure, naturellement, où le cerveau conçu par Ild sera assez réussi pour tromper les Exceptionnels, les télépathes.

Dans son esprit, Barnes imaginait Cordon, poussé par le cerveau synthétique, titubant sur les lieux de l'exécution tout en fauchant les spectateurs par centaines.

Gram intercepta de nouveau ses pensées.

— Impossible, nous l'abattrons immédiatement. Aucun risque d'incident. Seize hommes en armes, tous des tireurs d'élite, feront feu sur lui instantanément.

— Instantanément, après qu'il sera parvenu à abattre une personne précise au milieu d'une foule de milliers. Il aurait besoin d'être un sacré bon tireur pour cela.

— Mais tout le monde pensera que c'était moi qu'il visait. De plus, je serai assis au premier rang... au côté d'Irma.

— Dans tous les cas, fit remarquer Barnes, il ne sera pas abattu « instantanément ». Il s'écoulera une ou deux secondes; le temps que lui-même fasse feu. Et s'il se trouve un peu décalé — c'est vous qui êtes assis à côté d'elle.

Gram se mordit la lèvre.

— Hum...

— Quelques centimètres d'erreur et c'est vous qui y passez, pas Irma. Je pense que votre tentative de combiner vos problèmes avec Cordon et les Résistants et vos problèmes avec Irma en un final grandiose et spectaculaire relève un peu trop de... (Il marqua une pause.) Il y a un mot grec pour cela.

— Terpsichore, fit Gram.

— Non. Hubris. Vous en faites trop, vous allez trop loin.

— Je persiste à approuver le président Gram, fit Alice Noyes de sa voix glacée mais au débit rapide. Je vous accorde que l'idée est audacieuse; mais cela permettra de résoudre tant de choses. L'homme qui gouverne, tel que le président Gram, doit être capable de prendre des décisions, d'échafauder des manœuvres audacieuses pour maintenir le bon fonctionnement de la structure. Dans ce seul geste...

— Je démissionne de mon poste de directeur de la police, fit Barnes.

— Pourquoi ? demanda Gram.

Il avait l'air surpris. Aucune pensée susceptible de laisser prévoir cela n'avait traversé l'esprit de Barnes. Sa décision avait surgi de nulle part.

— Parce que ce projet signifiera sans doute la mort pour vous, dit Barnes. Amos Ild programmera le cerveau pour vous faire abattre à la place d'Irma.

— J'ai une idée, dit Alice Noyes. Tandis qu'on amène Cordon au centre du terrain, Irma Gram quitte sa place et vient vers lui en tenant une rose blanche qu'elle lui tend. A ce moment, il s'empare de l'arme d'un garde négligent et la tue.

Elle eut un mince sourire. Ses yeux, ternes à l'ordinaire, étincelèrent.

— Cela devrait les dégoûter à tout jamais : un acte de cruauté aussi insensé. Seul un fou tuerait une femme qui lui apporte une rose blanche.

— Pourquoi blanche ? demanda Barnes.

— Quoi donc, « blanche » ? fit Noyes.

— La rose, la foutue rose.

— Parce que c'est un symbole d'innocence, répondit Noyes.

Willis Gram avait toujours la mine aussi renfrognée et se mordillait la lèvre.

— Non, ça n'ira pas, fit-il. Il faut qu'il ait l'air de s'en prendre à moi, parce qu'au moins là, il aurait un mobile. Mais pour quelle raison irait-il s'attaquer à Irma ?

— Pour tuer à elle, que vous aimez le plus.

Barnes se mit à rire.

— Qu'est-ce qu'il y a de si drôle ? demanda Gram.

— Ça pourrait marcher. Voilà ce qu'il y a de si drôle. « Pour tuer à elle, que vous aimez le plus. » Vous permettez que je vous cite, Noyes ? Une phrase modèle qu'on devrait apprendre dans toutes les écoles — idéale pour l'analyse grammaticale.

— Moi, les humanités... répliqua âprement Alice Noyes.

Le visage cramoisi, Gram se tourna vers Barnes.

— Je me fiche pas mal de sa grammaire. Je me fiche pas mal de la mienne, et de celle de n'importe qui. Tout ce qui compte à mes yeux, c'est que ce plan est bon, et qu'elle est d'accord. Vous, vous venez de démissionner et dorénavant vous n'avez plus voix au chapitre... enfin, dans la mesure où je décide d'accepter votre démission. Je réfléchirai à la question. Je vous ferai connaître ma réponse à un moment ou à un autre. Ça peut attendre.

La suite de son discours se perdit en un marmonnement confus. Le président ruminait son problème. Tout à coup, il releva les yeux vers Barnes.

— Je vous trouve d'une humeur bien étrange. D'ordinaire, vous approuvez toutes mes suggestions. Qu'est-ce qui vous prend ?

— 3XX24J, dit Barnes.

— Qu'est-ce que c'est que ça ?

— Un appartement de Résistants que nous avons en observation. A l'aide de l'ordinateur du Wyoming, nous avons procédé à une étude statistique concernant les caractéristiques des visiteurs.

— Et vous avez appris des choses qui ne sont pas de votre goût.

— Pas grand-chose, en fait. Un citoyen moyen, venant apparemment d'apprendre l'exécution prochaine de Cordon, a sauté le pas. Un individu que nous venions de sonder, pour tout vous dire. L'ordinateur n'a pas du tout aimé cela. Un tel écart, devant une telle courbe de loyauté, et en si peu de temps... L'annonce de l'exécution de Cordon a peut-être été une erreur — une erreur que nous pouvons encore rattraper. Les « juges » pourraient changer d'avis une nouvelle fois. (Le visage toujours impassible, il ajouta sarcastiquement :) J'ai un changement de détail à apporter à votre plan, monsieur le président. Ne vous contentez pas de truquer Cordon; fournissez-lui également une arme truquée. De cette manière, au moment même où il la pointe et « fait feu », un tireur d'élite dissimulé à proximité d'Irma *la* snuffe. Ainsi les risques pour que vous-même soyez atteint sont pratiquement réduits à néant.

Gram approuva de la tête.

— Bien réfléchi.

— Vous seriez prêt à considérer sérieusement pareille suggestion ? demanda Barnes.

— C'est une bonne suggestion. Cela rejoint l'élément que vous avez fait intervenir tout à l'heure, en ce qui concerne...

— *Il vous faut absolument démêler votre vie privée de vos activités publiques,* dit Barnes. Vous avez tout mélangé.

— Et je vais vous dire autre chose, encore, reprit Gram, le visage toujours congestionné, la voix rauque. Cet avocat, Denfeld, plantez-moi quelques tracts cordoniens dans son appartement, et que ça fasse du raffut quand on le prendra la main dans le sac. Nous le collerons à la prison de Brightforth avec Cordon. Ils pourront se faire la conversation.

— Denfeld pourra parler, fit Alice Noyes, et Cordon écrire ce qu'il dira. Et tous les prisonniers pourront lire le résultat de leurs entretiens.

— Je pense que cette capacité de résoudre mes problèmes publics et privés en un seul acte est l'un des plus beaux traits de mon génie inné, dit Gram. Cela est digne du Rasoir d'Occam, si vous voyez ce que je veux dire. Mais voyez-vous seulement ce que je veux dire ?

Personne ne répondit. Barnes se demandait comment reprendre sa démission — donnée à la hâte sans considération des possibilités futures — quand il se rendit compte que Willis Gram, comme toujours, était à l'écoute de ses pensées.

— Ne vous faites pas de souci, dit le président. Vous n'avez pas besoin de démissionner. Vous savez, cette dernière touche du tireur d'élite placé près d'Irma et prêt à faire feu lorsque Cordon se servira de son arme truquée me plaît vraiment. Je vous remercie pour cette contribution.

— Je vous en prie.

Barnes réussit à dominer son aversion et les pensées qui s'échauffaient rapidement en lui.

— Je me moque de ce que vous pensez, dit Gram. Tout ce qui m'importe, c'est ce que vous faites. Libre à vous d'éprouver toute l'hostilité que vous voudrez, du moment que vous donnez sans retard toute votre attention à ce projet. Je veux qu'il soit mis à exécution au plus tôt... Cordon pourrait nous claquer entre les doigts ou que sais-je encore. Il nous faut un nom de code pour le projet. Comment allons-nous l'appeler ?

— Barabbas, fit Barnes.

— Le sens m'échappe, mais cela me convient. Bien. Dorénavant, ce sera l'opération Barabbas. C'est sous cette désignation que nous nous y référerons, dans toute communication écrite ou orale.

— Barabbas, fit Alice Noyes en écho. Il s'agit d'une situation où une personne a été tuée à la place d'une autre.

— Oh! dit Gram. Eh bjen, ça me convient quand même. Quel est le nom de l'innocent qui a été snuffé ?

— Jésus de Nazareth, dit Barnes.

— Essayez-vous d'esquisser une analogie entre Cordon et le Christ ?

— Ce ne serait pas la première fois. Quoi qu'il en soit, permettez-moi de souligner un autre point. Tous les écrits de Cordon condamnent la violence et l'usage de la force. Il est inconcevable qu'il tente d'assassiner quelqu'un.

— Précisément, tout est là, expliqua patiemment Gram. Cela jettera un discrédit sur tout ce qu'il a écrit. Il apparaîtra comme un hypocrite. Tous ses tracts, toutes ses brochures seront minés de l'intérieur. Vous comprenez ?

— Il y aura retour de flamme.

— Vous n'aimez vraiment pas ma façon de résoudre les problèmes.

Gram promena un regard inquisiteur sur le directeur de la police.

— Je crois qu'en l'occurrence, dit Barnes, votre attitude est hautement inconsidérée.

— Que voulez-vous dire par là ?

— Vous avez été mal conseillé.

— Personne ne m'a conseillé. Il s'agit de ma propre idée.

Barnes abandonna la partie et demeura silencieux, donnant libre cours à ses pensées les plus noires.

Personne ne parut y prêter attention.

— Ainsi donc, en avant pour le projet Barabbas, fit Willis Gram avec un large sourire.

9

En entendant les coups frappés selon leur code habituel, Kleo Appleton alla ouvrir la porte de l'appartement. De retour au milieu de la journée ? pensa-t-elle. Il avait dû se passer quelque chose.

C'est alors qu'elle aperçut la fille à côté de lui. Petite, bien habillée, elle ne devait pas tout à fait avoir vingt ans et se maquillait trop. Elle lui souriait de toutes ses dents blanches, comme si elle l'avait reconnue.

— Vous devez être Kleo. Je suis très heureuse de vous rencontrer, après tout ce que Nick m'a dit de vous.

Ils pénétrèrent dans l'appartement. La fille examinaît le mobilier, la couleur des murs, jugeant le décor d'un œil expert, ne laissant rien lui échapper. Cela eut pour effet de rendre Kleo mal à l'aise, nerveuse, alors, pensa-t-elle, que le contraire eût été plus normal. Qui était cette fille ?

— En effet, dit Kleo. Je suis Mrs Appleton.

Nick ferma la porte derrière eux et vint vers sa femme.

— Elle se cache de son petit ami. Il a essayé de la battre et elle s'est enfuie. Il ne peut pas retrouver sa trace jusqu'ici parce qu'il ignore qui je suis et où j'habite. Comme ça, elle est en sécurité.

— Café ? proposa Kleo.

— Du café ? répéta Nick.

— Je vais en mettre un peu à chauffer, dit Kleo.

Elle examinait la fille et sut deviner sa beauté sous le lourd maquillage. Elle était remarquablement petite et devait avoir du mal à trouver des vêtements à sa taille... Un problème que j'aimerais avoir, pensa Kleo.

— Je m'appelle Charlotte, dit la fille.

Elle s'était installée sur le divan du living-room et débouclait ses bottines. Elle souriait toujours de son franc et large sourire, levant vers Kleo un regard qu'on aurait pu qualifier d'un peu plus qu'affectueux. Pour quelqu'un qu'elle n'avait jamais vu de sa vie !

— Je lui ai dit qu'elle pouvait rester ici pour la nuit, dit Nick.

— Oui, fit Kleo. Le divan est transformable.

Elle se dirigea vers le coin-cuisine et versa trois tasses de café.

— Que prenez-vous dans le vôtre ? demanda-t-elle à la fille.

Charlotte se releva souplement et vint vers elle.

— Ecoutez, n'allez pas vous déranger pour moi, je vous en prie. Je n'ai besoin de rien. Tout juste un petit coin pour rester un ou deux jours, un endroit que Denny ne connaisse pas. D'ailleurs, nous l'avons semé, au milieu de toute cette circulation. Alors, vous ne risquez vraiment pas d'avoir (elle mima une bagarre) une scène. Je vous le promets.

— Vous ne m'avez toujours pas dit ce que vous preniez dans votre café.
— Je le bois noir.
Kleo lui tendit une tasse.
— Ce café a l'air délicieux.

Kleo revint dans le living-room en portant deux tasses, en donna une à Nick et alla s'asseoir sur une chaise de plastique noire. Nick et la fille étaient assis côte à côte sur le divan comme des spectateurs dans une salle de cinéma.
— Avez-vous appelé la police ? demanda Kleo.
— La police ? répéta Charlotte, l'air perplexe. Oh non ! bien sûr que non ! Il est comme ça tout le temps. Je me contente de partir et d'attendre — je sais combien de temps cela dure. Ensuite, je reviens. Appeler la police ? Pour qu'ils l'arrêtent ? Il mourrait en prison. Il a besoin d'être libre, besoin d'aller voguer dans les grands espaces, de foncer dans son squib, l'*Otarie pourpre* — c'est comme ça que nous l'appelons.

Elle but vivement son café à petites gorgées.

Kleo réfléchissait. Elle était envahie de sentiments contradictoires. *C'est une étrangère.* Nous ne la connaissons pas. Nous ne savons même pas si elle dit la vérité, au sujet de son ami. Et s'il s'agissait d'autre chose ? Si elle était recherchée par la police ? Nick a l'air d'avoir confiance en elle. Si elle dit la vérité, évidemment, il faut lui permettre de rester ici. Et puis naturellement, elle est mignonne. C'est peut-être pour cela que Nick veut qu'elle reste. Peut-être qu'il éprouve — elle chercha le mot — un intérêt particulier à son égard. Si elle n'était pas aussi jolie, est-ce qu'il voudrait encore la faire rester chez nous ? Mais ça ne ressemblait pas à Nick. A moins qu'il ne se rende pas compte de ses propres sentiments. Il était sûr d'avoir envie d'aider la fille, mais en réalité il ne savait pas pour quelle raison.

Je crois que nous pouvons courir le risque, décida-t-elle.
— Nous serions très heureux que vous restiez avec nous, aussi longtemps qu'il le faudra.

Le visage de Charlotte s'illumina de plaisir.

— Je vais prendre votre manteau, dit Kleo tandis que la fille s'en débarrassait.

Nick proposa son aide.

— Ce n'est pas la peine, vraiment, dit Charlotte.

Kleo prit le manteau.

— Si vous devez rester ici, il faudra bien accrocher votre manteau quelque part.

Elle porta le vêtement jusqu'à l'unique placard de l'appartement, ouvrit la porte, tendit le bras pour attraper un cintre... et aperçut, roulée à la hâte dans une des poches du manteau, une brochure.

— Un tract cordonien, dit-elle en le tirant de la poche. Vous êtes une Résistante.

Charlotte cessa de sourire. Son affolement était visible; elle réfléchissait à toute allure pour trouver une réponse.

— Alors, toute cette histoire avec son ami, c'est un mensonge. Les traceurs sont à ses trousses. C'est pour ça que tu veux la cacher ici. (Elle rapporta le manteau et la brochure vers Charlotte.) Vous ne pouvez pas rester.

— Je t'aurais tout dit, répondit Nick, mais (avec un geste vague) je savais que tu réagirais ainsi. Et j'avais raison.

— C'est vrai, pour Denny, dit Charlotte d'une voix timide mais ferme. C'est bien de *lui* que je me cache. Les traceurs ne sont pas après moi. Et Nick m'a dit que vous veniez d'être sondés. Cet appartement ne reviendra pas sur les listes d'ici à des mois — des années, peut-être.

Kleo tendait toujours son manteau à Charlotte.

— Si elle s'en va, dit Nick, je pars avec elle.

— Je ne demande pas mieux, dit Kleo.

— Tu penses vraiment ce que tu dis ?

— Absolument.

Charlotte se leva.

— Je ne veux pas être la cause de votre séparation. Ce ne serait pas juste — je m'en vais. (Elle se tourna vers Nick.) Merci quand même.

Elle enfila son manteau, se dirigea vers la porte et l'ouvrit.

— Je comprends ce que vous ressentez, Kleo.

Elle sourit de son même sourire lumineux — mais glacé à présent.

— Au revoir.

D'un bond, Nick la rejoignit et l'arrêta en lui saisissant l'épaule.

— Non, fit Charlotte.

Avec une force inattendue chez une femme, elle se dégagea.

— Adieu, Nick. De toute façon, nous avons semé l'*Otarie pourpre*. On s'est bien amusés. Vous êtes un bon piloté. Bien des types ont essayé de semer Denny, mais vous êtes le seul à y être arrivé.

Elle lui donna une petite tape sur le bras et s'éloigna rapidement dans le couloir.

Et si son histoire était vraie ? se demanda Kleo. Peut-être que son petit ami a réellement essayé de la battre, et peut-être que nous devrions lui permettre de rester malgré tout. En dépit du fait que... Mais, se dit-elle, ils ne m'ont pas prévenue, pas plus elle que lui. Ce qui équivaut à un mensonge par omission. Je n'ai jamais vu Nick se conduire de cette façon auparavant. Cette fois, il nous a fait courir un risque sérieux et il ne m'a rien dit — c'est par hasard que j'ai vu ce pamphlet dans la poche de la fille.

Et puis il se pourrait qu'il parte avec elle, comme il l'a dit. Dans ce cas, c'est qu'il est vraiment pris par cette fille, et qu'ils ne viennent pas tout juste de se rencontrer : personne n'irait aussi loin pour aider une parfaite étrangère... si ce n'est qu'en l'occurrence l'étrangère est une petite fille fragile. Et les hommes sont faits comme ça. Il y a chez eux une faiblesse fondamentale qui ressort dans ce genre de situations. Ils deviennent incapables d'agir ou de penser ; ils se conduisent d'une manière qu'ils croient être « chevaleresque ». Quoi qu'il puisse leur en coûter — femme et enfant, dans le cas présent.

Kleo s'élança dans le couloir à la suite de Charlotte, qui luttait pour reprendre son manteau.

— Vous pouvez rester, dit-elle.

Nick resta immobile, le regard vide, comme s'il n'était plus en mesure de comprendre ce qui se passait — et donc d'intervenir.

— Non, dit Charlotte. Adieu.

Elle s'élança alors le long du couloir à toute allure, tel un oiseau sauvage.

— Que le diable t'emporte! dit Nick à l'adresse de Kleo.

— Que le diable t'emporte toi-même! Essayer de me la ramener ici, pour nous faire arrêter. Que le diable t'emporte pour ne m'avoir rien dit!

— Je t'aurais parlé à la première occasion.

— Tu ne la suis pas? C'est pourtant ce que tu avais dit.

Il la regarda, le visage animé par la colère, les pupilles rétrécies.

— Tu viens de la condamner à quarante ans dans un camp de travail sur Luna. Elle va errer dans les rues sans un sou en poche ni un endroit où aller, et tôt ou tard une voiture de patrouille s'arrêtera pour la questionner.

— C'est une petite débrouillarde, elle se débarrassera des tracts.

— Ils la coinceront quand même. Ils trouveront quelque chose.

— Eh bien alors, va vite t'assurer que tout va bien pour elle. Oublie-nous. Oublie Bobby et oublie-moi, et va voir si elle s'en sort. Vas-y donc! Allez, va!

La mâchoire de Nick se contracta. Comme s'il allait me frapper, pensa Kleo. Il a déjà appris quelque chose auprès de sa nouvelle amie. La brutalité.

Mais Nick ne leva pas la main sur elle. Au lieu de cela, il tourna les talons et partit en courant le long du couloir à la suite de Charlotte.

— Espèce de salopard! hurla Kleo, sans se soucier le moins du monde de ceux qui pouvaient l'entendre dans l'immeuble.

Elle regagna l'appartement, claqua la porte derrière elle et mit le verrou de sécurité, de manière que Nick ne puisse plus entrer, même en utilisant sa propre clé.

Main dans la main, ils marchaient en silence parmi la foule qui se pressait sur le trottoir de la rue aux nombreux magasins.

— J'ai cassé votre ménage, dit Charley au bout d'un moment.

— Non. Pas du tout, répondit Nick.

C'était la vérité. Son arrivée avec la fille n'avait fait qu'amener à la surface quelque chose qui existait déjà. Nous menions une existence de peurs sournoises, songea-t-il, faite d'inquiétude et de terreurs dérisoires. Peur que Bobby échoue à son examen, peur de la police. Et maintenant — l'*Otarie pourpre*. Notre seul sujet d'inquiétude, c'est que l'*Otarie pourpre* nous canarde. A cette pensée, il se mit à rire.

— Qu'y a-t-il de si drôle ? demanda Charley.

— J'étais en train d'imaginer Denny en train de piquer sur nous en lâchant ses bombes. Comme un de ces vieux Stukas qu'ils utilisaient pendant la Seconde Guerre mondiale. Et tout le monde courant s'abriter en s'imaginant que la guerre a éclaté avec l'Allemagne du Nord-Ouest.

Ils poursuivirent leur route un moment, la main dans la main, chacun absorbé dans ses propres pensées. Puis, tout à coup, Charley prit la parole.

— Nick, vous n'êtes pas obligé de rester avec moi. Restons-en là. Allez retrouver Kleo — elle sera heureuse de vous reprendre. Je connais les femmes ; je sais avec quelle rapidité leurs colères passent, surtout dans un cas comme celui-ci où la menace — autrement dit, moi — n'est plus là. D'accord ?

C'était probablement vrai, mais Nick ne répondit pas. Il n'avait pas encore démêlé l'écheveau de ses propres réflexions. En somme, que lui était-il arrivé dans la journée ? Il avait découvert que son patron Earl Zeta était un Résistant ; il avait bu de l'alcool en sa compagnie. Toujours en sa compagnie, il s'était rendu à l'appartement de Denny — ou de Charley. Il y avait eu bagarre et, avec l'aide de son costaud de patron, il avait porté secours à Charley, une parfaite étrangère, et s'était enfui avec elle.

Et puis, il y avait l'affaire Kleo.

— Etes-vous sûre que la P.I.S. ne connaît pas votre appartement ? demanda-t-il. Autrement dit, est-ce qu'ils m'ont déjà repéré comme suspect ?

— Nous faisons très attention, dit Charley.

— Vraiment ? Laisser ce tract dans la poche de votre manteau pour qu'il tombe sous les yeux de Kleo, ce n'était pas particulièrement brillant.

— J'étais tout excitée d'avoir échappé à l'*Otarie pourpre*. Ce genre de chose ne m'arrive jamais, d'habitude.

— En avez-vous d'autres sur vous ? Dans votre sac ?

— Non.

Il prit le sac et l'inspecta. Elle avait dit vrai. Il passa ensuite au manteau, dont il fouilla les poches tandis qu'ils marchaient. Rien dans le manteau. Mais les écrits de Cordon circulaient aussi sous forme de micro-points. Elle pouvait très bien en avoir plusieurs sur elle, et les traceurs de la P.I.S. les trouveraient s'ils l'arrêtaient.

Je crois bien que je n'ai pas confiance en elle, se dit-il. Pas après l'incident avec Kleo. Si elle a pu laisser la chose se produire une fois... D'ailleurs, les traceurs surveillent probablement l'appartement, ils doivent avoir un moyen de contrôler les allées et venues. *Moi, j'y ai été, j'en suis ressorti. Si c'est le cas, je suis sur les fiches.*

Et il est déjà trop tard pour retourner vers Kleo et Bobby.

— Vous avez l'air bien sinistre, fit Charley d'une voix gaie, l'air de dire ce-n'est-pas-le-bout-du-monde...

— Seigneur, dit-il, j'ai franchi la ligne !

— Oui, vous voilà un Résistant.

— Est-ce qu'il n'y aurait pas de quoi rendre n'importe qui sinistre ?

— Cela devrait vous remplir de joie.

— Je n'ai pas envie de me retrouver dans un camp de travail sur...

— Mais Nick, ce n'est pas ainsi que ça se terminera. Provoni est sur le chemin du retour et tout va s'arranger.

Elle inclina la tête de côté à la manière d'un oiseau et lui lança un regard par en dessous.

— Allez, du courage. Ne faites pas cette tête-là. Réagissez, ayez l'air heureux — *soyez* heureux !

Mon ménage est brisé, songea-t-il, et à cause d'elle. Nous n'avons nulle part où aller. Ils nous retrouveraient facilement dans un motel et...

Zeta. Zeta peut m'aider, se dit-il. Et après tout, il porte une bonne part de responsabilité dans ce qui s'est passé aujourd'hui : c'est lui qui a tout déclenché.

Charley cligna des yeux tandis qu'il l'entraînait vers une passerelle.

— Où allons-nous ?

— A la Compagnie unifiée des squibs légèrement usagés.

— Oh ! vous voulez dire chez Earl Zeta ! Peut-être qu'il est encore dans l'appartement en train de se battre avec Denny. Non, Denny a dû repartir, à l'heure qu'il est. Oh ! excellent ! Je vais encore pouvoir apprécier vos talents de pilote. Savez-vous que Denny a beau être très fort, et il est vraiment très fort, vous êtes encore meilleur que lui ? Je vous l'ai déjà dit ? Oui, évidemment, j'ai déjà dû vous le dire.

Elle semblait agitée, mal à l'aise tout à coup.

— Qu'est-ce qui se passe ? lui demanda-t-il tandis qu'ils prenaient la rampe ascendante qui les mènerait au cinquantième niveau, où son squib était garé.

— J'ai peur que Denny n'aille faire un tour par là, répondit-elle. Qu'il reste dans le coin à traîner, à se cacher et à guetter.

Sa manière de lancer sauvagement le dernier mot le fit sursauter — il n'avait pas encore découvert cet aspect de sa compagne.

— Non, poursuivit-elle. Je ne peux pas aller là-bas. Allez-y tout seul et déposez-moi quelque part. Ou bien alors, je vais juste prendre la rampe descendante, et (un geste rapide de la main) je disparais de votre vie pour toujours. (De nouveau, elle rit de son rire particulier.) Mais nous pouvons rester amis. On s'enverra des cartes postales. Nous nous connaîtrons toujours, même si nous ne nous revoyons plus jamais. Nos âmes se sont prises mutuellement, et lorsque deux âmes sont ainsi mêlées, on ne peut pas détruire l'une sans que l'autre meure.

Son rire était à présent incontrôlable, au bord de l'hystérie. Elle se frotta violemment les yeux et continua de hoqueter nerveusement derrière ses mains.

— C'est ce qu'enseigne Cordon, et c'est tellement drôle, c'est tellement sacrément drôle !...

Il s'empara de ses poignets et lui écarta les mains du visage. Elle avait les yeux brillants, le regard plongé dans le sien, comme si elle attendait sa réponse non des paroles qu'il prononçait mais de ce qu'elle pouvait lire dans ses yeux.

— Vous pensez que je suis cinglée.
— Sans aucun doute possible.
— Nous voilà vous et moi dans cette sale situation, avec Cordon sur le point d'être exécuté, et tout ce dont je suis capable, c'est de me mettre à rire.

En fait, elle s'était arrêtée, à présent, mais en faisant visiblement effort sur elle-même, le rire tout juste retenu sous le tremblement des lèvres.

— Je connais un endroit où l'on pourra se procurer un peu d'alcool, dit-elle. Allons-y; là, on pourra vraiment se défoncer.

— Non, je suis déjà assez défoncé comme ça.

— C'est pour ça que vous vous êtes conduit comme vous l'avez fait; partir avec moi et abandonner Kleo. C'est à cause de l'alcool que Zeta vous a fait boire.

— Vous croyez ?

C'était peut-être vrai. L'alcool causait des troubles de la personnalité, c'était bien connu, et Dieu sait qu'il ne s'était pas conduit comme à son habitude. Mais la situation non plus n'était pas ordinaire. Quelle aurait été sa réaction « habituelle » devant tout ce qui lui était arrivé dans la journée ?

Il faut que je prenne la situation en main, pensa-t-il. Il faut que je maîtrise un peu cette fille — ou que je la quitte.

— Je n'aime pas qu'on joue les petits chefs avec moi, dit Charley, et je devine que c'est ce que vous vous préparez à faire : me dire ce que je peux faire, ce que je ne peux pas faire. Comme Denny. Comme mon père. Un jour, il faudra que je vous raconte certaines des choses que mon père m'a faites... alors, peut-être que vous comprendrez mieux. Certaines des choses terribles qu'il m'a forcée à faire. Des choses sexuelles.

— Oh!

Cela pouvait expliquer ses tendances lesbiennes, du moins si l'accusation de Denny était fondée.

— Je crois que je sais ce que je vais faire de vous : je vais vous emmener dans une imprimerie cordonienne.

— Vous en connaissez une ? fit-il, incrédule. Mais alors, les traceurs donneraient la prunelle de leurs yeux pour...

— Je sais. Ça leur plairait bien de m'attraper. Pour l'imprimerie, je l'ai su par Denny. C'est un fourgue plus important que vous ne l'imaginez.

— Est-ce qu'il pourrait s'attendre que vous alliez là-bas ?

— Il ne sait pas que je suis au courant. Je l'ai suivi, une fois. Je croyais qu'il couchait avec une autre fille, mais il ne s'agissait pas de ça : c'était une imprimerie. Je suis partie en douce et j'ai prétendu que je n'étais pas sortie de l'appartement. C'était tard dans la nuit et j'ai dit que je dormais. (Elle prit la main de Nick et la serra.) Cette imprimerie-ci est particulièrement intéressante parce qu'ils sortent des tracts cordoniens pour enfants. Du genre : « Mais oui ! C'est bien un cheval ! Et au temps où les hommes étaient libres, ils montaient sur des chevaux ! » Et ainsi de suite.

— Baissez la voix, dit Nick.

Il y avait d'autres gens sur la rampe ascendante et la portée de la voix vibrante d'adolescente de Charley était encore augmentée par son excitation.

— D'accord, fit-elle, obéissante.

— Est-ce qu'il existe une imprimerie centrale au sommet de l'organisation cordonienne ? demanda-t-il.

— Il n'y a pas d'organisation, il n'y a que des liens mutuels de fraternité. Non, il n'y a pas d'imprimerie au sommet. Au sommet, ce qu'il y a, c'est la station réceptrice.

— Une station réceptrice ? Pour quoi faire ?
— Pour les messages de Cordon.
— Depuis la prison de Brightforth ?
— Il a un émetteur cousu dans le corps, qu'ils ont été incapables de découvrir, même aux rayons X. Ils en ont trouvé deux, mais pas celui-là, et ainsi nous pouvons recevoir ses méditations quotidiennes, le mouvement même de sa pensée, de ses idées, que les imprimeries se hâtent de sortir aussi rapidement que possible. A partir de là, le matériel est passé aux centres de distribution où les fourgues viennent se le procurer et l'emportent afin d'aller convaincre les gens de l'acheter.

» Comme vous vous en doutez, ajouta-t-elle, le taux de mortalité chez les fourgues est assez élevé.

— Combien d'imprimeries possédez-vous ?
— Je n'en sais rien. Pas beaucoup.
— Est-ce que les autorités...
— Les pisseurs — excusez-moi, les agents de la P.I.S. — en localisent une de temps à autre, mais nous en installons alors une autre et le nombre reste à peu près constant. (Elle s'interrompit un moment pour réfléchir.) Je crois que nous ferions mieux de nous y rendre en taxi plutôt qu'avec votre squib. Si cela ne vous fait rien.

— Une raison particulière ?
— Je ne sais pas au juste. Il se peut qu'ils aient repéré le numéro de votre plaque. D'habitude, nous essayons de nous rendre aux imprimeries à bord de véhicules de louage. Les taxis sont ce qu'il y a de mieux.

— Est-ce loin d'ici ?
— Vous pensez à un coin perdu à des kilomètres dans la campagne ? Non, c'est en plein milieu de la ville, dans le secteur le plus actif. Allons-y.

Elle passa sur la rampe descendante et il la suivit. Un moment plus tard, ils furent rendus au niveau de la rue, et Charley se mit aussitôt à scruter le trafic en quête d'un taxi.

10

Un taxi se dégagea de la file des véhicules et vint glisser nonchalamment jusqu'à eux. La portière coulissa et ils montèrent à l'intérieur.

— Aux magasins Feller, sur la Seizième Avenue, dit Charley.

Le chauffeur émit un grognement et éleva une fois de plus son véhicule jusqu'au niveau du trafic, mais dans l'autre direction, cette fois.

— Mais, les magasins Feller... commença Nick.

Charley lui donna un discret coup de coude en guise d'avertissement, et Nick se tut. Dix minutes plus tard, ils arrivèrent à destination. Nick régla la course, et le taxi s'éloigna dans les airs, semblable à un jouet bariolé.

— Les magasins Feller, annonça Charley en contemplant l'élégant immeuble. L'un des plus anciens établissements de vente au détail de la ville. Vous vous attendiez à un vague entrepôt infesté de rats, quelque part en bordure de la ville, derrière une station-service.

Elle lui prit la main et franchit avec lui les portes automatiques. Ils se retrouvèrent sur la moquette du célèbre magasin de maroquinerie.

Un vendeur tiré à quatre épingles s'approcha d'eux et leur lança un « bonjour » affable.

— J'ai un ensemble de valises en réserve chez vous, dit Charley. Cuir d'autruche synthétique. Quatre pièces. Mon nom est Barrows. Julie Barrows.

— Mais certainement, mademoiselle. Si vous voulez bien me suivre.

Le vendeur s'éloigna d'un pas digne vers le fond du magasin.

— Merci beaucoup.

Charley enfonça de nouveau son coude dans les côtes de Nick, par jeu cette fois, et lui adressa un sourire.

Une épaisse porte métallique glissa sur ses gonds, révélant une petite salle dans laquelle diverses sortes de valises étaient alignées sur de simples étagères. Nick et Charley entrèrent à la suite du vendeur, et la porte métallique se referma silencieusement sur eux. Le vendeur attendit un moment, l'œil fixé sur sa montre, puis se mit à la remonter attentivement... et le mur en face d'eux s'ouvrit sur une grande pièce. Un lourd martèlement parvint aux oreilles de Nick : le bruit d'une imprimerie importante en plein travail. Il voyait tout, à présent, et si limitées que fussent ses connaissances en la matière, il pouvait se rendre compte qu'il y avait là le meilleur matériel qu'on puisse trouver : le plus moderne, le plus coûteux aussi. Les presses de la Résistance ne consistaient pas en quelques machines micrographiques, loin de là.

Quatre soldats en uniforme gris, masque à gaz sur le visage, les entourèrent aussitôt. Tous étaient armés de tubes léthaux de Hopp. L'un d'eux, un sergent, prit la parole :

— Qui êtes-vous ?

Le ton était comminatoire.

— Je suis l'amie de Denny, dit Charley.

— Et qui est « Denny » ?

— Denny Strong. Vous savez bien. (Un geste.) Il travaille dans ce secteur au niveau de la diffusion.

Une caméra mobile balayait le groupe en permanence pendant que les soldats conféraient entre eux, communiquant au moyen de petits micros incorporés au masque au niveau des lèvres et de mini-écouteurs dans l'oreille droite.

— Bon. Ça va, dit enfin le sergent responsable. (Il se retourna vers Nick et Charley.) Qu'est-ce que vous voulez ?

— Un endroit où rester quelques jours, dit Charley.

— Et lui, là, qui est-ce ?

— Un nouvel adepte. Il nous a rejoints aujourd'hui.

— A cause de l'annonce de l'exécution de Cordon, précisa Nick.

Le sergent émit un grognement, réfléchit un moment.

— Nous abritons déjà à peu près tout le monde. Je ne sais pas... (Il se mordit la lèvre inférieure, fronça les sourcils.) Et vous voulez rester ici combien de temps ?

— Juste un jour ou deux, pas plus, répondit Nick.
Charley ajouta vivement :
— Vous savez, Denny a parfois de ces crises... mais en général, ça ne dure...
— Je ne connais pas Denny, fit le sergent. Est-ce que vous pouvez partager la même chambre tous les deux ?
— Je... je pense, oui, dit Charley.
— Oui, fit Nick.
— Nous pouvons vous donner refuge pendant soixante-douze heures. Passé ce délai, il vous faudra partir.
— Quelle est la grandeur de cette installation ? demanda Nick.
— Quatre surfaces d'immeubles.
Il n'en doutait pas.
— Ce n'est pas une entreprise de quatre sous que vous avez là, fit-il à l'adresse des soldats.
— Si ça l'était, dit l'un d'eux, nos chances seraient plutôt réduites. Nous imprimons des millions de tracts ici. A la longue, la plupart sont confisqués par les autorités, mais pas tous. Nous partons du principe du courrier à perte; même s'il n'y en a qu'un cinquantième de lu — et tout le reste fichu en l'air —, ça vaut la peine. C'est la seule manière de procéder.
— Quelles sont les dernières communications de Cordon, maintenant qu'il sait qu'il va être exécuté ? demanda Charley. Mais au fait, le sait-il ? A-t-il été mis au courant ?
— Seule la station réceptrice pourrait le savoir, dit un des soldats, mais nous n'aurons rien d'eux avant quelques heures. En règle générale, il y a un creux pendant qu'on met en ordre les matériaux.
— Ainsi donc, vous n'imprimez pas les paroles de Cordon exactement telles qu'elles vous parviennent, dit Nick.
Les soldats se mirent à rire et ne répondirent pas.
— Cordon saute toujours du coq à l'âne, expliqua Charley.
— Va-t-il y avoir de l'agitation en vue d'obtenir un sursis ? demanda Nick.

— Je ne pense pas que cela ait été décidé, dit un des soldats.

— Ça n'aurait aucun effet, dit un autre. Nous échouerions. Il serait exécuté de toute manière et nous nous retrouverions dans les camps.

— Alors, vous allez le laisser mourir ?

Plusieurs soldats parlèrent à la fois.

— Nous n'avons aucun moyen d'action.

— Lorsqu'il sera mort, poursuivit Nick, vous n'aurez rien à imprimer. Il ne vous restera plus qu'à fermer.

Les soldats se mirent à rire.

— *Vous avez des nouvelles de Provoni,* fit Charley.

Un silence se fit. Le sergent finit par dire :

— Un message incomplet. Mais authentique.

A côté de lui, un soldat annonça d'une voix calme :

— Thors Provoni est sur le chemin du retour.

11

— Voilà qui éclaire les choses d'un jour nouveau, fit Willis Gram d'un air sombre. Relisez-moi le message que nous avons intercepté.

Barnes relut la feuille qu'il avait sous les yeux :

— ... *ai trouvé... qui feront... leur aide sera... et je vais...* C'est tout ce que nous avons pu transcrire. Les parasites ont couvert le reste.

— Mais toutes les réponses sont là. Il est vivant, il revient, il a trouvé quelqu'un — pas quelque chose, puisqu'il parle de « leur » aide. « Leur aide sera... » Le reste de la phrase est sans doute « sera suffisante » ou quelque chose d'approchant.

— Je vous trouve trop pessimiste.

— Il le faut. D'ailleurs, j'ai de quoi l'être. Tout ce temps, ils attendaient un message de Provoni : eh bien, ils l'ont. Leurs imprimeries répandront la nouvelle sur toute la planète dans les six heures, et il n'y a rien que nous puissions faire pour les arrêter.

— Nous pourrions bombarder leur imprimerie principale sur la Seizième Avenue.

Depuis des mois, Barnes attendait d'avoir le feu vert pour détruire l'immense atelier des Résistants.

— Ils colleront l'histoire sur le circuit télé, répondit Gram. D'accord, deux minutes et nous aurons repéré leur émetteur, mais ça leur aura suffi pour passer leur fichu message.

— Alors, il n'y a plus qu'à abandonner, dit Barnes.

— Jamais. Je n'abandonnerai jamais. Je ferai exécuter Provoni dans l'heure qui suivra son arrivée sur la Terre. Quant à ceux, quels qu'ils soient, qu'il ramène avec lui, nous les snufferons aussi. Probablement de foutus organismes non humains avec six pattes et un dard venimeux comme les scorpions.

— Et qui nous feront une piqûre mortelle.

— Quelque chose comme ça.

En pantoufles et robe de chambre, Gram arpentait nerveusement sa chambre-bureau, les mains derrière le dos, le ventre en avant.

— Est-ce que ça ne vous fait pas l'effet d'une trahison envers la race humaine, Ordinaires, Nouveaux, Exceptionnels, Résistants, bref, tout le monde ? Faire intervenir une forme de vie non humanoïde qui s'empressera sans doute de coloniser la Terre après nous avoir détruits ?

— Seulement, c'est nous qui allons la détruire, et non le contraire, fit remarquer Barnes.

— On ne peut jamais être sûr *de rien* dans ces circonstances. Ils pourraient bien réussir à mettre un pied dans la place, et c'est cela qu'il nous faut empêcher.

— Selon notre estimation de la distance d'origine du message, l'ordinateur affirme qu'il — enfin, lui et « eux » —, qu'ils n'arriveront pas avant deux mois.

— Il se peut qu'ils dépassent la vitesse de la lumière, dit Gram d'un air finaud. Peut-être que Provoni n'est pas à bord du *Dinosaure gris* mais d'un de leurs vaisseaux. Et d'ailleurs, le *Dinosaure* lui-même est assez rapide. Rappelez-vous qu'il s'agissait du prototype de toute une nouvelle série de vaisseaux de transport interstellaire. Provoni s'est emparé du premier et a filé.

— J'admets que Provoni peut avoir modifié le système de propulsion du vaisseau, lui avoir donné un coup de pouce. Il a toujours été assez bricoleur, et cette possibilité n'est pas à écarter.

— Que Cordon soit exécuté immédiatement, dit Gram. Occupez-vous-en tout de suite. Faites prévenir les gens des médias, de manière qu'ils puissent être présents. Regroupez les sympathisants.

— Les nôtres ou les leurs ?

— Les nôtres, jeta sèchement Gram.

— Pendant que nous y sommes, demanda Barnes tout en griffonnant des notes sur un bloc, puis-je avoir l'autorisation de bombarder l'imprimerie de la Seizième Avenue ?

— Les locaux sont blindés.

— Pas tout à fait. L'ensemble est divisé, comme une ruche...

— Je sais, je sais. J'ai dû m'envoyer vos fichus rapports laborieux à ce sujet pendant des mois. Vous en avez vraiment après cette imprimerie de la Seizième Avenue, hein ?

— Ai-je tort ? Est-ce qu'elle n'aurait pas dû être détruite depuis longtemps ?

— Quelque chose me retient.

— Quoi donc ?

— J'y ai travaillé, dans le temps. Avant mon ascension dans les rangs de l'Administration. J'étais un espion. Je connais presque tout le monde là-bas ; ce sont d'anciens amis. Ils n'ont jamais découvert la vérité à mon sujet... je n'avais pas le même aspect qu'aujourd'hui : j'avais une tête artificielle.

— Seigneur ! fit Barnes.

— Qu'est-ce que ça a d'extraordinaire ?

— Rien, mais tout cela est tellement... tellement absurde. Nous ne pratiquons plus de telles méthodes ; cela ne s'est pas produit depuis que j'occupe mon poste.

— Eh bien, précisément, ce dont je vous parle se passait bien avant.

— Alors, ils ne sont toujours pas au courant, en ce qui vous concerne.

— Je vous donne carte blanche pour pénétrer sur les lieux par la force et arrêter tout le groupe, mais je ne vous autoriserai en aucun cas à les bombarder. D'ailleurs, vous verrez que j'ai raison : cela ne changera rien. Ils diffuseront les nouvelles au sujet de Provoni sur les ondes. En deux minutes, ils auront couvert toute la planète — deux minutes !

— Mais à la seconde même où leur émetteur fonctionnera...

— Deux minutes. Quoi que vous fassiez.

Barnes hocha la tête.

— Vous voyez bien que j'ai raison, reprit le président. De toute manière, occupez-vous de l'exécution de Cordon. Je veux qu'à six heures ce soir l'affaire soit réglée.

— Et cette histoire de tireur d'élite près d'Irma ?

— N'y pensons plus. Contentez-vous de liquider Cordon. Nous ferons snuffer Irma plus tard. Peut-être qu'une de ces formes de vie non humaines pourrait l'étouffer dans son enveloppe protoplasmique.

Barnes se mit à rire.

— Je parle sérieusement, dit Gram.

— Vous vous faites une drôle d'idée de l'aspect des non-humains.

— Des dirigeables, voilà à quoi ils ressembleront. Des saucisses avec une queue, et c'est de la queue qu'il faudra se méfier parce que c'est là qu'est le venin.

Barnes se leva.

— Puis-je me retirer afin d'organiser l'exécution de Cordon et la descente sur l'imprimerie Résistante de la Seizième Avenue ?

— Oui.

Barnes s'attarda un instant à la porte et demanda :

— Aimeriez-vous assister personnellement à l'exécution ?

— Non.

— Je pourrais faire préparer une cabine spéciale depuis laquelle vous pourriez observer sans que personne...

— Je regarderai sur la télévision en circuit fermé.
Barnes cilla.
— Mais alors, vous ne voulez pas de retransmission planétaire en circuit régulier ? Pour que tout le monde puisse voir ?
— Ah oui ! bien sûr. (Gram hocha la tête d'un air maussade.) C'est un peu le but de l'opération, n'est-ce pas ? Eh bien, je me contenterai de regarder la télévision comme les autres. C'est bien assez bon pour moi.
— Quant à l'imprimerie de la Seizième Avenue, je ferai établir une liste, que vous pourrez consulter, de toutes les personnes arrêtées sur les lieux...
Gram acheva la phrase :
— ... pour voir combien de mes anciens amis y figurent.
— Peut-être voudrez-vous leur rendre visite en prison.
— La prison ! Faut-il vraiment toujours en arriver là, ou à une exécution ? Est-ce normal ?
— Si vous voulez dire : « Est-ce ainsi que les choses se passent ? » la réponse est oui. Mais si vous voulez parler de...
— Vous savez très bien de quoi je veux parler.
— C'est une guerre civile que nous sommes en train de livrer. En son temps, Abraham Lincoln a fait emprisonner sommairement des centaines et des centaines de personnes. Pourtant, dans l'esprit des gens, il est resté le plus grand président des Etats-Unis.
— Mais il passait son temps à gracier les gens.
— Vous pouvez faire de même.
— Bon ! (Gram prit un air rusé.) Je ferai libérer tous ceux que je connais parmi les gens de l'imprimerie de la Seizième Avenue. Et ils ne sauront jamais pourquoi.
— Vous êtes un homme de bien, monsieur le président, dit Barnes. Etendre ainsi votre fidélité à ceux-là mêmes qui mènent une lutte active contre vous...
— Je suis un vieux salopard, et vous le savez aussi bien que moi. C'est juste que... bah ! nous avons eu du bon temps ensemble. On s'en donnait à cœur joie avec ce qu'on imprimait. On y mettait des choses drôles. A

présent, tout est tellement lourd, pompeux... mais du temps où j'y étais, on... Oh! et puis au diable!

Il se tut et replongea dans ses pensées. Qu'est-ce que je fais ici? Comment me suis-je retrouvé à un poste semblable, avec une telle autorité? Je n'étais pas fait pour ça. Jamais de la vie. Et puis, après tout, *peut-être bien que si.*

Thors Provoni s'éveilla. Et n'aperçut tout autour de lui que des ténèbres profondes. Il comprit. Je suis à l'intérieur.

— C'est exact, dit le Frolixien. J'ai été préoccupé lorsque vous vous êtes « endormi », pour reprendre votre expression.

Provoni s'adressa aux ténèbres.

— Morgo Rahn Wilc, vous êtes un inquiet. Nous dormons toutes les vingt-quatre heures. Nous avons besoin de huit ou...

— Je sais cela. Mais représentez-vous un peu l'effet produit sur un observateur : vous perdez progressivement votre personnalité, votre rythme cardiaque ralentit, votre pouls également... Cela ressemble beaucoup à la mort...

— Mais vous savez bien que ce n'est pas le cas.

— Ce sont les considérables modifications des mécanismes mentaux qui nous mettent mal à l'aise. Vous n'en avez pas conscience, mais une activité mentale insolite et frénétique prend place pendant que vous dormez. Tout d'abord, vous pénétrez dans un univers qui vous est familier dans une certaine mesure... en esprit, vous vous portez en un lieu où des personnages authentiques, amis, ennemis et relations sociales, parlent et agissent.

— En d'autres termes, je rêve.

— Cette catégorie de rêves ne nous inquiète pas. Il s'agit d'une sorte de récapitulation de la journée, de vos actions, des gens auxquels vous avez pensé, de ceux à qui vous avez parlé. C'est la phase suivante qui est préoccupante. Vous descendez à un niveau intérieur plus profond, vous rencontrez des personnages que vous n'avez jamais connus, vous traversez des situations dans lesquelles vous ne vous êtes jamais trouvé placé. Une véritable désintégration de votre moi, de votre personnalité en tant que telle, s'amorce alors. Vous vous fondez au sein d'entités originelles de type divin, détentrices d'une puissance considérable. Tant que vous demeurez dans ces régions, vous courez le risque de...

— Il s'agit de l'inconscient collectif. Découvert par le plus grand des penseurs de l'humanité, Carl Jung. Une abréaction par laquelle nous remontons au-delà du stade de la naissance, vers d'autres vies, d'autres lieux... un inconscient peuplé d'archétypes, comme Jung l'a dém...

— Jung a-t-il insisté sur le fait qu'un de ces archétypes était susceptible à tout moment de vous absorber ? Que, dès lors, un réassemblage de votre moi devenait impossible ? Vous ne seriez plus qu'une sorte d'appendice mobile et parlant de l'archétype ?

— Jung a souligné ce point, naturellement. Mais ce n'est pas la nuit pendant votre sommeil que l'archétype prend les commandes. C'est le jour, lorsque ces archétypes se manifestent à l'état de veille, que vous êtes détruit.

— C'est-à-dire lorsque vous dormez tout éveillé.

— Si vous voulez, concéda Provoni.

— Donc, nous devons vous protéger pendant que vous dormez. Pourquoi vous opposez-vous à ce que je vous enveloppe pendant cette période ? Je suis uniquement préoccupé de votre sûreté. Vous êtes ainsi fait que vous joueriez toute votre vie d'un coup dans un pari. Votre expédition jusqu'à notre monde était un pari redoutable, un pari que, d'un point de vue statistique, vous n'auriez jamais dû risquer.

— Mais je l'ai gagné.

Les ténèbres avaient commencé à se dissiper, à mesure que le Frolixien se retirait de lui. Provoni distingua peu à peu la paroi métallique du vaisseau, la grande bâche qui lui servait de hamac, l'écoutille à demi fermée menant à la salle de contrôle. Le *Dinosaure gris*, son vaisseau, son univers pendant si longtemps; le cocon à l'intérieur duquel il avait dormi une bonne part de tout ce temps.

Ils n'en reviendraient pas, sur la Terre, pensa Provoni, s'ils pouvaient voir le fanatique à cet instant, affalé sur son hamac avec une barbe d'une semaine et les cheveux jusqu'aux épaules, crasseux, les vêtements puants. Le voilà donc, le sauveur de l'humanité. Disons plutôt d'une certaine partie de l'humanité. Celle qui avait été bâillonnée jusqu'à... au fait, quelle était la situation, à présent ? Les Résistants avaient-ils gagné quelque soutien ? Ou bien les Ordinaires s'étaient-ils résignés à leur portion congrue ? Et Cordon ? Si l'écrivain, le grand orateur, était mort, tout était sans doute mort avec lui.

Du moins, à présent, ils savent. Mes camarades, en tout cas. Ils savent que j'ai trouvé l'aide dont nous avons besoin et que je reviens. En supposant qu'ils aient reçu mon message et qu'ils aient réussi à le déchiffrer.

Moi, le traître. Celui qui a réclamé l'appui des non-humains. Celui qui a ouvert la Terre à l'invasion de créatures qui ne l'auraient jamais remarquée autrement. Resterai-je dans l'Histoire comme le plus malfaisant des hommes ou comme un sauveur ? Ou bien quelque part entre les deux, loin de tels extrêmes, bon pour un quart de page dans l'*Encyclopedia Britannica* ?

— Comment pouvez-vous vous considérer comme un traître, Mr Provoni ? demanda Morgo.

— Comment, en effet ?

— Vous avez été qualifié de *traître*. Vous avez été qualifié de *sauveur*. J'ai examiné jusqu'à la moindre particule de votre moi conscient, Mr Provoni, et je n'ai trouvé aucune convoitise des honneurs, aucune aspiration à une gloire futile. Vous avez accompli un voyage difficile, virtuellement sans espoir de succès, et tout ceci pour un seul motif : venir en aide à vos amis. N'est-il pas dit dans l'un de vos recueils de sagesse : « Si un homme donne sa vie pour son ami... » ?

— Voilà une citation que vous êtes dans l'impossibilité d'achever, fit Provoni, amusé.

— En effet, car vous n'en connaissez pas la fin et

votre esprit est tout ce dont nous disposons pour travailler. Tout le contenu de votre esprit, jusqu'à ce niveau collectif qui ne laisse pas de nous préoccuper la nuit venue.

— *Parvor nocturnus.* La peur de la nuit. Vous souffrez d'une phobie.

Provoni se leva de son hamac, chancela, pris de vertige, puis se dirigea d'un pas traînant vers le container à provisions. Il pressa un bouton mais rien ne vint. Un second bouton, sans plus de succès. Avec un peu d'affolement, il se mit à presser des boutons au hasard... enfin, un cube de ration R glissa dans le réceptacle.

— Ce sera suffisant pour tenir jusqu'à la Terre, Mr Provoni, l'assura le Frolixien.

Provoni grinça des dents.

— A peine suffisant, fit-il brutalement. Je connais les calculs. Peut-être devrai-je passer les tout derniers jours sans aucune nourriture. Et vous vous en faites pour mon sommeil; bon sang! si vous tenez à vous faire du souci, faites-vous-en donc plutôt pour mes tripes!

— Mais nous savons que tout ira bien.

— Bon, bon!

Provoni ouvrit le cube alimentaire, en absorba le contenu avec un verre d'eau redistillée. Un frisson le parcourut. Il songea qu'il devrait bien se laver les dents. Je pue de partout, se dit-il. Ils vont être effarés. Je vais avoir l'air de quelqu'un qui est resté coincé un mois dans un sous-marin.

— Ils comprendront, dit Morgo.

— Je veux prendre une douche.

— Il n'y a pas assez d'eau.

— Est-ce que vous ne pouvez pas... m'en procurer? D'une manière ou d'une autre?

A plusieurs reprises dans le passé, le Frolixien lui avait fourni certains constituants chimiques, construisant lui-même les cubes dont Provoni avait besoin pour des entités plus complexes. S'il avait pu accomplir cela, il devait bien être capable de fabriquer de l'eau synthétique... posté comme il l'était autour du *Dinosaure gris.*

— Mes propres cellules somatiques manquent d'eau,

elles aussi, dit Morgo. Je pensais même vous en demander un peu.

Provoni se mit à rire.

— Qu'y a-t-il de drôle ? demanda le Frolixien.

— Regardez-nous tous les deux, en plein espace entre Proxima et Sol, en route pour sauver la Terre de la tyrannie oligarchique d'une élite, et nous sommes tout affairés à nous quémander mutuellement quelques litres d'eau. Comment allons-nous sauver la Terre si nous ne sommes même pas capables de synthétiser de l'eau ?

— Laissez-moi vous raconter une histoire, au sujet de Dieu. Au commencement, Dieu créa un œuf, un œuf énorme avec une créature à l'intérieur. Puis Dieu tenta de briser la coquille de l'œuf afin de libérer la créature — le premier être vivant. Mais il n'y parvenait pas. L'être qu'Il avait créé, de son côté, possédait un bec pointu, justement construit pour cet usage, et il put ainsi sortir de l'œuf en brisant la coquille. De là le fait que toutes les créatures vivantes sont dotées de libre arbitre.

— Comment cela ?

— Parce que c'est nous qui avons brisé la coquille, et non Lui.

— En quoi cela vous confère-t-il le libre arbitre ?

— Mais sacrebleu ! parce que nous pouvons faire ce qu'Il n'a pu accomplir !

— Oh ! je vois !

Provoni sourit d'un air amusé devant les tournures idiomatiques de Morgo, qui les tenait de lui-même, naturellement. Le Frolixien connaissait les langues de la Terre dans la seule mesure où lui, Provoni, les connaissait : un vocabulaire anglais d'une étendue raisonnable — bien inférieure à celle de Cordon — plus un peu de latin, d'allemand et d'italien. Morgo savait prendre congé en italien, et la chose semblait lui plaire car toutes ses communications s'achevaient par un « ciao » solennel. Pour son goût personnel, Provoni préférait « à la revoyure » mais, évidemment, les Frolixiens considéraient l'expression comme peu distinguée... selon ses propres critères. C'était une vieille habitude de l'Administration dont il ne parvenait pas à se débarrasser. Son esprit était une sorte de ruche bourdonnante où grouillaient des fragments de pensées et d'idées, de souvenirs et de peurs ancrés là à tout jamais. Aux Frolixiens de faire le tri et de s'y retrouver : ils y parvenaient, semblait-il.

— Vous savez, dit Provoni, quand nous arriverons sur la Terre, je vais me trouver une bouteille de cognac quelque part et aller m'asseoir sur les marches...

— Les marches ?

— Je vois déjà un gros immeuble administratif gris, sans fenêtres, dans le genre de la Perception générale, quelque chose de vraiment affreux, et je m'imagine assis sur les marches dans un vieux manteau bleu, en train de siroter mon cognac. Au grand jour. Et les gens s'approcheront en murmurant : « Regardez, cet homme boit en public. » Alors, je leur dirai : « Je suis Thors Provoni. » Et ils se diront entre eux : « Il l'a bien mérité. Nous ne le dénoncerons pas. » Et ils ne me dénonceront pas.

— Il ne sera pas question de vous arrêter, Mr Provoni. Ni à ce moment ni à aucun autre. Nous serons avec vous dès l'instant où vous atterrirez. Pas seulement moi, comme maintenant, mais tous mes frères, et ils...

— Ils conquerront la Terre; et après, ils iront me cracher quelque part pour me laisser crever.

— Oh non! pas du tout! Nous avons scellé notre accord par une poignée de main. Vous ne vous rappelez pas ?

— Peut-être avez-vous menti.

— Nous ne pouvons pas mentir, Mr Provoni. Je vous l'ai déjà expliqué, de même que mon superviseur Gran Ce Vanh. Si vous ne me croyez pas, et si vous ne le croyez pas, *lui*, une entité vieille de plus de six millions d'années...

Il y avait de l'exaspération dans la voix du Frolixien.

— J'y croirai lorsque je le verrai.

L'air maussade, Provoni but un second gobelet d'eau reconstituée, malgré le voyant rouge allumé au-dessus de la fontaine... allumé depuis déjà une semaine.

12

Le messager extraordinaire salua Willis Gram et dit :
— Ceci vient de tomber, en Code Un. A lire immédiatement, si vous me permettez, monsieur le président.
Gram ouvrit l'enveloppe avec un grognement. Le message tenait en une seule phrase tapée sur une feuille de papier ordinaire :
Notre agent de l'imprimerie de la Seizième Avenue signale un second appel de Provoni, rendant compte de son succès.
Eh ben, mon vieux ! se dit Gram. Son succès ! Il leva les yeux vers le messager.
— Qu'on m'apporte du chlorhydrate de méthamphétamine. Je le prendrai par voie orale, sous forme de capsule. Assurez-vous qu'on m'apporte bien une capsule.
— Bien, monsieur le président.
Le messager salua d'un air un peu surpris et sortit. Resté seul dans la chambre-bureau, Willis Gram retomba dans ses pensées. Je vais me tuer, se dit-il. Il sentait une bulle de dépression enfler en lui et attendait le moment où elle éclaterait et le laisserait pendre lamentablement comme un ballon crevé. Peut-être serait-ce même avant la mort de Cordon. Eh bien, snuffons-le toujours, celui-là.
Il pressa un bouton sur son intercom.
— Envoyez-moi un occifier, n'importe lequel, ça n'a pas d'importance.
— Bien, monsieur le président.
— Et qu'il apporte son arme individuelle.
Cinq minutes plus tard, un sergent tiré à quatre épingles se présenta, claqua des talons et exécuta un salut impeccable.
— A vos ordres, monsieur le président.
— Vous allez vous rendre à la cellule d'Eric Cordon, aux installations de Long Beach, et vous-même, avec votre propre pistolet, celui que vous portez en ce moment à votre ceinture, tirerez sur Cordon jusqu'à ce

que mort s'ensuive. C'est un ordre. (Il sortit un papier plié.) Ceci vous tiendra lieu d'ordre de mission.

— Etes-vous sûr... commença l'occifier.

— Tout à fait sûr.

— Je veux dire, monsieur le président, êtes-vous vraiment sûr que...

— Si vous n'exécutez pas cet ordre, je m'en chargerai moi-même. Rompez.

D'un geste, il indiqua sèchement la porte, et l'occifier sortit.

Pas de télé en direct. Pas de public. Juste deux hommes dans une cellule. Après tout, c'est Provoni qui m'oblige à en arriver là, pensa Gram. Je ne peux pas me permettre de les avoir tous les deux sur les bras en même temps. En un sens, c'est bel et bien Provoni qui est en train de causer la mort de Cordon.

Je me demande quelles formes de vie il a pu trouver. Le salaud.

Il tripota des interrupteurs en jurant et parvint à trouver celui qui correspondait à la caméra installée dans la cellule de Cordon. Le visage maigre, ascétique, les lunettes grises, les cheveux plus gris encore, et clairsemés : l'universitaire en mal d'écriture, se dit Gram. Eh bien, je vais observer en personne son exécution par ce sergent — peu importe son nom.

Cordon était assis sur son lit, l'air assoupi... mais il était visiblement en train de dicter quelque chose, sans doute à l'imprimerie de la Seizième Avenue. Pontifie, pontifie, pensa Gram. Son visage s'assombrit et il attendit.

Un quart d'heure s'écoula. Rien. Cordon continuait à « sécréter » son enseignement. Puis tout à coup, surprenant autant Willis Gram que Cordon, la porte de la cellule coulissa et le sergent, tiré à quatre épingles, entra promptement.

— Etes-vous Cordon, Eric ?

— Oui, dit Cordon en se levant.

Le sergent porta la main à son arme — c'était un tout jeune homme, constata Gram, avec des traits minces et anguleux. Il leva le pistolet et dit :

— Sur ordre du président, j'ai été chargé de me rendre en cet endroit afin de vous snuffer. Désirez-vous lire mon ordre de mission ?

Il plongea une main dans sa poche.

— Non, dit Cordon.

Le sergent fit feu. Cordon bascula en arrière, catapulté par la puissance du rayon destructeur jusqu'au fond de la cellule, puis glissa peu à peu le long du mur et se retrouva assis comme un pantin désarticulé — jambes écartées, bras pendants, tête baissée.

Gram parla dans le micro placé devant lui :

— Je vous remercie, sergent. Vous pouvez vous retirer, à présent ; je n'ai pas d'autre tâche à vous confier. Au fait, comment vous appelez-vous ?

— Wade Ellis.

— Une citation vous sera attribuée.

Gram coupa la communication. Wade Ellis. Voilà qui est fait. Il éprouvait... quoi donc, au juste ? du soulagement ? Evidemment, mon Dieu ! Comme c'était simple ! Il suffisait de convoquer un soldat que vous n'aviez jamais vu, dont vous ignoriez jusqu'à l'identité, et de lui donner l'ordre d'aller snuffer un des hommes les plus influents de la Terre. Et il y allait !

Il se plut à imaginer la stupéfiante conversation suscitée par une telle situation. Quelque chose comme :

A — Salut, je m'appelle Willis Gram.

B — Et moi, Jack Kvetchk.

A — Je vois que vous possédez le grade de sergent.

B — Ça, ça fait pas un pli.

A — Dites donc, sergent Kvetchk, ça vous dérangerait-y de snuffer quelqu'un pour moi ? Son nom m'échappe... attendez que je regarde mes papiers...

Et ainsi de suite.

La porte de la chambre-bureau s'ouvrit et Lloyd Barnes entra en coup de vent, rouge de colère et de confusion.

— Vous venez de...

— Je sais ce que je viens de faire, dit Gram. Vous croyez vraiment m'apprendre quelque chose ?

— Ainsi donc, c'est bien vous qui avez donné l'ordre, comme nous l'a affirmé le directeur de la prison.

— Ouep.

Gram ne se laissait pas entamer.

— Alors, vous êtes content ?

— Ecoutez un peu. Provoni a réussi à faire passer un second message où il est dit en toutes lettres qu'il ramène une forme de vie non terrienne avec lui. Ce n'est pas de la spéculation, cela, c'est un fait.

— Vous ne vous sentez tout bonnement pas capable de vous occuper de Cordon et de Provoni en même temps ! rugit Barnes.

— Et comment ! Et comment, que je ne m'en sens pas capable ! (Gram agita un doigt menaçant sous le nez du directeur.) Vous ne pouvez pas mieux dire. Alors, raison de plus pour ne pas venir me tarabuster. J'ai fait ce qui devait être fait. Est-ce que *vous*, vous tous, les Hommes Nouveaux super-évolués à double calotte crânienne, vous auriez pu tenir tête à ces deux-là travaillant ensemble, ici même sur la Terre ? Pas la peine de me donner une réponse, c'est non !

— Notre réponse aurait consisté en une exécution solennelle dans la stricte observance de tous les règlements.

— Et pendant qu'on est en train de lui servir son dernier repas et tout le tremblement, une sorte d'énorme entité pisciforme phosphorescente vient se poser à Cleveland, ramasse tous les Exceptionnels et les Nouveaux, et pschhh ! tout le monde se retrouve snuffé. C'est ça, hein ?

Barnes observa une pause avant de répondre.

— Comptez-vous décréter l'état d'urgence au niveau planétaire ?

— Une alerte générale ?

— Oui, dans tout ce que le terme implique de plus extrême.

Gram réfléchit un moment.

— Non. Nous alerterons l'appareil militaire, la police, puis les hommes clés parmi les Nouveaux et les Exceptionnels — ils ont le droit de connaître la véritable situation. Mais silence en ce qui concerne le menu fretin, Ordinaires et Résistants.

Il se prit à penser que de toute façon l'imprimerie de la Seizième Avenue diffuserait la nouvelle — quelle que soit la rapidité de l'attaque. Tout ce qu'ils ont à faire est de transmettre en urgence les messages de Provoni aux imprimeries de moindre envergure — et Dieu sait qu'ils ont déjà dû s'en charger !

— Le groupe commando A-Vert, appuyé par les unités B et C, se dirige en ce moment vers l'imprimerie de la Seizième Avenue, dit Barnes. J'ai pensé que la nouvelle vous intéresserait. (Il consulta sa montre.) Dans une demi-heure approximativement, nos hommes donneront l'assaut à la première ligne de défense de l'imprimerie. Nous avons mis en place un circuit fermé de télévision afin que vous puissiez suivre le déroulement des opérations.

— Je vous remercie.

— Dois-je prendre votre réponse pour un sarcasme ?

— Absolument pas. Je dis ce que je pense. Je vous dis que je vous remercie, et cela signifie que je vous remercie, un point c'est tout. (Il haussa le ton.) Est-ce que tout doit avoir un sens caché ? Sommes-nous donc une bande de conjurés lanceurs de bombes rôdant dans la pénombre et se parlant en code ? Ou bien sommes-nous un gouvernement ?

— Nous sommes un gouvernement légal en exercice, répondit Barnes. Un gouvernement menacé de l'intérieur par la sédition et de l'extérieur par l'invasion. Il nous faut prendre des mesures de protection sur les deux fronts. Par exemple, nous pouvons poster des forteresses spatiales sur une orbite où elles seront en mesure d'atteindre le vaisseau de Provoni avec leurs missiles au moment où il pénétrera de nouveau dans le Sol-Système. Nous pouvons...

— Ces décisions sont du ressort du commandement militaire, pas du vôtre. Je vais convoquer une réunion du Conseil de paix suprême des responsables dans la salle rouge. (Gram baissa les yeux sur l'Oméga à son poignet) : A trois heures cet après-midi.

Il poussa un bouton sur son bureau.

— Oui, monsieur le président !

— Je veux que les responsables se réunissent dans la salle rouge à trois heures cet après-midi. Priorité type A.

Il reporta son attention sur Barnes.

— Nous cueillerons le plus grand nombre possible de Résistants, fit le directeur de la police.

— Bien.

— Puis-je avoir votre accord pour faire bombarder leurs autres imprimeries — du moins toutes celles dont nous avons connaissance ?

— Parfait.

— Je décèle encore une certaine ironie dans vos paroles, dit Barnes, hésitant.

— J'en ai tout simplement marre, marre, marre ! Comment un être humain peut-il en venir à créer une situation dans laquelle des formes de vie non humaines... Oh ! et puis à quoi bon...

Gram resta silencieux. Barnes attendit un moment avant de se diriger vers le pupitre de contrôle et d'allumer un des écrans de télévision qui faisaient face au président.

L'image grouillait de policiers courant en armes dans la fumée. Des canons bombardaient une porte en rexéroïde de missiles miniaturisés.

— Ils ne sont pas encore près d'entrer, fit Gram. Le rexéroïde, c'est particulièrement solide.

— Ils viennent juste de commencer.

Le rexéroïde de la porte fondit en coulées qui explosaient en tous sens sous forme de boules en fusion semblables à des oiseaux martiens. Le clack-clack-clack d'un feu nourri leur parvenait, venant de la police mais aussi de ce qui semblait bien être un groupe de soldats en uniforme postés à l'intérieur. Pris par surprise, les policiers se mirent à couvert et commencèrent à lancer des grenades à gaz paralysant. La fumée brouillait tout mais, peu à peu, les policiers semblaient gagner du terrain.

— Attrapez-les, ces salauds ! fit Gram tandis que sur l'écran un tireur au bazooka et son servant ajustaient leur tir droit sur la ligne de soldats à l'intérieur.

La roquette passa au-dessus d'eux et vint exploser au beau milieu des machines de l'imprimerie.

— Envolées, les presses ! fit Gram en jubilant. C'est toujours ça.

Les policiers s'étaient infiltrés dans la salle principale de l'imprimerie, suivis par la caméra qui cadrait un affrontement entre deux policiers en uniforme vert et trois soldats habillés de gris.

Le volume sonore sembla tomber. Les coups de feu se faisaient plus rares à mesure que le nombre des combattants en mouvement diminuait. Les policiers commençaient à regrouper les employés de l'imprimerie, tout en échangeant quelques coups de pistolet espacés avec les rares survivants armés dans les rangs des Résistants.

13

Assis, raides et muets, dans la petite pièce privée que leur avait accordée le personnel de l'imprimerie, Nick Appleton et Charley écoutaient les échos de la bataille. Adieu les soixante-douze heures de répit, pensait Nick. Pas pour nous, jamais de la vie. Les jeux sont faits.

Charley, ses lèvres sensuelles pressées l'une contre l'autre, se mordit soudain le dos de la main.

— Seigneur Dieu! (Elle se leva, tel un animal prêt à bondir, et se mit à crier :) Nous n'avons pas la moindre chance!

Nick demeura silencieux.

— Dites quelque chose! gronda Charley, le visage déformé de rage impuissante. Parlez! Reprochez-moi de vous avoir amené ici, dites quelque chose, *n'importe quoi*... mais ne restez pas là les yeux fixés sur cette foutue porte!

— Je ne vous accuse pas.

Il mentait, mais à quoi bon lui faire des reproches : elle ne pouvait pas savoir que la police allait déclencher une attaque surprise contre l'imprimerie. Après tout, cela ne s'était jamais produit. Elle s'était contentée de tirer la conclusion de faits connus : l'imprimerie était un refuge, nombreux étaient ceux qui y étaient passés et en étaient repartis.

Le pouvoir était au courant depuis le début, se dit Nick. Ils se décident à agir maintenant à cause des nouvelles concernant le retour de Provoni. Et Cordon. Dieu tout-puissant, ils l'ont probablement tué aussitôt. L'annonce du retour de Provoni a donné le signal d'un *blitz* complexe à l'échelle planétaire, soigneusement préparé par le Système. Ils sont sans doute en train de rassembler tous les Hommes Nouveaux sur lesquels ils possèdent un dossier. Et tout ceci, le bombardement des imprimeries, le ramassage des Résistants, l'exécution de Cordon, doit être accompli avant l'arrivée de Provoni. Sa réapparition leur a forcé la main; ils ont été obligés de faire donner leur grosse artillerie... et pas seulement au sens figuré.

Il se leva et vint passer son bras autour des épaules de Charley, serrant son corps mince et dur contre le sien.

— Ecoutez, nous allons nous retrouver dans un camp de replacement pendant quelque temps, mais un jour ou l'autre, lorsque le vent aura tourné, dans un sens ou dans l'autre...

La porte s'ouvrit brusquement. Un policier à l'uniforme couvert de particules semblables à de la poussière — en réalité de la cendre d'os humains — pointait un fusil Hopp modèle B-14 sur eux. Nick leva aussitôt les mains, puis prit celles de Charley et les éleva également, lui écartant de force les doigts pour montrer qu'elle n'avait pas d'arme.

Le policier tourna son B-14 vers Charley et fit feu. Charley s'effondra, inerte, contre Nick.

— Elle est endormie, fit le policier. Repos maximum.

Puis il tira sur Nick.

14

— Tiens, tiens, 3XX24J, fit le directeur Barnes, l'œil sur l'écran de télévision.

— Que voulez-vous dire? demanda Gram d'un air irrité.
— L'homme et la fille, là, dans cette pièce. Les deux que le vertflic vient d'étendre pour le compte. L'homme était le sujet-test qui a amené l'ordinateur à penser que...

Gram le coupa brutalement :
— Je suis en train d'essayer d'apercevoir certains de mes vieux copains, alors bouclez-la! Bouclez-la et contentez-vous de regarder. Ce n'est pas trop vous demander?
— C'est lui, fit poliment observer Barnes, que l'ordinateur du Wyoming a sélectionné comme prototype de l'Ordinaire susceptible, à l'annonce de l'exécution imminente de Cordon, de passer aux Résistants — et c'est bien ce qui s'est produit. A présent nous le tenons, encore que, bizarrement, je ne pense pas que ce soit sa femme, là, avec lui. Voyons, que dirait l'ordinateur du Wyoming... (Il se mit à marcher de long en large.) Quelle serait sa réaction au fait que nous l'avons pris, que nous tenons l'Ordinaire typique qui...
— Pourquoi dites-vous que ce n'est pas sa femme? demanda Gram. Voulez-vous dire qu'il s'est mis à la colle avec cette gonzesse, que non seulement il est passé aux Résistants, mais qu'en plus il a quitté sa femme et déjà trouvé quelqu'un d'autre? Posez donc la question à l'ordinateur et voyons un peu ce qu'il en tire.

Hmm. La fille est assez jolie, pensa-t-il, façon garçon manqué.
— Pouvez-vous vous assurer qu'il ne sera fait aucun mal à la fille? demanda-t-il. Etes-vous en mesure d'entrer en communication avec les troupes sur le terrain?

Barnes prit un micro à sa ceinture et le porta à ses lèvres.
— Le capitaine Malliard, s'il vous plaît.
— Oui, ici Malliard.

La voix essoufflée trahissait un état de tension et d'excitation extrêmes.
— Le président du Conseil me prie de vous demander de veiller à ce que l'homme et la jeune fille...

— Juste la fille, coupa Gram.

— De veiller à ce que la jeune fille qui se trouve dans une pièce latérale et vient d'être neutralisée par un vertflic à l'aide d'un fusil tranquillisant Hopp B-14 soit mise sous votre protection. Un instant, je tâche d'établir les coordonnées. (Barnes coula un regard de biais vers l'écran en clignant des yeux comme une chouette.) Coordonnées 34, 21, puis 9 ou 10.

— C'est-à-dire sur ma droite et un peu en avant de ma propre position, dit Malliard. Bien ! je m'en occupe immédiatement. Nous avons fait du bon travail : vingt minutes pour nous rendre virtuellement maîtres de la place avec le minimum de pertes dans les deux camps.

— Gardez donc un œil sur cette fille.

Barnes remit le micro à sa ceinture.

— Vous êtes tout entortillé de fils et d'outils comme un réparateur de fones, fit remarquer Gram.

— Voilà que vous recommencez, fit froidement le directeur.

— Que je recommence quoi donc ?

— De mêler votre vie privée et votre vie publique. Cette fille.

— Elle a un visage curieusement enfoncé, comme certaines chopes irlandaises.

— Président, nous nous trouvons confrontés à une invasion de formes de vie étrangères, nous devons faire face à un soulèvement de masse qui peut...

— C'est une fille comme on en voit tous les vingt ans.

— Puis-je vous demander une faveur ? dit Barnes.

— Bien sûr. Laquelle ?

Willis Gram se sentait tout à fait bien, à présent : satisfait de l'efficacité de la police dans l'assaut de l'imprimerie de la Seizième Avenue, sa libido bien branchée à la vue de l'étrange fille.

— J'aimerais que vous ayez un entretien — en ma présence — avec l'homme du 3XX24J... Je veux savoir si son état d'esprit est plutôt optimiste, du fait que Provoni a donné de ses nouvelles et qu'il ramène de l'aide avec lui; ou bien si son moral a été abattu parce

qu'il a été pris dans une descente de police. En d'autres termes...
— Un échantillonnage.
— Exactement.
— D'accord. Je lui consacrerai une minute. Mais il y aurait intérêt à faire vite, avant l'arrivée de Provoni. *Tout* doit être réglé avant que Provoni ne débarque avec ses monstres. Oui, ses monstres. (Il hocha la tête.) Quel renégat méprisable, assoiffé de pouvoir, prêt à tout pour satisfaire ses ambitions, dénué de tout principe moral ! Une canaille de la plus basse espèce. Voilà quel devrait être son portrait dans les livres d'Histoire. (L'idée lui plut.) Prenez note, dit-il à Barnes. Je ferai mettre cela dans la prochaine édition de la *Britannica*. Mot pour mot.

Le directeur de la police sortit son bloc-notes avec un soupir et recopia laborieusement la phrase.

— Ajoutez : déséquilibré mental, radical fanatique, une créature — notez bien ceci : une créature, pas un homme — convaincue que tous les moyens sont bons pour parvenir à ses fins. Et de quelles fins s'agit-il en l'occurrence ? De la destruction d'un système grâce auquel l'autorité est placée et conservée entre les mains de ceux qui, de par leur constitution physique, sont à même de l'exercer. Le règne, non des plus populaires, mais des plus compétents. Et quel est le meilleur choix, de la compétence ou de la popularité ? Millard Fillmore était populaire, et Rutherford B. Hayes, et Churchill, et Lyons. Mais ils n'avaient pas la compétence, et c'est là que le bât blesse. Vous me suivez ?

— En quoi Churchill était-il incompétent ?

— Il a préconisé le bombardement massif par raids nocturnes de zones résidentielles abritant des populations civiles au lieu de se concentrer sur des objectifs vitaux, prolongeant ainsi la Seconde Guerre mondiale d'une année.

— Je vois ce que vous voulez dire, fit Barnes, tout en ajoutant pour lui-même : je n'ai pas besoin d'un cours d'instruction civique.

Gram intercepta aussitôt sa pensée... et bien d'autres choses également.

— Je verrai l'homme du 3XX24J ce soir à six heures, dit-il. Vous me les amènerez tous les deux — la fille aussi.

Il intercepta encore des pensées déplaisantes et réprobatrices de la part de Barnes, mais passa outre. Comme la plupart des télépathes, il avait appris à ignorer la grande masse des pensées à demi ébauchées chez les gens : l'hostilité, l'ennui, le dégoût pur et simple, l'envie. Des pensées qui, pour la plupart, n'affleuraient même pas à la conscience de celui qui les émettait. Un télépathe devait apprendre à avoir le cuir endurci. Avant tout, il devait apprendre à traiter avec les pensées positives, conscientes, d'une personne, non avec la vague alchimie de ses processus subconscients : à ce niveau, on pouvait déceler pratiquement n'importe quoi... et chez n'importe qui où presque. Dans la tête du premier scribouillard à passer dans un bureau flottait le désir éphémère de liquider son supérieur et de prendre sa place... et certains visaient encore bien plus haut. Les délires de grandeur les plus fantastiques se retrouvaient chez des hommes ou des femmes aux manières les plus humbles qui soient — des Nouveaux, presque tous.

Quelques-uns, parmi ceux qui abritaient des pensées réellement déviées, avaient été internés sans tapage par ses soins. Pour le bien de toutes les personnes concernées, à commencer par lui-même. En effet, à plusieurs reprises, il avait surpris des pensées meurtrières venant des sources les plus inattendues, et à tous les échelons. Une fois, un technicien Nouveau, chargé d'installer une chaîne d'objectifs vidéo dans son bureau privé, avait longuement considéré la possibilité de l'assassiner, portant même sur lui l'arme à cet effet. Encore et encore, ce thème meurtrier surgissait, depuis le jour, cinquante-huit ans auparavant, où les deux nouvelles catégories d'humains avaient fait leur apparition. Avait-il vraiment réussi à s'y acclimater ? Peut-être que non. Mais il avait vécu toute son existence dans cette atmosphère et ne voulait pas envisager la perte de cette faculté d'adaptation à un moment aussi avancé de la partie — alors que sa propre trajectoire et celle de

Provoni et de ses amis non humains étaient sur le point de se heurter.

— Quel est le nom de cet individu de l'appartement 3XX24J ? demanda-t-il.

— J'aurais besoin de consulter mes dossiers pour le retrouver, répondit Barnes.

— Et vous avez la certitude que cette fille n'est pas sa femme ?

— J'ai entrevu quelques photos de sa femme. Une petite boulotte méchante — une vraie harpie, à en juger par la bande vidéo, enregistrée par le dispositif installé dans leur appartement. Vous savez, le dispositif 243 standard mis en place dans toutes ces habitations néo-modernes.

— Quels sont ses moyens d'existence ?

Barnes fixa le plafond du regard et se passa la langue sur la lèvre inférieure avant de répondre.

— Rechapeur de pneus. Dans un atelier de squibs d'occasion.

— En quoi diable est-ce que cela consiste ?

— Eh bien, supposons qu'ils reprennent un squib et que l'examen révèle une usure presque totale de la trame des pneus. Son rôle consiste à prendre un fer incandescent et à creuser de nouveaux sillons factices dans ce qui reste de la chape.

— Est-ce que cela n'est pas illégal ?

— Non.

— Eh bien, ça l'est à compter de cet instant. Je viens d'émettre un décret, veuillez en prendre note. Le rechapage des pneus est un délit. C'est une activité nuisible.

— Bien, monsieur le président.

Barnes griffonna quelque chose sur son bloc-notes. Nous sommes à la veille d'une invasion extra-terrestre, et Gram s'occupe du rechapage des pneus, pensa-t-il.

— On ne peut pas se permettre de négliger les questions mineures sous prétexte de la confusion créée par les problèmes majeurs, fit Gram en réponse à la pensée du directeur de la police.

— Mais enfin, en un moment comme celui-ci...

— Que l'existence de ce nouveau délit soit rendue publique immédiatement par affichage, et veillez à ce que chaque atelier de squibs d'occasion en soit avisé par un imprimé — notez bien par un imprimé — d'ici à vendredi.

— Pourquoi ne pas persuader nous-mêmes les extra-terrestres de venir? demanda Barnes d'un ton sarcastique. Nous pourrions ensuite mettre cet homme au travail sur les pneus de leurs véhicules. Lorsqu'ils essaieraient de se déplacer à la surface, les pneus éclateraient et ils se tueraient dans l'accident.

— Ceci me rappelle une histoire au sujet des Anglais, fit Gram. Pendant la Seconde Guerre mondiale, le gouvernement italien était fort préoccupé — non sans raison — par le débarquement anglais dans le pays. Il fut suggéré de majorer exagérément les prix dans tous les hôtels où descendraient les Anglais. Trop polis pour se plaindre, voyez-vous, ils préféreraient repartir — quitter entièrement l'Italie. Connaissiez-vous cette histoire?

— Non.

— Mais nous sommes vraiment dans un fichu pétrin, reprit Gram, même avec Cordon liquidé et cette imprimerie sur la Seizième Avenue bouclée.

— C'est le moins qu'on puisse dire, monsieur le président.

— Nous ne réussirons même pas à mettre la main sur tous les Résistants, et ces extra-terrestres ressemblent peut-être aux Martiens de Wells dans la *Guerre des mondes* : ils avaleront la Suisse en une seule bouchée.

— Gardons-nous de toute autre conjecture jusqu'à ce que nous les ayons vraiment rencontrés, dit Barnes.

Gram capta un sentiment de lassitude en provenance du directeur de la police, des pensées de long repos... mêlées à la prise de conscience du fait qu'il n'y aurait de repos, long ou pas, pour aucun d'entre eux.

— Je regrette, dit Gram en réponse à ces pensées.

— Ce n'est pas votre faute.

Le président prit un air maussade.

— Je devrais démissionner.

— Au bénéfice de qui?

— Débrouillez-vous pour trouver quelqu'un, vous autres doubles crânes. Quelqu'un de votre type.

— La chose pourrait être débattue en Conseil.

— Nix. Je ne démissionnerai pas. Il n'y aura aucune réunion du Conseil à ce sujet.

Il capta une pensée flottante, vite réprimée par Barnes. *Il y aura peut-être réunion du Conseil. Si vous n'êtes pas capable de vous occuper de ces extra-terrestres et du soulèvement intérieur à la fois.*

Il leur faudra me tuer pour me chasser de mon poste, se dit Gram. Il leur faudra trouver un moyen de me snuffer. Et ce n'est pas facile de snuffer un télépathe.

Pourtant, ils sont sans doute en train de chercher ce moyen, conclut-il.

Ce n'était pas une pensée agréable.

15

Nick Appleton reprit connaissance étendu de tout son long sur un sol vert : la couleur des pisseurs, la police d'Etat. Il se trouvait dans un camp de détention de la P.I.S., probablement un centre de transit.

Relevant la tête, il promena un regard furtif autour de lui. Ils étaient trente à quarante hommes, beaucoup d'entre eux blessés et saignants, ou porteurs de pansements. Je suppose que je suis de ceux qui ont eu de la chance, se dit-il. Et Charley — sans doute avec les femmes, en train de donner de la voix pour maudire ses gardiens. Elle leur mènera la vie dure lorsqu'ils viendront la chercher pour l'emmener dans un camp de replacement permanent, elle leur enverra son pied dans les parties. Moi, bien sûr, je ne la reverrai jamais. Elle avait la clarté des étoiles; je l'ai aimée. Même si ce ne fut pas long. C'est comme si j'avais eu une vision fugitive, comme si j'avais un instant soulevé le voile de la vie d'ici-bas et aperçu ce qu'il me fallait pour être heureux.

— Vous n'auriez pas quelques pilules pour la douleur sur vous, par hasard? (La voix était celle d'un jeune homme à côté de lui.) J'ai une jambe cassée et ça me fait un mal de chien...

— Non, je m'excuse.

Nick revint à ses pensées.

— N'ayez pas l'air si abattu, poursuivit le jeune homme. Il ne faut pas laisser les pisseurs vous atteindre au-dedans.

Il se tapota le crâne.

— La perspective de passer le reste de mon existence dans un camp sur Luna ou dans le Sud-Ouest de l'Utah m'empêche de sourire, rétorqua Nick d'un ton mordant.

Un sourire de félicité éclaira le visage du jeune homme.

— Mais vous avez entendu la nouvelle : Provoni est de retour, et avec de l'aide. (Ses yeux brillaient malgré la douleur.) Il n'y aura plus de camps de replacement. Le voile de la tente est déchiré et les cieux s'enrouleront comme un parchemin.

— Il y a plus de deux mille ans que ces mots ont été écrits et nous attendons toujours, dit Nick.

Il n'y a pas encore un jour que je suis devenu Résistant et regardez où j'en suis, pensa-t-il.

— L'un de vous sait-il si le message de Provoni a pu être transmis à une autre imprimerie ? demanda un homme accroupi non loin de là.

Il était grand, décharné, et la profonde coupure au-dessus de son œil droit n'avait pas été soignée.

— Oh ! bien sûr !

Le regard du jeune homme blond rayonna d'une foi ardente.

— Ils l'ont su tout de suite. Notre opérateur n'a eu qu'à tourner un commutateur. (Il sourit en direction de Nick et de l'autre homme.) Est-ce que ce n'est pas merveilleux ?

D'un geste, il indiqua le reste des prisonniers dans la cellule mal éclairée et mal ventilée.

— Ceci, même ceci, c'est magnifique. C'est splendide !

— Ça vous botte ? demanda Nick.

— Je ne connais pas bien la littérature des siècles précédents.

Le jeune homme avait pris un ton méprisant pour rembarrer Nick et son expression anachronique.

— Tout ceci... tout ceci fait partie de moi. Je peux bien le supporter ! Jusqu'à ce que Provoni débarque. Ce qui ne tardera pas; et alors les cieux seront...

Ils furent interrompus par l'apparition d'un policier en civil muni d'une planchette qu'il consultait en s'approchant d'eux.

— C'est vous, le visiteur du 3XX24J ? demanda-t-il à Nick.

— Je me nomme Nick Appleton.

— Pour nous, vous êtes un individu qui, tel jour à telle heure, s'est rendu à un appartement portant tel numéro. En conséquence de quoi, vous êtes 3XX24J. Est-ce vrai ou non ?

Nick confirma de la tête.

— Levez-vous et suivez-moi.

Sur ces mots, le recors de la loi s'éloigna vivement, suivi de Nick, qui parvint avec peine à retrouver une position plus ou moins verticale et se mit en route tout en se demandant avec frayeur ce qui l'attendait.

Tandis que le policier ouvrait la porte de la cellule grâce à un système électronique complexe de numéros inscrits sur des roues tournant à toute allure, l'un des hommes assis près de là, le dos au mur, souffla à Nick :

— Bonne chance, camarade.

Un autre homme à côté de lui ôta une boule transistorisée de son oreille et dit :

— La nouvelle vient juste de passer sur les médias. Ils ont tué Cordon. Ils ont osé, ils l'ont tué. « Emporté par une affection chronique du foie », qu'ils disent — mais Cordon, il souffrait pas du foie. Ils l'ont buté.

— Amène-toi, dit le policier en propulsant Nick au-dehors avec une force surprenante.

La porte de la cellule se referma instantanément.

— C'est vrai, pour Cordon ? demanda Nick.

— Sais pas, répondit le policier, qui ajouta : Mais si c'est vrai, c'est une bonne idée. Je ne comprends pas pourquoi ils l'ont gardé tout ce temps à Brightforth. Pourquoi n'étaient-ils pas fichus de se décider? Ça montre bien à quoi on peut s'attendre avec un Exceptionnel au poste de président du Conseil.

Il continua de remonter le couloir avec Nick sur ses talons.

— Savez-vous que Thors Provoni est de retour? Avec le secours qu'il nous a promis? demanda Nick.
— On saura s'occuper d'eux.
— Qu'est-ce qui vous le fait croire?
— La ferme et marche.

Le crâne du policier, un crâne élargi d'Homme Nouveau, ondulait méchamment. L'homme semblait n'attendre qu'une occasion de se servir de sa matraque métallique sur quelqu'un. Il me snufferait sur-le-champ s'il le pouvait, pensa Nick, mais il a ses ordres.

Nick n'en était pas moins effrayé de voir une telle concentration de haine sur le visage du pisseur lorsqu'il avait mentionné Provoni. Ils vont peut-être livrer une sacrée bataille, comprit-il. Si celui-ci représente les sentiments de l'ensemble.

Nick franchit une porte à la suite du pisseur... et embrassa en un seul regard tout le centre nerveux de l'appareil policier. Des centaines de petits écrans de télévision groupés quatre par quatre avec un policier surveillant chaque unité; une cacophonie incessante de sonneries, de déclics et de bourdonnements; des gens, hommes et femmes, courant de tous côtés... occupés à d'infimes corvées telles que celle échue au Nouveau plein de haine qui l'escortait. On ne chômait pas, à la P.I.S. Il est vrai que la tâche de mettre la main sur tous les Résistants dont ils avaient connaissance suffisait à elle seule à déborder le personnel et l'équipement neuro-électronique dont il avait la charge.

Pendant ce court moment, il perçut leur fatigue. Ces gens n'affichaient pas une mine triomphante ou joyeuse. Eh quoi! pensa Nick, est-ce que le meurtre d'Eric Cordon ne vous réchauffe pas le cœur? Non, ils pensaient à l'avenir, tout comme les Résistants. Les dispositions internes, bombardement des imprimeries, arrestations, regroupement des Résistants prisonniers

— tout ceci devait probablement être réglé en l'espace de trois jours.

Pourquoi trois jours ? se demanda-t-il. Les deux messages de Provoni n'avaient évidemment pas permis un repérage du vaisseau; pourtant tout le monde semblait bien d'accord sur ce point : c'était une affaire de quelques jours tout au plus. Mais supposons qu'il soit encore à une année de distance. Ou cinq années.

Le policier qui l'escortait prit la parole.

— 3XX24J, je vais vous remettre entre les mains d'un représentant du président. Il sera armé, alors inutile de jouer les héros.

— Merci, l'ami.

Nick, dépassé par toute l'agitation fébrile qui l'entourait, ne cherchait qu'à se faire tout petit. Un individu vêtu du costume ordinaire de l'homme d'affaires — manches pourpres, bagues, chaussures à bouts relevés — s'approcha de lui. Nick l'examina attentivement. Un vieux renard, entièrement dévoué à son travail — et c'était un Nouveau. Sa tête volumineuse se dandinait au-dessus de son corps; il ne portait pas le corset occipital en vogue chez de nombreux Hommes Nouveaux.

— Etes-vous 3XX24J ? demanda le nouvel arrivant en consultant le Xerox d'un quelconque document.

— Mon nom est Nick Appleton.

Le ton de Nick était glacial.

— Hum, oui. Ces systèmes d'identité chiffrée ne sont vraiment pas au point. Vous exercez — ou exerciez — la profession de... (il fronça les sourcils sur son document et releva sa tête massive)... la profession de « rechapeur de pneus » ? C'est bien cela ?

— Oui.

— Et vous venez aujourd'hui de rejoindre les rangs des Résistants par l'entremise de votre employeur, Earl Zeta, lui-même placé sous surveillance policière, si je ne m'abuse, depuis plusieurs mois. Vous êtes bien l'individu dont je parle, n'est-ce pas ? Je tiens à m'assurer que je véhicule bien la personne idoine. J'ai vos empreintes digitales avec moi; nous allons les transmettre aux Archives. D'ici le moment où le président nous recevra, elles auront — ou n'auront pas — été vérifiées. (Le représentant replia son document et le remit soigneusement dans sa serviette.) Suivez-moi.

Nick jeta un dernier regard sur l'immense salle en forme de grotte et ses dix mille écrans. Des poissons, pensa-t-il. Ils sont comme des poissons pourpres, mâles et femelles, évoluant dans leur aquarium. Ou bien comme les molécules d'un liquide, se heurtant de temps à autre.

Il eut alors une vision de l'enfer. Il vit tous ces gens comme des ectoplasmes, dépourvus de corps réels. Toutes ces créatures policières affairées à leurs petites courses avaient renoncé à vivre depuis longtemps ; elles se contentaient d'absorber l'énergie vitale des écrans placés sous leur contrôle — ou, plus précisément, des êtres qui s'agitaient sur ces écrans. Les indigènes d'Amérique du Sud n'ont peut-être pas tort de penser que lorsque quelqu'un prend la photographie d'un autre être, il lui vole son âme. Qu'est-ce que tout ceci, sinon la répétition infinie de ce phénomène ? Des millions et des millions de photographies. Etrange, se dit-il. Je suis abattu et je me mets à penser en termes de superstition. C'est la peur.

La voix du représentant parvint à ses oreilles.

— Cette salle constitue le centre d'informations de la P.I.S. pour toute la planète. Fascinant, n'est-ce pas ? Tous ces écrans de contrôle... et vous n'en voyez ici qu'une partie. Il s'agit à proprement parler de l'Annexe, établie voici deux ans. Le véritable centre nerveux n'est pas visible de l'endroit où nous sommes, mais vous pouvez me croire, ses dimensions sont effrayantes.

— Effrayantes ? répéta Nick, surpris par le choix du qualificatif.

Il lui sembla percevoir une ombre de sympathie à son égard de la part du représentant.

— Les employés de la police affectés en permanence aux écrans mouchards ne sont pas loin d'un million. Un immense appareil bureaucratique.

— Mais est-ce que cela a servi à quelque chose aujourd'hui ? Lorsqu'ils ont entrepris la première rafle ?

— Oh ! le système fonctionne, ne vous faites pas de

souci. Mais on ne peut s'empêcher de sourire lorsqu'on songe au nombre d'hommes et d'heures de travail qui se trouvent ainsi bloqués, alors que l'idée initiale était justement de...

Un occifier en uniforme surgit à leurs côtés.

— Sortez d'ici et conduisez cet homme devant le président.

Son ton n'annonçait rien de bon.

— Bien, occifier.

Le représentant mena Nick le long d'un couloir jusqu'à une vaste porte d'entrée en plastique transparent.

— Barnes, marmonna-t-il à moitié pour lui-même.

Ses sourcils se fronçaient en signe de dignité offensée.

— Barnes est l'homme le plus proche du président. Willis Gram dispose d'un conseil de dix membres, hommes et femmes, et qui va-t-il toujours consulter ? Barnes. Est-ce que cela vous paraît relever d'un processus mental adéquat, à vous ?

Encore un Homme Nouveau en train de débiner un Exceptionnel, songea Nick. Il se garda de tout commentaire tandis que son compagnon et lui grimpaient dans un squib rouge étincelant marqué du sceau gouvernemental.

16

Nick Appleton se trouvait dans un petit bureau à l'équipement moderne. Un mobile arachnéen dernier cri oscillait au-dessus de sa tête. Nick prêtait une oreille distraite à la musique qui filtrait dans la pièce. Pour l'instant, il s'agissait d'un choix d'airs de Victor Herbert. Assis, le dos voûté, la tête dans les mains, Nick poussa un soupir de lassitude. Charley, où es-tu ? Es-tu vivante ? Blessée ? Ou bien es-tu saine et sauve ?

Il opta finalement pour la dernière hypothèse. Charley n'allait pas se laisser snuffer par qui que ce fût. Elle vivrait bien au-delà des cent douze ans qui constituaient les chances de vie moyennes de la population.

Je me demande si j'ai une chance de pouvoir filer d'ici. Il se trouvait devant deux portes : l'une était celle par laquelle ils étaient entrés, l'autre menait de toute évidence à d'autres bureaux intérieurs plus proches du saint des saints. Avec précaution, Nick essaya la première porte, sans succès. Retenant alors sa respiration, il s'approcha à pas de loup de la porte menant aux bureaux intérieurs et tourna la poignée. Fermée également.

Mais il avait déclenché un système d'alarme. Une sonnerie stridente lui parvenait aux oreilles. Il se maudit intérieurement.

La porte s'ouvrit et Nick se trouva face à face avec Barnes, le directeur de la police, imposant dans son uniforme tout vert, d'une nuance plus claire que les uniformes habituels et réservée aux seuls officiels de haut rang.

Ils se regardèrent un moment en silence.

— 3XX24J ? finit par demander le directeur.

— Nick Appleton. 3XX24J désigne un appartement, ou en désignait un en tout cas, et il ne s'agit même pas du mien. A l'heure qu'il est, vos hommes ont dû le mettre à sac en recherchant des tracts cordoniens.

A cet instant, il se mit à penser, pour la première fois, à Kleo.

— Où se trouve ma femme ? A-t-elle été blessée, ou tuée ? Puis-je la voir ?

Et mon fils, ajouta-t-il pour lui-même. Surtout mon fils.

Barnes s'adressa à quelqu'un derrière lui.

— Contrôlez le 7Y3ZRR et vérifiez si la femme est en bonne condition. Le gosse également. Avisez-moi immédiatement. (Il se retourna vers Nick.) Vous voulez bien parler de votre épouse légale ? Pas de cette fille qui se trouvait avec vous dans une chambre de l'imprimerie de la Seizième Avenue ?

— Je voudrais savoir pour les deux.

— La fille de l'imprimerie se porte très bien.

Le directeur n'en dit pas plus, mais c'était suffisant. Charley s'en était tirée, Dieu merci.

— Y a-t-il d'autres questions que vous souhaiteriez me poser avant que nous ne nous rendions chez le président ?

— Je veux un avocat.

— La chose est impossible du fait de la loi passée l'an dernier et qui interdit toute représentation légale à une personne déjà arrêtée. De toute manière, un avocat, même consulté avant votre arrestation, n'aurait pu en rien vous être utile car votre délit est de nature politique.

— De quoi suis-je coupable ?

— Possession de tracts cordoniens. Cela coûte dix années dans un camp de replacement. Surpris en compagnie d'autres Cordoniens avérés. Cinq ans. Présent dans un local abritant des écrits illégalement...

— J'en ai assez entendu. Il y en a bien pour quarante ans au total.

— Sur le papier, sans aucun doute. Mais si vous vous montrez coopératif, nous pourrons peut-être faire courir vos peines simultanément. Entrons.

Le directeur indiqua d'un geste la porte ouverte et Nick obéit sans un mot. Il se retrouva dans un bureau somptueusement décoré... mais s'agissait-il bien d'un bureau ? Un immense lit emplissait la moitié de la pièce. Sur le lit, soutenu par des oreillers, se tenait Willis Gram, chef suprême de la planète, un plateau contenant son déjeuner sur les genoux. Des documents écrits de toute nature étaient éparpillés autour de lui sur les couvertures. Nick reconnut les couleurs attribuées par code à une bonne douzaine de services gouvernementaux différents. Les documents ne semblaient pas avoir été lus. Ils étaient en trop bon état pour cela.

Willis Gram parla dans le microphone facial collé à l'une de ses joues flasques.

— Miss Knight, ôtez-moi de là ce poulet à la crème et autres choses du même genre. Je n'ai pas faim.

Une femme menue à la poitrine presque inexistante vint reprendre le plateau.

— Aimeriez-vous un peu de...

Gram lui coupa la parole d'un geste brusque. La petite femme se tut aussitôt et sortit de la pièce avec son plateau.

— Savez-vous d'où viennent mes repas ? (Le président s'adressait directement à Nick.) De la cafétéria de l'immeuble; voilà d'où ils viennent. Pourquoi diable... (il parlait à Barnes, à présent) pourquoi diable ne me suis-je pas fait installer une cuisine pour moi tout seul ? Je dois perdre la tête. Je crois bien que je vais démissionner. Vous avez raison, les Nouveaux, nous autres Exceptionnels ne sommes qu'une bande de monstres de foire. Nous ne sommes pas du métal dont on forge les chefs.

Nick prit la parole :

— Je pourrais faire un saut en taxi jusqu'à un bon restaurant comme chez Flores, et vous rapporter...

— Non, non, non et non ! fit brusquement Barnes.

Gram lui jeta un regard quelque peu stupéfait.

— Cet homme est ici pour une raison importante, continua Barnes, excédé. Il ne fait pas partie du personnel domestique. Si vous désirez un déjeuner de meilleure qualité, envoyez un de vos serviteurs. Lui, c'est l'homme dont je vous ai parlé.

— Ah ! je vois ! (Gram hocha la tête.) Eh bien, allez-y, interrogez-le !

Barnes prit place sur une chaise à dossier droit du début du XIXe siècle, française très probablement. Il produisit un magnétophone qu'il mit en marche.

— Votre identité.

Nick s'installa sur une chaise bien rembourrée en face de Barnes et dit :

— Je croyais qu'on m'avait amené ici pour voir le président du Conseil.

— C'est bien le cas, fit Barnes. Le président Gram interviendra de temps à autre pour faire préciser tel ou tel point... est-ce que je me trompe, monsieur le président ?

— Non, non, c'est ça.

Gram n'essayait même pas d'y mettre de la conviction. Ils sont tous à bout de forces, pensa Nick. Même Gram. Surtout lui. C'est l'attente qui les a minés. Maintenant que « l'ennemi » est là, ils sont trop épuisés nerveusement pour pouvoir faire face. Pourtant, ils ont fait du beau travail à l'imprimerie de la Seizième Avenue. Peut-être que la lassitude ne s'étend pas jusqu'aux échelons inférieurs de la hiérarchie policière. Seuls, peut-être, ceux qui sont au sommet et connaissent la situation réelle... Il interrompit brusquement le cours de ses pensées.

— Très intéressant, ce qui se passe dans votre tête, dit Willis Gram, le télépathe.

— C'est vrai, fit Nick. J'oubliais.

— Vous avez tout à fait raison. Je suis à bout de forces. Mais je peux me permettre d'être dans cet état le plus clair de mon temps; les tâches à accomplir sont reprises par des chefs de service en qui j'ai toute confiance.

— Votre identité, répéta Barnes.

Nick capitula.

— 7Y3ZRR, depuis peu 3XX24J.

— Il y a quelques heures, vous avez été arrêté dans une imprimerie cordonienne. Etes-vous un Résistant?

— Oui, dit Nicholas Appleton.

Il y eut un moment de silence, puis Barnes reprit :

— A quel moment êtes-vous devenu un Résistant, un adepte du démagogue Cordon et de ses écrits dépravés, lesquels...

— Je suis devenu Résistant lorsque les résultats de l'examen d'entrée dans l'Administration de notre fils nous sont parvenus, à mon épouse et à moi. Lorsque j'ai vu qu'ils s'étaient débrouillés pour l'interroger sur des matières qu'il ne pouvait pas connaître ni même comprendre. Lorsque j'ai compris que la confiance que j'avais accordée au gouvernement durant toutes ces années était vaine. Lorsque je me suis rappelé combien de gens avaient tenté de m'ouvrir les yeux, sans jamais y parvenir. Il a fallu que j'aie ces résultats entre les mains et que je me rende compte, à la lecture d'une copie des sujets, que Bobby n'avait jamais eu la moindre chance. « Quelles sont les composantes données par la formule de Black, qui provoqueront un blocage de réseau sur une étendue profonde d'une molécule, soit que les éléments impliqués à l'origine existent encore en état d'activité, soit que les éléments d'origine, en état de vie ou de pseudo-vie, fonctionnent en Eigenwelts ne recouvrant qu'une... »

La formule de Black. Intelligible des seuls Hommes Nouveaux. Et l'on demandait à un enfant d'énoncer une résultante *pari passu* fondée sur les axiomes de ce système insondable.

— Vos pensées ne laissent pas d'être intéressantes, fit Gram. Pourriez-vous me donner le nom du responsable qui a fait subir l'examen à votre fils ?

— Norbert Weiss. (C'était un nom que Nick n'était pas près d'oublier.) Il y avait un autre nom inscrit sur le document. Jérôme quelque chose. Pike... Jérôme Pikeman.

— Ainsi donc, fit Barnes, l'influence de Zeta sur votre comportement ne se manifeste qu'après cet épisode concernant votre fils. Jusque-là, tous les sermons emphatiques de Zeta restent sans...

— Zeta ne disait jamais rien. C'est l'annonce de l'exécution imminente de Cordon... J'ai vu l'effet produit sur Zeta, et c'est alors que j'ai compris... (Nick n'acheva pas sa phrase.) J'avais besoin de faire un geste, de protester d'une manière ou d'une autre, reprit-il. Earl Zeta m'a montré de quelle manière. Il m'a ouvert une porte. Nous avons bu...

Il s'interrompit et secoua la tête, s'efforçant de regagner sa lucidité : les effets du tranquillisant n'étaient pas encore totalement dissipés.

— De l'alcool ? demanda Barnes, qui nota le fait à l'aide d'un stylo à bille dans un petit carnet de plastique qu'il tenait tout près de son visage à la manière des myopes.

— Ma foi, comme disaient les Romains, *in vino veritas*, fit Gram. Connaissez-vous le sens de cette expression, Mr Appleton ?

— C'est dans le vin qu'est la vérité.

— Une autre expression ajoute : « c'est la bouteille qui parle ! » railla Barnes.

— Je crois à la première, fit Gram. *In vino veritas*.

(Il rota et dit d'une voix plaintive :) Il faut que je mange quelque chose.

Il s'empara de son microphone facial.

— Miss Knight, envoyez quelqu'un à... quel nom avez-vous dit, Appleton ? Ce restaurant ?

— Chez Flores. Leur saumon d'Alaska au four est divin.

— Où prenez-vous les pops pour vous offrir des repas dans des restaurants comme Flores ? demanda vivement Barnes. Sur votre salaire de rechapeur de pneus ?

— Kleo et moi y sommes allés une seule fois, pour notre premier anniversaire. La paie de la semaine y est passée tout entière, avec les pourboires, mais ça en valait la peine.

Nick n'avait pas oublié, n'oublierait jamais.

Barnes reprit son interrogatoire avec un geste un peu sec.

— Ainsi donc, c'est parce que Earl Zeta vous a offert, en adhérant au mouvement, un moyen de les extérioriser, que des sentiments latents, et qui sans cela seraient peut-être restés informulés, ont pu être traduits en actes. Si Zeta n'avait pas été un Résistant, votre ressentiment ne se serait peut-être jamais extériorisé.

— Qu'essayez-vous de prouver ? demanda Gram d'une voix ennuyée.

— Simplement que si nous parvenons à briser l'axe de la Résistance, si nous éliminons des gens comme Cordon...

— C'est déjà fait, observa Gram. (Puis, s'adressant à Nick :) Etiez-vous au courant ? Cordon a succombé à une maladie chronique du foie. Son mal était trop avancé pour permettre un traitement, et nous ne disposions pas d'organe pour une transplantation. Avez-vous entendu la nouvelle à la radio ou à la télévision ?

— Ce que j'ai entendu dire, c'est qu'il avait été tué par un assassin dépêché jusqu'à sa cellule.

— C'est entièrement faux, répondit Gram. Cordon n'est pas mort dans sa cellule mais sur la table d'opération pendant qu'on essayait de lui greffer un organe artificiel. Nous avons fait tout ce qui était en notre pouvoir pour le sauver.

Non, se dit intérieurement Nick. Oh non! vous ne l'avez pas fait!

— Vous ne me croyez pas? fit Gram, captant ses pensées. (Puis, se tournant vers Barnes :) Autant pour votre statistique : voici l'incarnation même de l'homme de base, de l'Ordinaire, et il ne veut pas croire que Cordon est mort de mort naturelle. Pouvez-vous déduire de ceci le pourcentage de chances d'une incrédulité générale au niveau planétaire?

— Oh! sans hésitation!

— Eh bien, tant pis. Je me fiche de ce qu'ils croient; pour eux, la partie est terminée. Ils ne sont plus que quelques rats terrés dans les égouts en attendant que nous les snuffions un par un. Ce n'est pas votre avis, Appleton? Pour les ralliés de la dernière heure comme vous, il n'y a plus d'endroit où aller, plus de leaders à écouter.

Il se tourna vers Barnes :

— Aussi quand Provoni débarquera, il n'y aura personne pour l'accueillir. Pas de chœur des fidèles; ils se seront tous évaporés dans la nature, comme Appleton ici présent ne manquerait pas de le faire. Seulement voilà, il s'est fait prendre, alors pour lui, ce sera l'Utah méridional, ou bien Luna s'il préfère. Luna vous conviendrait-il mieux, Mr Appleton? Mr 3XX24J?

— J'ai entendu dire, répondit Nick, choisissant ses mots avec précaution, que des familles entières se retrouvent intactes dans ces camps. Est-ce vrai?

— Vous voulez rester avec votre femme et votre fils? demanda Barnes. Mais ils ne font l'objet d'aucune accusation. Evidemment, nous pourrions les accuser de...

— Vous trouverez un tract de Cordon dans notre appartement.

A peine Nick eut-il achevé sa phrase qu'il regretta d'avoir parlé. Pourquoi ai-je fait cela? D'un autre côté, il est juste que nous soyons ensemble. Il se mit tout d'un coup à penser à Charley, la petite fille dure avec ses grands yeux noirs et son nez camus. Et son corps mince et ferme, sans poitrine... avec cet éternel sourire joyeux. Un vrai personnage de Dickens. Le petit ramoneur. Un garnement de Soho. Capable de se sortir de tous les mauvais pas, poussant les gens à faire ce qu'elle désire avec son abattage. Mais surtout, parlant, parlant, parlant sans cesse. Et toujours cette lumière particulière de son sourire. Comme si le monde n'était qu'un bon gros chien qu'elle mourait d'envie de serrer dans ses bras.

Serait-il possible de partir avec elle, au lieu de Kleo et Bobby? se demanda-t-il. Devrais-je même essayer? Si la chose est possible légalement?

— Pas question, fit Gram depuis son immense lit.
— Pas question de quoi? demanda Barnes.
— Il voudrait partir avec cette fille que nous avons trouvée en sa compagnie à l'imprimerie de la Seizième Avenue. Vous vous souvenez?
— Celle qui vous intéresse...

Une sueur froide s'insinua le long de la colonne vertébrale de Nick. Il sentit son cœur faire un bond, son sang battre plus fort dans ses artères. Ainsi, ce qu'on raconte sur Gram est vrai. C'est un cavaleur. Son mariage...

— ... est comme le vôtre, acheva Gram à haute voix.
— Vous avez raison, dit Nick après un instant.
— Comment est-elle? demanda Gram.
— Farouche, sauvage.

Nick se rendit compte qu'il n'avait pas besoin de parler à haute voix. Il lui suffisait de penser à elle, de revivre en esprit les courts moments qu'ils avaient passés ensemble. Gram captait toutes ses pensées au fur et à mesure.

— Elle pourrait bien nous apporter des ennuis, dit le président. Et ce Denny, son petit ami, ça m'a l'air d'un psychopathe ou je ne sais quoi. Si vos souvenirs sont exacts, leurs rapports sont tout à fait malsains. C'est une malade.
— Dans un environnement plus normal... commença Nick.
— Puis-je poursuivre mes questions? coupa Barnes.
— Naturellement, dit Gram, l'air chagrin.

Nick sentait que le vieil homme massif rentrait en lui-même, tournait son attention vers ses propres pensées.

— Si vous étiez libéré, demanda Barnes, quelle serait votre réaction dans l'hypothèse — je dis bien l'hypothèse — d'un retour de Provoni ? Que feriez-vous si Provoni réapparaissait, avec ses monstrueux alliés ? Des forces décidées à mettre la Terre en esclavage pour aussi longtemps que...

— Seigneur ! gémit Gram.

— Monsieur le président ? s'enquit Barnes.

— Rien, rien.

Gram roula sur le côté, ses cheveux gris répandus sur la blancheur des oreillers, comme si quelque animal dont on ne verrait plus que la fourrure striée était venu se cacher là.

— Auriez-vous l'une des réactions suivantes ? reprit Barnes. Premièrement : vous êtes saisi d'une joie hystérique et sans mélange. Deuxièmement : vous éprouvez une légère satisfaction. Troisièmement : vous restez indifférent. Quatrièmement : la chose vous met mal à l'aise. Cinquièmement : vous vous décidez à rejoindre les rangs de la P.I.S. ou d'un organisme militaire préparé à combattre ces envahisseurs contre nature. Choisissez-vous l'une de ces attitudes, et si oui, laquelle ?

— Est-ce qu'il n'y a rien entre « joie hystérique et sans mélange » et « légère satisfaction » ?

— Non.

— Pourquoi ?

— Nous voulons savoir qui sont nos ennemis. Si vous ressentez une « joie hystérique et sans mélange », vous serez susceptible de passer à l'action. De les aider. Mais si vous n'éprouvez qu'une « légère satisfaction », vous resterez probablement dans votre coin. C'est là l'utilité de ce questionnaire : déterminer si vous vous conduiriez en ennemi déclaré de l'ordre établi, de quelle manière et jusqu'à quel degré.

La voix de Gram leur parvint, étouffée sous les couvertures.

— Il n'en sait rien. Enfin, quoi, il n'a rejoint les

Résistants que depuis ce matin ! Comment voulez-vous qu'il sache exactement ce qu'il ferait ?

— Oui, dit Barnes, mais il a eu des années pour réfléchir au retour de Provoni. N'oubliez pas ce point. Sa réaction, quelle qu'elle soit, porte en elle des racines profondes. (Le directeur de la police revint à Nick.) Choisissez.

Nick réfléchit un moment et dit :

— Cela dépend de ce que vous ferez de Charley.

— Essayez donc d'extrapoler à partir de ça ! fit Gram avec un gloussement. Je vais vous dire ce qui va se produire pour Charlotte. Elle va être amenée ici, à l'abri de ce dément, ce Denny ou Benny ou peu importe son nom. Ah ! vous avez semé l'*Otarie pourpre.* Bravo ! Seulement peut-être vous a-t-elle menti en disant que personne d'autre n'y était parvenu... Vous n'aviez pas pensé à cela. Elle vous a bien entortillé autour de son petit pseudopode, hein ? Tout d'un coup, vous voilà en train de dire à votre femme : « Si elle part, je pars. » Et votre femme a dit : « Pars. » Et c'est ce que vous avez fait. Tout ceci sans préavis. Vous avez ramené Charlotte à votre appartement tout en inventant une histoire pour expliquer votre rencontre, mais Kleo a découvert le tract cordonien, et hop ! terminé ! Parce que cela lui fournissait ce que les épouses apprécient le plus : une situation dans laquelle le mari se voit forcé de choisir entre deux maux, deux décisions dont aucune n'est de son goût. Les épouses adorent ça. Quand vous vous retrouvez au tribunal en train de divorcer de l'une d'elles, vous avez le choix entre lui revenir ou perdre tout ce que vous possédez, toutes les choses auxquelles vous vous êtes attaché depuis que vous avez quitté l'école. Oh oui ! elles adorent ça ! (Il s'enfonça un peu plus dans ses oreillers.) L'entretien est terminé, marmonna-t-il d'une voix ensommeillée.

— Et mes conclusions ? dit Barnes.

— Allez-y, fit la voix de Gram, étouffée sous les oreillers.

— Les pensées de l'individu 3XX24J ici présent suivent une démarche parallèle à la vôtre. Son premier souci va à sa propre existence, pas à une cause. Assuré de pouvoir conserver la femme qu'il désire — s'il parvient à faire son choix —, il ne bougera pas lorsque Provoni débarquera.

— Ce qui vous conduit à penser que...? marmonna Gram.

— Il faut annoncer aujourd'hui même, *à l'instant*, l'abolition de tous les camps de replacement sur Luna et dans l'Utah, ainsi que le retour des détenus dans leurs foyers, auprès des leurs, ou de toute autre personne de leur choix. (La voix de Barnes était rauque, brisée.) Il faut leur donner à tous avant l'arrivée de Provoni ce que 3XX24J ici présent désire — ou du moins ce dont il s'accommoderait. Les Ordinaires vivent à un niveau personnel; ils ne sont pas motivés par une idéologie. Lorsqu'ils se mettent au service d'une cause, c'est afin de regagner quelque chose pour leur existence personnelle. La dignité ou un sens donné à leur vie, par exemple. De meilleurs logements, les mariages interraciaux; vous voyez ce que je veux dire.

S'ébrouant comme un chien mouillé, Gram se redressa sur son lit et regarda le directeur de la police, la lèvre tombante, les yeux exorbités... comme s'il allait avoir une attaque, pensa Nick.

— Les libérer? demanda le président. *Tous?* Y compris les endurcis, ceux que nous avons ramassés aujourd'hui, ceux qui portent même des sortes d'uniformes paramilitaires?

— Même ceux-là, dit Barnes. C'est un pari d'envergure; mais sur la foi des déclarations et des pensées du citoyen 3XX24J, il me paraît évident qu'en ce moment il n'est pas en train de se demander : « Est-ce que Thors Provoni va sauver la Terre? » mais de penser : « J'aimerais bien remettre la main sur cette belle petite garce ».

— Ces Ordinaires... fit Gram. (Son visage s'était détendu, ses bajoues pendaient de nouveau.) Si nous donnions à Appleton le choix entre garder Charlotte et voir Provoni triompher, il prendrait réellement Charlotte...

L'expression sur son visage changea brusquement, devint furtive, rusée.

— Mais il ne peut pas avoir Charlotte, parce que je m'intéresse à elle. (Il s'adressa directement à Nick.) Vous ne pouvez pas avoir Charlotte, alors revenez à Kleo et à Bobby. (Il sourit.) Voilà, j'ai pris votre décision pour vous.

Exaspéré par le tour que prenait la discussion, Barnes revint à la charge.

— Quelle serait votre réaction, en tant que Résistant, à l'annonce de la fermeture de tous les camps de replacement — appelons les choses par leur nom : de tous les camps de concentration — et du retour de tous les prisonniers dans leurs foyers, vraisemblablement auprès de leur famille et de leurs amis ? Comment réagiriez-vous si cette mesure s'appliquait à vous également ?

— Je penserais que c'est la décision la plus sensée, la plus humaine, la plus rationnelle qu'un gouvernement puisse prendre. Il y aurait une vague de soulagement et de bonheur qui couvrirait toute la planète.

Il avait l'impression de s'être mal exprimé, d'avoir aligné des clichés, mais c'était là le mieux qu'il pût faire.

— Iriez-vous réellement jusque-là ? demanda-t-il à Barnes. Je n'ose pas le croire. Le nombre de gens détenus dans ces camps atteint des millions. Ce serait l'une des décisions les plus humaines prises par un gouvernement au cours de l'histoire. On ne pourrait jamais l'oublier.

— Vous voyez ? lança Barnes à l'adresse de Gram. Bien. 3XX24J, dans ces conditions, quel accueil réserveriez-vous à Provoni ?

Nick aperçut la logique du raisonnement et hésita.

— Je... Provoni était parti chercher de l'aide pour détruire une tyrannie. Si vous libérez tout le monde... je pense que vous supprimeriez du même coup la classe des Résistants ; il n'y aurait plus d'arrestations...

— Plus d'arrestations, approuva Barnes. Liberté totale de diffusion pour la littérature cordonienne.

Gram se démena dans son lit, roulant et se débattant, et parvint enfin à trouver une position assise.

— *Ils prendraient cela pour un signe de faiblesse.*

Il agita un doigt menaçant en direction de Nick puis, avec plus de violence, vers Barnes.

— *Ils concluraient que nous faisons cela parce que nous nous savons vaincus.* C'est à Provoni qu'irait tout le mérite !

Il fixait intensément Barnes tandis que des émotions diverses tiraillaient son visage.

— Vous savez ce qu'ils feraient ? Ils nous forceraient à... (il coula un regard un peu gêné vers Nick)... ils nous forceraient à organiser les examens d'entrée dans l'Administration régulièrement. Autrement dit, nous perdrions notre contrôle absolu sur le choix des gens qui entrent dans l'appareil gouvernemental, ou qui en sortent.

— Nous avons bien besoin d'un apport de matière grise, fit Barnes en mordillant l'extrémité de son stylobille.

— Vous pensez à un autre surhomme à double crâne comme vous-même ? (Gram crachait rageusement ses mots.) Pour me renverser ? Pourquoi ne pas convoquer une réunion du Conseil extraordinaire de sécurité publique, avec pleins pouvoirs de décision ? De cette manière, au moins, votre groupe et le mien seront également représentés.

— J'aimerais faire appeler Amos Ild, dit Barnes d'un air pensif. Avoir son opinion. Réunir le conseil prendrait au moins vingt-quatre heures, alors que nous pouvoir avoir Ild ici même en une demi-heure. Il se trouve dans le New Jersey, où il s'occupe du projet Grande Oreille, ainsi que vous le savez.

— Ce putain d'Amos Ild, l'ennemi des Exceptionnels ! Allez vous faire foutre, Barnes ! Allez vous faire foutre, et comment ! Je ne me soumettrai jamais aux opinions d'une tête en forme de poire avec Dieu sait combien de boulons et d'écrous se baladant à l'intérieur !

— Ild est le plus grand cerveau de toute la planète à l'heure actuelle aux yeux de tous ; et aux vôtres également, c'est évident.

Gram était agité de tremblements.

— Il essaie de me reléguer au rayon des antiquités.

Il essaie de détruire le système bipartite qui a fait de cet univers un paradis depuis...

— Puisque c'est ainsi, je vais tout simplement faire ouvrir les camps sans l'assentiment — ni l'opposition — de quiconque.

Barnes se leva, rangea son stylo-bille et son bloc-notes et ramassa sa serviette.

— N'est-ce pas la pure vérité? demanda Gram. N'est-il pas en train de fomenter la ruine des Exceptionnels? N'est-ce pas cela, le but véritable de Grande Oreille?

— Amos Ild est l'un des rares Hommes Nouveaux à se préoccuper du sort des Ordinaires. Grande Oreille permettrait à ces derniers d'acquérir des capacités égales aux nôtres, d'accéder aux postes gouvernementaux. Prenons le citoyen 3XX24J : son fils serait en mesure de passer le test d'aptitude, dans la catégorie des performances spéciales, qui vous a valu à vous-même d'entrer dans le gouvernement voici des années. Et regardez jusqu'à quel poste vous avez pu vous élever. Ecoutez-moi, Willis, les Anciens doivent recouvrer tous leurs droits; mais à quoi bon les leur rendre s'ils ne sont pas pourvus des aptitudes, des connaissances, des talents que nous autres possédons? Nous ne sommes pas réellement en train de falsifier les résultats des examens. Bon! d'accord, cela peut nous arriver une fois ou l'autre : nous sélectionnons, comme l'ont fait Pikeman et Weiss dans le cas du fils de 3XX24J. C'est un mal, mais ce n'est pas *le Mal.* Le Mal, c'est de concevoir un examen que vous ou moi sommes en mesure de passer mais pas lui... Nous ne le jugeons pas d'après ses capacités, mais d'après *les nôtres*. C'est ainsi qu'il se retrouve face à des problèmes impliquant la théorie de l'acausalité selon Bernhad, qu'aucun Ordinaire n'est en mesure de comprendre. Nous ne pouvons pas lui fournir un cortex plus développé, un cerveau d'Homme Nouveau... mais nous pouvons du moins lui offrir des talents supplémentaires en guise de compensation. Comme dans votre cas. Comme dans le cas de tous les Exceptionnels.

— Vous me traitez en inférieur, dit Gram.

Barnes, qui n'avait pas bougé, poussa un soupir; ses épaules se voûtèrent.

— Ecoutez, j'ai dit tout ce que je pouvais dire pour l'instant. La journée a été dure. Je ne vais pas contacter Amos Ild; je vais me contenter de faire ouvrir tous les camps. J'assumerai seul la responsabilité de cette décision.

— Trouvez Amos Ild et amenez-le ici! grinça le président, qui s'agita tellement bien dans son lit que les vibrations se communiquèrent au sol sous leurs pieds.

Barnes regarda sa montre et dit :

— Bien. Ce sera fait sans faute dans les quarante-huit heures; mais il faudra peut-être un peu de temps pour...

— Vous avez parlé d'une demi-heure.

Barnes allongea la main vers un des fones sur le bureau de Gram.

— Puis-je me permettre ?

— Allez-y, fit Gram, résigné.

Tandis que Barnes parlait dans le fone, Nick se tenait près de l'immense baie vitrée de la chambre bureau, plongé dans ses pensées, contemplant autour de lui la cité qui s'étendait sur des kilomètres... des centaines de kilomètres.

— Vous êtes en train de chercher un moyen de me persuader que vous avez des droits sur cette fille, cette Charlotte! lança Gram.

Nick hocha la tête.

— C'est la vérité, mais ça n'a aucune importance parce que je suis à ma place et vous à la vôtre. Rechapeur de pneus. Au fait, je viens d'émettre un décret là-dessus. D'ici à lundi prochain, vous serez sans travail.

— Merci, fit Nick.

— Vous avez toujours éprouvé un profond sentiment de culpabilité à ce sujet. Je le capte dans votre esprit. Vous vous inquiétez pour les gens qui conduisaient ces squibs aux pneus trafiqués. Surtout pour l'atterrissage. Ce premier choc.

— C'est vrai, dit Nick.

— A présent, vous êtes à nouveau en train de penser

à Charlotte et de monter des combines pour l'escamoter. Et, en même temps, vous vous demandez pour la millionième fois ce que vous devriez faire d'un point de vue moral... Inutile de vous fatiguer. Vous pouvez retourner vers Kleo et Bobby. Et faire le nécessaire pour que Bobby subisse un nouveau...

— Je la reverrai, dit Nick.

17

Les Pères. Oui, songea Thors Provoni, voilà ce que sont nos amis de Frolix 8. Comme si j'étais parvenu à entrer en contact avec l'Ur-Vater, le Père primordial, constructeur de l'*eidos kosmos.* Ils sont préoccupés, inquiets parce que quelque chose ne va pas dans notre monde. Ils ne sont pas indifférents. Ils éprouvent une certaine empathie. Ils savent ce que nous ressentons. Ils savent combien notre besoin est désespéré; ils savent de *quoi* nous avons besoin.

Il se demanda si ses trois messages étaient bien parvenus jusqu'à l'imprimerie de la Seizième Avenue qui abritait la station émettrice-réceptrice de radio et de télévision des Résistants; et si le pouvoir les avait interceptés.

Dans ce dernier cas, quelle serait leur réaction ?

Une purge, très probablement. Mais ce n'était pas certain. Le vieux Willis Gram — s'il était encore au pouvoir — était un malin, qui savait vers qui se tourner et connaissait l'art et la manière de soutirer des informations utiles. Grâce à ses dons de télépathe, Gram était capable de déchiffrer les pensées de toute personne qu'on lui amenait. Restait à voir quelles seraient ces personnes. Des fanatiques tels que les membres du conseil d'administration de la corporation McMally ? Le Conseil extraordinaire de sécurité publique ? Le directeur de la police, Lloyd Barnes ? Sans doute Barnes. C'était lui le plus intelligent et le plus sensé du lot — du moins parmi ceux qui détenaient de hautes fonctions dans le gouvernement. Il fallait aussi compter avec les chercheurs indépendants, les savants Nouveaux tels que l'étrange Amos Ild. Ild ! Et si Gram allait le consulter ? Ild serait bien capable de mettre au point un bouclier protecteur mettant la Terre à l'abri de *n'importe quoi.* Le Seigneur me vienne en aide si jamais ils mettent Ild — ou Tom Rovere, d'ailleurs, ou Stanton Finch — sur cette affaire ! Par bonheur, les Hommes Nouveaux réellement brillants s'orientaient plutôt vers des recherches plus académiques, plus abstraites : physique, théorique, statistique, etc. A l'époque du départ de Provoni, Finch par exemple, travaillait à la mise au point d'un système susceptible de reproduire la troisième microseconde de la création de l'univers. Sous certaines conditions, il espérait bien pouvoir remonter jusqu'à la première microseconde et alors, qu'à Dieu ne plaise, repousser — sur le plan mathématique — le flot de l'entropie jusqu'à l'intervalle, nommé passage à la valence, précédant cette première microseconde.

Tout ceci sur le papier.

A ce stade, Finch serait en mesure d'exprimer mathématiquement la situation requise pour que se produise le grand boum, l'accession de l'univers à l'existence. Finch était capable de manipuler des concepts tels que le temps négatif, le temps neutre... D'ailleurs, ces recherches étaient sans doute terminées et à l'heure actuelle Finch devait être en train de s'adonner à son passe-temps favori : la collection de tabatières rares du XVIIIe siècle.

Quant à Tom Rovere, ses recherches portaient sur l'entropie. Rovere partait du principe que la dégradation de l'énergie et la distribution anarchique d'ergs à travers tout l'univers finiraient par inverser l'entropie et déclencher un mouvement contraire dû à des heurts entre des éléments simples, indivisibles, d'énergie ou de matière donnant naissance à des entités plus complexes. Les chances de formation de telles entités seraient inversement proportionnelles à leur complexité mais le processus, une fois entamé, ne pourrait plus être entravé jusqu'à ce que, succédant à des entités de plus en plus complexes, il trouve son achèvement avec la formation d'une entité unique mettant en rapport toutes les molécules existant dans l'univers. Une telle entité aurait pour nom Dieu, mais Dieu se désagrégerait, et Sa dissociation marquerait la naissance de l'entropie, selon les lois diverses de la thermodynamique. Rovere espérait ainsi démontrer que l'époque contemporaine se plaçait peu après la désagrégation de l'entité unique, comprenant toutes les autres, nommée Dieu, et qu'un mouvement graduel des éléments simples vers la complexité avait déjà commencé. Ce mouvement se poursuivrait jusqu'à ce soit regagné le stade de la distribution égale d'énergie en tous points; après quoi, au bout d'une longue évolution, l'inversion de l'entropie se produirait une fois de plus, au hasard des mouvements de la matière.

Mais le cas d'Amos Ild était différent : Ild s'occupait à *construire*, au lieu de se contenter d'entreprendre une description purement théorique. Le gouvernement pourrait tirer profit d'un homme tel que lui, si seulement la pensée en venait à Willis Gram. Et elle lui viendrait, se dit Provoni. En effet, l'introduction d'Ild dans les hautes sphères gouvernementales amènerait un ralentissement des recherches sur le projet Grande Oreille, peut-être même leur arrêt. Il faudrait peut-être du temps à Gram pour voir les choses sous cet angle, mais il finirait par y venir.

Je dois donc partir du principe que nous aurons affaire à Amos Ild, conclut Provoni. L'esprit le plus brillant que possèdent les Hommes Nouveaux — c'est-à-dire le plus dangereux en ce qui nous concerne.

— Morgo.
— Oui, Mr Provoni.
— Pouvez-vous construire, à partir de vos propres ressources ou en utilisant des éléments du vaisseau, un récepteur susceptible de capter une fréquence de trente mètres émise à partir de la Terre? Je veux parler d'émetteurs ordinaires, tels qu'en utilisent les stations commerciales.
— Puis-je me permettre de vous demander pour quelle raison?

— Ils émettent des bulletins d'information régulièrement en deux endroits sur cette fréquence. Toutes les heures.

— Vous désirez connaître les derniers développements politiques sur Terre?

— Non, j'ai envie de savoir si le prix de la douzaine d'œufs a encore monté.

Je suis à bout de nerfs, pensa aussitôt Provoni, qui s'excusa.

— Rien de cassé, répondit le Frolixien.

Provoni ne put s'empêcher d'éclater de rire. « Rien de cassé » de la part d'une masse de quatre-vingt-dix tonnes de protoplasme gélatineux qui a absorbé tout un vaisseau dans son corps fluide et qui m'entoure de tous côtés comme si j'étais dans un tonneau... « Rien de cassé », qu'il dit.

Ce langage ne manquerait pas de surprendre les Hommes Nouveaux, lorsqu'ils seraient rendus à destination. Après tout, le Frolixien avait adopté le vocabulaire et les tics de Provoni; et ce n'étaient pas précisément ceux de la cour d'Angleterre.

— Je peux me débrouiller pour avoir la fréquence de seize mètres, dit Morgo. Est-ce que cela fera l'affaire? On dirait qu'il y a beaucoup de trafic dessus.

— Ce n'est pas ce que je cherche.

— Quarante mètres, alors?

— Ça ira, fit nerveusement Provoni.

Il ajusta ses écouteurs et se mit à manipuler le condensateur à capacité réglable de son installation radio. Des bribes de conversations lui parvenaient par intermittence, et il réussit à capter pendant un court moment un bulletin d'information.

« ... la fin des camps de replacement... et sur Luna a suscité... dont certains depuis des années... mesure s'accompagnant de la destruction de l'imprimerie clandestine sur la Seizième Avenue... » Le reste se perdit.

Ai-je bien entendu? s'interrogea Provoni. La fin des camps de Luna et de l'Utah méridional? Tous les prisonniers libérés? Seul Barnes peut avoir eu une idée pareille. Et même venant de Barnes... la chose était difficile à croire. Peut-être une soudaine lubie de Gram.

Un moment de panique à la suite des trois messages que nous avons envoyés à l'imprimerie de la Seizième Avenue. Mais si l'imprimerie a été détruite, peut-être n'ont-ils pas reçu nos messages, ou seulement un ou deux, les premiers.

Il espérait bien que les Cordoniens *et* le gouvernement avaient pu capter son troisième message. Le texte en était :

Nous serons parmi vous dans six jours et prendrons alors la relève du gouvernement.

Provoni s'adressa au Frolixien.

— Pourriez-vous augmenter votre puissance émettrice et diffuser en permanence le troisième message ? Je peux vous enregistrer une bobine ou une bande rotative.

Il déclencha son magnétophone et relut gravement les mots à haute et intelligible voix, avec une intense satisfaction.

— Sur plusieurs fréquences ? demanda Morgo.

— Toutes celles qui sont dans vos possibilités. Si vous arrivez à accrocher la modulation de fréquence, nous pourrions peut-être même faire un enregistrement vidéo. L'envoyer en plein dans leurs téléviseurs.

— Excellent. Ce sera avec plaisir. Le message est assez ambigu. Par exemple, il ne mentionne pas que je suis tout seul, que mes frères traînent à une demi-année-lumière derrière nous.

— Laissez donc Willis Gram trouver ça tout seul une fois que nous aurons débarqué, grogna Provoni.

— J'ai réfléchi un peu aux effets possibles de ma présence sur votre Mr Gram et sa clique. Premièrement, ils découvriront que je ne peux pas mourir, et cela les effraiera. Et puis ils se rendront compte que, nourri de manière appropriée, je suis capable de croître, et que je peux me nourrir d'à peu près n'importe quelle substance. Troisième...

— Une chose. Vous êtes une chose.

— Comment cela ?

— C'est bien là le nœud de l'affaire.

— Vous voulez parler de l'effet psychologique ?

Provoni hocha gravement la tête.

— Exactement.
— Je crois que c'est ma capacité de remplacer les parties d'un organisme vivant par ma propre substance qui les effraie le plus. Lorsque je me manifesterai à une échelle réduite, disons en tant que chaise, en absorbant l'objet lui-même comme source d'énergie — agissant à ce niveau pour qu'ils comprennent bien le mécanisme —, ils paniqueront. Comme vous avez pu le constater, je suis capable de me substituer à n'importe quel objet. Il n'existe pas de limite durable à ma croissance, Mr Provoni, du moment que je suis alimenté. Je peux devenir tout l'immeuble dans lequel travaille Mr Gram; ou bien une habitation logeant cinq mille personnes. Et (Morgo hésita) il y a plus, mais je n'en discuterai pas pour l'instant.

Provoni était songeur. Les Frolixiens ne possédaient pas de forme spécifique; leur méthode de survie dans l'histoire consistait à mimer des objets ou des créatures vivantes. Leur force résidait dans leur faculté d'absorber des êtres, de devenir *eux*, de les utiliser comme carburant avant de les abandonner comme des coquilles vides. La police de Gram, avec tous ses moyens de détection, aurait du mal à découvrir ce processus. Même lorsque les organes vitaux avaient été investis, la personne ainsi « imitée » pouvait continuer à vivre et à fonctionner normalement. La mort ne survenait que lorsque le Frolixien se retirait, cessant de fournir de faux poumons, de faux reins ou un pseudo-cœur. Un foie frolixien, par exemple, fonctionnait tout aussi bien que le foie authentique dont il avait pris la place... mais refusait de rester en place après avoir dévoré tout ce qui pouvait avoir une valeur.

Plus effrayante que tout était l'invasion frolixienne du cerveau. L'humain — ou tout autre organisme envahi — souffrait alors de troubles à caractère plus ou moins névrotiques qu'il ne reconnaissait pas comme les siens propres... et pour cause : ils ne l'étaient pas. Peu à peu, à mesure que son cerveau était absorbé et remplacé, tous ses mécanismes de pensée devenaient frolixiens. A ce point, le Frolixien se retirait, et l'individu, vidé de tout contenu psychique, cessait d'être.

— Fort heureusement, dit Provoni d'un air songeur, vous êtes rigoureux dans le choix de vos hôtes, puisque vous n'avez pas l'intention de peupler la Terre et de mettre un terme à la forme de vie humanoïde. Vous n'allez vous en prendre qu'aux structures gouvernementales. Après quoi, vous vous retirerez. N'est-ce pas ?

— Oui, dit Morgo, à l'écoute de ses pensées.

— Ce n'est pas un mensonge ?

Le Frolixien laissa échapper un gémissement.

— Bon ! bon ! s'empressa de dire Provoni. Je m'excuse. Mais supposez que...

Il n'acheva pas sa phrase, du moins pas à haute voix, mais formula en pensée la conclusion ultime, définitive : J'ai lâché sur la Terre une race de meurtriers qui détruira tout le monde sans distinction.

— Mr Provoni, voici la raison pour laquelle je me trouve, moi seul, en votre compagnie : nous voulons essayer de résoudre ce problème en évitant un affrontement physique... qui ne manquerait pas de se produire si mes frères devaient intervenir — mais nous ne ferons pas appel à eux à moins d'en arriver à un conflit ouvert. Je vais me charger de négocier des changements fondamentaux dans le système politique de votre planète; et les gens en place accepteront mes termes. Dans le bulletin d'information que vous avez capté, il était question d'abolition des camps de replacement. C'est une mesure destinée à vous mettre dans de bonnes dispositions, n'est-ce pas ? Il ne s'agit pas d'une faiblesse de leur part, mais d'un désir d'éviter le conflit ouvert, de présenter un front uni. Vous êtes une race xénophobe; et moi, je représente l'étranger dans toute son horreur. Je vous aime beaucoup, Mr Provoni, vous et votre peuple... dans la mesure où je le connais à travers votre esprit. Je ne lui ferai pas subir ce dont je suis capable, mais je lui en donnerai une idée. Dans la section mnémonique de votre esprit, Mr Provoni, il y a un conte zen au sujet d'un homme qui était la plus fine lame du Japon. Un jour, deux autres hommes viennent lui lancer un défi. Ils se mettent d'accord pour se rendre en barque sur une petite île afin de s'y affronter. Le champion, qui est un adepte zen, veille à être le dernier à quitter l'embarcation. Alors que les deux autres ont déjà sauté sur le rivage, il repousse la barque et s'éloigne, abandonnant sur l'île ses adversaires et leurs épées. Il avait ainsi justifié son titre : c'était bien lui la plus fine lame du Japon. Voyez-vous en quoi ce conte s'applique à ma situation ? Je suis capable de venir à bout de votre gouvernement, mais je le ferai en déclinant le combat... si vous suivez mon raisonnement. Et c'est ce refus — pourtant accompagné d'une démonstration de force — qui les intimidera le plus, car ils sont incapables de concevoir que l'on puisse détenir un tel pouvoir sans l'utiliser. Si les gens de votre gouvernement en possédaient l'équivalent, ils s'en serviraient. Tous vos Hommes Nouveaux, qui me sont autant de moucherons. Du moins si je m'en fais une image correcte à travers votre esprit; si vous-même en avez une connaissance suffisante.

— Je devrais être assez bon juge, dit Provoni, puisque j'en fais partie. Je suis un Homme Nouveau.

18

— J'en étais sûr, dit Morgo. Certains signes de votre esprit indiquaient que vous en étiez conscient. Surtout pendant votre sommeil.
— Ainsi je suis doublement renégat, constata froidement Provoni.
— Pourquoi avoir rompu avec les vôtres ?
— Il y a sur Terre six mille Hommes Nouveaux qui gouvernent, dans l'état actuel des choses, avec l'aide de quatre mille Exceptionnels. Cela fait dix mille personnes dans une Administration absolument fermée au reste de l'humanité... *cinq milliards* d'Ordinaires qui n'ont aucun moyen de...

Provoni laissa sa phrase en suspens; puis il fit une chose étonnante : il éleva le bras et un gobelet de plastique plein d'eau flotta vers lui et vint se déposer dans sa main.

— Vous êtes *aussi* un Exceptionnel, fit Morgo. Un t.k. Cela, je ne l'avais pas deviné.

— A ma connaissance, je suis le seul exemple de fusion entre les deux espèces. Un monstre issu d'autres monstres.

— Jusqu'où ne seriez-vous pas monté dans les rangs de l'Administration ? Songez un peu — cela a dû vous arriver — aux coefficients que vous auriez pu obtenir !

— Bah ! j'étais classé double 0-3. Pas officiellement, mais après des examens passés sous le manteau. J'aurais pu lancer un défi à Gram, à n'importe lequel d'entre eux.

— Mr Provoni, je ne comprends pas pourquoi vous n'avez pas réussi à travailler de l'intérieur.

— Je ne pouvais guère évincer dix mille agents de l'Administration, des G-1 aux doubles 0-3, jusqu'au Conseil extraordinaire de sécurité publique et au président Gram.

Mais ce n'était pas la vraie raison, et il le savait.

— J'avais peur d'être tué s'ils m'avaient découvert. Ma famille elle-même était terrifiée lorsque j'étais enfant. Tous, Hommes Nouveaux, Exceptionnels... aussi bien que les Ordinaires et les Résistants. J'étais peut-être le précurseur d'une race de super-surhommes. Si la chose s'ébruitait, les remous seraient dangereux (un geste); je disparaîtrais, et après cela ils seraient à l'affût d'autres comme moi.

— Il n'était jamais venu à l'idée de personne qu'un seul individu pourrait réunir les deux types, en théorie ? Il a fallu attendre vos examens...

— Comme je vous le disais, j'ai passé ces examens à titre privé. Mon père était un Nouveau de classe G-4, c'est lui qui s'occupa d'organiser secrètement les examens, après avoir constaté mes dons t.k. De plus, il avait vu les nœuds de Rogers qui commençaient à percer sous mon crâne comme des capuchons de stylo. C'est mon père, paix à son âme, qui m'a appris à me méfier. Vous savez, lorsqu'une de ces grandes guerres planétaires ou interplanétaires éclate, tout le monde est censé se préoccuper des idéologies en présence... Alors que tout ce que la plupart des gens réclament est une bonne nuit de sommeil à l'abri du danger. C'est quelque chose que j'ai lu; une pilule littéraire qui disait que beaucoup de personnes animées de tendances suicidaires n'aspiraient en fait qu'à une bonne nuit de sommeil et pensaient la trouver dans la mort.

Où suis-je en train de me laisser entraîner? s'étonna Provoni. Je n'ai pas eu de pensées de suicide depuis des années. Depuis que j'ai quitté la Terre.

— Vous avez besoin de sommeil, dit Morgo.

— J'ai surtout besoin de savoir si la Terre reçoit bien mon troisième message, grinça Provoni. Pouvons-nous vraiment rejoindre la Terre en six jours?

Des images commençaient à venir le hanter : des champs, des pâturages, les vastes cités flottantes sur les océans bleus de la Terre, les dômes de Mars et de Luna, le royaume de Los Angeles, de San Francisco. San Francisco surtout, avec son fabuleux système BART de « transfert rapide », pittoresque et démodé, qui datait de 1972, mais que l'on utilisait encore pour des raisons sentimentales.

La nourriture. Un steak avec des champignons, des escargots, des cuisses de grenouille... qu'il fallait prendre surgelées pour qu'elles soient tendres; détail que la plupart des gens ignoraient, y compris dans de nombreux restaurants par ailleurs excellents.

— Savez-vous de quoi j'ai envie? demanda-t-il au Frolixien. D'un verre de lait glacé. Du lait avec de la glace. Deux bons litres. Simplement rester assis là à boire du lait.

— Comme vous l'avez fait ressortir, Mr Provoni, l'intérêt profond de l'homme va aux choses immédiates. Nous sommes embarqués dans un voyage qui affectera la vie et les espoirs de cinq milliards de gens, et pourtant, lorsque vous pensez à votre arrivée, vous vous imaginez assis à une table devant une boîte de lait.

— Mais ne voyez-vous donc pas qu'ils me ressemblent tous? Une invasion extra-terrestre menace et tous — tous, vous dis-je! — n'ont qu'un désir, c'est de continuer à vivre. Le mythe des masses grouillantes et confuses à la recherche d'un porte-parole — ce serait le rôle de Cordon... En réalité, combien de gens se sentent concernés ? Peut-être même pas Cordon... pas très fortement. Savez-vous de quoi les aristocrates avaient peur durant la Révolution française ? De voir la populace envahir leurs salons et démolir leurs pianos. Leur vision étroite... (il s'interrompit) que moi-même je partage, jusqu'à un certain point... fit-il en haussant la voix.

— Vous avez le mal du pays. Cela se sent dans vos rêves : chaque nuit, vous suivez les sentiers de la Terre; vous prenez de majestueux ascenseurs qui vous élèvent jusqu'à des restaurants ou des drugbars en terrasse.

— Ah ! les drugbars ! soupira Provoni.

Sa pharmacie était depuis longtemps épuisée, et avec elle, toutes les pilules affectant le cerveau. J'irai m'asseoir dans un drugbar, pensa-t-il, et je prendrai comprimé sur comprimé, et des pilules, et des tablettes, et des gélules. Je me figerai jusqu'à devenir invisible; je volerai tel un corbeau ou une corneille craillant et croassant au-dessus des vertes plaines de la Terre, passant et repassant devant le soleil. Encore six jours.

— Il reste une question que nous n'avons pas réglée, Mr Provoni, dit le Frolixien. Allons-nous faire une première apparition publique en grande pompe, ou bien débarquerons-nous discrètement dans un coin tranquille à l'écart de tout, d'où nous lancerons notre action sans précipitation ? Dans la seconde hypothèse, vous pourriez aller et venir librement, contempler vos champs de blé, vos alignements de maïs du Kansas. Vous pourriez vous reposer, prendre vos pilules et, si vous me permettez cette remarque, prendre un bain, vous raser et changer de vêtements, vous rafraîchir un peu. Tandis que si nous nous posons au beau milieu de Times Square...

— Peu importe l'endroit où nous nous poserons; leurs radars seront constamment en alerte et il est même possible qu'ils cherchent à nous attaquer avec leurs vaisseaux avant que nous ayons rejoint la Terre. Nous ne risquons pas de passer inaperçus avec vos quatre-vingt-dix tonnes et nos rétrofusées qui embraseront le ciel comme des chandelles romaines.

— Ils ne peuvent pas détruire votre vaisseau, puisque je l'enveloppe complètement.

— Moi, je suis au courant, mais pas eux, et ils tenteront peut-être quelque chose, à tout hasard.

De quoi aurais-je l'air à l'arrivée ? Crasseux, dégoûtant, livré à des habitudes malpropres... mais n'est-ce pas à quoi tout le monde s'attend plus ou moins ? Ils comprendront. Peut-être devrais-je précisément apparaître ainsi.

— Times Square, dit-il à haute voix.

— Au milieu de la nuit ?

— Non. Même à ce moment, il y aurait trop de foule.

— Nous tirerons quelques coups de semonce avec les rétrofusées. Ainsi, ils verront que nous allons nous poser et se mettront à l'abri.

— Après quoi un canon T-40 nous réglera notre compte avec une ogive nucléaire.

— Mr Provoni, rappelez-vous un moment que je suis à demi solide et que je peux absorber n'importe quoi. Je serai là, vous enveloppant, vous et votre petit vaisseau, pendant toute la durée nécessaire.

— Peut-être vont-ils devenir fous en me voyant.

— L'enthousiasme ?

— Je n'en sais rien. La chose, quelle qu'elle soit, qui fait perdre la tête aux gens. La peur de l'inconnu. C'est peut-être ça. Peut-être qu'ils chercheront à fuir aussi loin de moi que possible, qu'ils courront tous se terrer à Denver, Colorado, comme une bande de chats effrayés. Vous n'avez jamais vu ça, vous, un chat effrayé. Moi, j'ai toujours eu des chats, des mâles, non coupés, et c'étaient tous des perdants. Mon chat était toujours celui qui revenait en lambeaux. Vous savez à quoi reconnaître que votre chat est un perdant ? Lorsqu'il est sur le point de se battre avec un de ses collègues et que vous sortez pour le tirer de là ; s'il est de la race des vainqueurs, il se jette sur l'autre chat sans vous attendre ; mais si c'est un perdant, il n'est que trop heureux de se laisser ramasser et ramener dans la maison.

— Vous n'allez pas tarder à revoir des chats.

— Et vous aussi.
— Pourriez-vous me décrire un chat ? Contentez-vous d'y penser, de laisser défiler dans votre esprit tous vos souvenirs concernant les chats.

Cela semblait une manière innocente de tuer le temps pendant les six jours qu'il leur restait à attendre. Thors Provoni se mit à penser aux chats.

— Vaniteux, commenta finalement Morgo.
— Vous voulez parler de moi, sur ce sujet ?
— Non, je parle des chats. Vaniteux. Et égoïstes.

Provoni se mit en colère.

— Un chat est loyal envers son maître. Mais il montre sa loyauté de façon subtile. C'est là toute la différence. Un chat ne se donne à personne; il en est ainsi depuis des millions d'années; mais lorsque vous réussissez à percer une ouverture dans ses défenses, il vient se frotter contre vous, et ronronne, et s'assoit sur vos genoux. Ainsi, à cause de son amour pour vous, il rompt avec une attitude instinctive héritée depuis des millénaires. Quelle victoire, n'est-ce pas ?
— En supposant que le chat est sincère, et ne cherche pas seulement à soutirer un peu plus de nourriture.
— Vous iriez taxer les chats d'hypocrisie ? Je n'ai jamais entendu de semblable accusation portée contre eux. Au contraire, on leur reproche souvent leur franchise totale : quand un chat n'aime pas quelqu'un, eh bien, tant pis, il passe au suivant.
— Je crois, dit Morgo, que lorsque nous serons sur Terre, j'aimerais posséder un chien.
— Comment ? Un chien, après tout ce que je viens de vous dire sur les chats, après les trésors de souvenirs sur leur caractère que je viens de ranimer pour vous ?... Encore à l'instant je suis en train de penser à un vieux matou. Son nom était Assurbanipal, mais nous l'appelions Ralf. « Assurbanipal » est égyptien.
— Je me rends compte que vous le regrettez toujours au fond de vous-même. Mais à votre mort, ce sera comme dans le conte de Mark Twain...
— Oui, ils seront tous là à m'attendre, en rang de chaque côté de la route. Un animal refuse d'entrer au

paradis sans son maître. Tous ils attendent, année après année.

— Et vous croyez fermement à cela ?

— Si j'y crois ? Mais j'en suis sûr. Dieu est vivant ; cette carcasse qu'ils ont retrouvée dans l'espace voici quelques années, ce n'était pas Dieu. Ce n'est pas ainsi que l'on retrouve Dieu ; c'est une manière de penser moyenâgeuse. Savez-vous où trouver l'Esprit Saint ? Certainement pas dans l'espace : c'est Lui qui l'a créé. C'est ici qu'il faut chercher. (Provoni se toucha la poitrine.) J'ai — ou plutôt, nous avons chacun une partie de l'Esprit en nous-mêmes. Prenons votre décision de venir à notre secours : vous n'avez rien à y gagner, sauf peut-être une blessure ou l'anéantissement par quelque nouvelle forme de destruction connue des militaires, mais que nous ignorons encore.

— Mais je retire quelque chose de ma venue sur votre planète : j'y gagne de pouvoir capter et retenir certaines formes de vie en miniature : des chats, un chien, une feuille, un escargot, un tamia. Vous rendez-vous compte que, sur Frolix 8, toutes les formes de vie à l'exception de vous-même ont été stérilisées et ont donc disparu depuis bien longtemps ?... bien que j'aie pu les connaître par enregistrements, par des recréations tridimensionnelles d'un réalisme absolu que l'on branche directement sur les ganglions de notre système nerveux central.

Thors Provoni se sentit saisi par la peur.

— Cette manière d'agir vous préoccupe, dit Morgo. Nous-mêmes, nous étions en train de croître, de croître et de nous reproduire par scissiparité. Il devenait nécessaire d'aménager chaque centimètre carré de notre planète. Les animaux seraient morts de faim ; nous avons préféré recourir à un gaz stérilisant absolument indolore. Ils n'auraient pas pu survivre dans notre monde en même temps que nous.

— Mais votre poussée démographique s'est ralentie depuis, n'est-ce pas ?

La peur était là au fond de lui, comme un serpent enroulé sur lui-même, prêt à se défendre et à sortir ses crocs pleins de venin.

— Un peu plus d'espace n'a jamais été de trop pour nous.

La Terre, par exemple, songea Provoni.

— Non, la Terre est déjà sous la domination d'une espèce pensante, et l'aile civile de nos milieux gouvernementaux nous interdit de...

Morgo hésita.

— Vous êtes un militaire, fit Provoni, stupéfait.

— Je suis commandant. C'est pour cette raison que j'ai été choisi pour regagner Sol 3 avec vous. J'ai la réputation de savoir résoudre les querelles avec un mélange de force et de raison. La menace oblige les gens à écouter; la science, ma science, montre la voie vers le meilleur type de société viable.

— Ce n'est pas la première fois que vous faites ce travail ?

De toute évidence, la réponse était négative.

— Je suis âgé de plus d'un million d'années, dit Morgo. Appuyé par la menace de l'emploi de la force, j'ai résolu des guerres d'une ampleur que vous ne pouvez même pas concevoir. J'ai débrouillé des problèmes politico-économiques, parfois par l'introduction d'un nouvel équipement technique, ou du moins en jetant sur le papier les bases qui permettaient la construction des machines souhaitées. Après quoi, je me suis retiré; le reste regardait les intéressés.

— Vous n'intervenez que lorsqu'on fait appel à vous ?

— Oui.

— Donc, par définition, vous ne venez en aide qu'à des civilisations qui connaissent déjà le vol interstellaire. De manière à envoyer le messager... au moins jusqu'à un endroit où vous vous apercevrez de sa présence. Mais dans le cas d'une société médiévale avec arcs et flèches et casques fondus en une coulée de métal...

— Nous avons sur ce point une position intéressante : au niveau de l'arc et des flèches, et même à celui du canon, des bombes, des avions de combat et des navires de guerre... nous ne nous sentons pas concernés. Nous refusons de nous en mêler car, d'après

151

notre théorie, les gens ne sont pas à ce stade en mesure de détruire leur race et leur planète. Mais lorsque nous en arrivons à la construction de bombes à hydrogène, lorsque le progrès technique est assez avancé pour permettre le vol interstellaire...

— Je n'y crois pas, déclara tout net Provoni.

— Pourquoi ?

Le Frolixien sondait son esprit, habilement, avec son tact coutumier :

— Oh ! je vois ! Vous savez qu'on peut en arriver au stade de la bombe à hydrogène bien avant de mettre au point le vol interstellaire. Vous avez raison. (Une pause.) Bon ! admettons ! Nous ne nous laissons impliquer que lorsque nous sommes approchés par un vaisseau capable de vol interstellaire. A ce stade, en effet, la civilisation envisagée représente un danger virtuel pour nous : *ils ont découvert notre existence.* Une réaction de notre part est indiquée, sous une forme ou sous une autre... Pour prendre un exemple dans l'histoire de votre monde : lorsque l'amiral Perry a ouvert une brèche dans le mur dont s'entourait le Japon, ce pays s'est vu obligé de se moderniser en l'espace de quelques années. Ne perdez pas de vue la chose suivante : nous aurions pu choisir de supprimer purement et simplement les cosmonautes à mesure qu'ils se manifestaient, au lieu de leur demander en quoi nous pouvions contribuer à assurer l'équilibre de leur civilisation. Vous n'avez pas idée du nombre de sociétés, certaines bien plus avancées que la vôtre, qui sont en proie aux guerres, aux tyrannies et à la lutte pour le pouvoir. Quant à vous, vous nous avez fourni notre critère : vous êtes parvenu jusqu'à nous. Donc, Mr Provoni, me voici.

— Je n'aime pas beaucoup cette idée d'exterminer les animaux.

Provoni pensait aux cinq milliards d'Ordinaires sur la Terre. Recevraient-ils le même traitement ? Hommes Nouveaux, Exceptionnels, Anciens, Résistants, tous seraient-ils logés à la même enseigne ? Snuffés par les Frolixiens qui hériteraient alors de notre planète et de toutes ses œuvres ?

— Mr Provoni, dit Morgo, permettez-moi de clarifier

deux points qui devraient servir à apaiser vos craintes. Premièrement, il y a des siècles que nous avons connaissance de votre civilisation. Nos vaisseaux se faufilaient déjà dans votre atmosphère au temps des baleiniers. Nous aurions pu nous rendre maîtres de votre planète à n'importe quel moment si tel avait été notre désir. Ne pensez-vous pas qu'il eût été plus simple pour nous de venir à bout des Tuniques Rouges que d'avoir à affronter des missiles tactiques au cobalt ou à l'hydrogène, comme nous aurions à le faire — comme nous allons devoir le faire — aujourd'hui ? Je suis resté à l'écoute, et je sais que plusieurs de vos vaisseaux-sentinelles rôdent en ce moment aux abords du point où nous commencerons à être affectés par le champ de gravité de Sol 3.

— Et votre deuxième point ?
— Nous vous volerons des choses.

Provoni demeura confondu.

— Vous volerez ? Et que pourrez-vous bien nous voler ?

— Des quantités de ces amusettes qui vous sont propres ! Aspirateurs, machines à écrire, systèmes vidéo en trois dimensions, batteries inusables, ordinateurs. Nous mettrons un terme au règne de vos oppresseurs, et en échange nous resterons quelque temps parmi vous afin d'obtenir des modèles en état de marche, lorsque c'est possible, des descriptions dans les autres cas, de tous les arbres, plantes, outils, véhicules que vous possédez. Nommez-en un, nous sommes preneurs.

— Mais votre technologie est plus avancée que la nôtre.

— Aucune importance, fit Morgo, ravi. Chaque civilisation, sur chaque planète, développe ses propres idiosyncrasies, invente des théories, des mœurs, des jouets, des outils qui n'appartiennent qu'à elle, qu'il s'agisse de réservoirs inoxydables ou de chevaux de bois. Laissez-moi vous poser une question : si vous aviez la possibilité d'être transporté dans l'Angleterre du XVIIIe siècle, et de rapporter avec vous tout ce qui vous plaît, est-ce que votre valise ne serait pas bien pleine ? Pensez seulement aux tableaux — mais je vois que vous avez compris.

— Vous nous trouvez pittoresques, fit Provoni furieux.

— Pittoresques, c'est le mot. Et le pittoresque est une des composantes essentielles de l'univers, Mr Provoni. C'est un corollaire du principe d'unicité tel que votre propre Mr Bernhad l'a exposé dans sa « Théorie de l'a-causalité mesurée par deux axes ». L'unicité est unique, mais il existe ce que Bernhad nomme des « presque unicités », dont un grand nombre...

— C'est moi l'auteur de cette théorie. J'étais le nègre de Bernhad. A cette époque, j'étais l'un de ses assistants, un des jeunes forts en thème de l'université. Nous avons tout préparé : citations, éléments divers, et l'ensemble a paru dans *Nature* sous la seule signature de Bernhad. En 2103, j'avais dix-huit ans. J'en ai aujourd'hui cent cinq. (Provoni fit la grimace.) Je suis vieux d'une autre manière. Mais je suis encore vivant, et en pleine activité, encore capable de puer et de pisser, et de manger et de dormir, et de baiser. D'ailleurs, on lit partout des histoires de gens qui vivent jusqu'à deux cents ans; des gens nés vers 1985, à l'époque où l'on est parvenu à isoler le virus du vieillissement, et où quarante pour cent de la population se sont mis aux injections de corps antigérontiques.

Provoni pensa alors au sort des animaux, et aux cinq milliards de Terriens privés de destination, sauf peut-être les gigantesques camps de replacement de Luna, qui ressemblaient à des réservoirs avec leurs parois opaques. On ne permettait même pas aux prisonniers de contempler le paysage autour d'eux. Il devait bien y avoir de douze à vingt millions d'Ordinaires dans ces camps. Où iraient-ils, de retour sur Terre ? Vingt millions. Dix millions d'appartements ? Vingt millions d'emplois, tous de classe non-G. Hors de l'Administration.

C'est peut-être un cadeau empoisonné que nous fait Gram. Si nous prenons en main nous-mêmes la charge du gouvernement, pour une durée si brève soit-elle, c'est *nous* qui devrons nous occuper d'eux. Nous pourrions nous trouver dans la position incroyable d'avoir à les replacer dans les camps sur une base « temporaire ». Quelle ironie !

Ses pensées furent interrompues par une exclamation de Morgo Rahn Wilc :

— Un vaisseau de guerre à bâbord !
— Un *quoi*, et où cela ?
— Regardez sur votre écran de radar; vous y verrez un spot : c'est un vaisseau important, qui se déplace trop rapidement pour être un vaisseau marchand, et se dirige droit sur nous. (Morgo marqua une pause.) Une mission-suicide. Ils vont chercher la collision, se sacrifier pour nous arrêter.
— Peuvent-ils le faire ?
— Non, Mr Provoni, expliqua patiemment le Frolixien. Quand bien même ils seraient équipés d'ogives nucléaires 88 ou de quatre torpilles à hydrogène.

Je le croirai mieux quand je le verrai, se dit Provoni, penché sur son écran de radar. Parce qu'il s'agit sans doute d'un de ces nouveaux LR-82 ultrarapides.

— Non, ça, c'était il y a dix ans. (Il se passa la main sur le front d'un air las.) Je continue à vivre dans le passé. Quoi qu'il en soit, c'est un vaisseau rapide.
— Pas autant que le nôtre, Mr Provoni, dit Morgo.

Le *Dinosaure gris* gronda et frémit à l'instant où les fusées s'allumèrent; puis ce fut la plainte caractéristique qui accompagnait l'entrée dans l'hyperespace.

L'autre vaisseau s'engagea à leur suite. Le spot lumineux était toujours visible sur l'écran et s'approchait de seconde en seconde, de toute la force de ses moteurs principaux qui formaient un halo brillant de lumière jaune et dansante.

— Je crois que nous voici au bout de la route, dit Provoni.

19

Willis Gram fut aussitôt avisé.

— Ecoutez ceci, dit-il aux membres du Conseil extraordinaire de sécurité publique rassemblés autour du lit où il se tenait, dressé sur ses oreillers.

Blaireau *tient* Dinosaure gris *dans ses objectifs. Dinosaure gris entreprend manœuvres de diversion. Approchons rapidement.*

— J'ose à peine y croire, fit Gram, réjoui. Je vous ai convoqués ici à cause de ce troisième message de Provoni que nous avons reçu. Ils seront là dans six jours.

Gram bâilla, s'étira en regardant les membres du Conseil.

— Je m'apprêtais à vous exposer combien il devenait urgent pour nous de passer à l'action en faisant ouvrir les camps, en relâchant notre pression sur les Résistants encore en liberté, en ordonnant l'arrêt des opérations contre leurs imprimeries, leurs émetteurs et autres. Mais si le *Blaireau* met en pièces le *Dinosaure gris*, alors changement de programme ! Nous pouvons continuer comme si rien ne s'était passé, comme si Provoni n'avait jamais retrouvé le chemin de la Terre.

— Mais les deux premiers messages ont été diffusés, fit remarquer Fred Rayner, le ministre de l'Intérieur, d'un ton mordant.

— Eh bien, nous ne dévoilerons pas le troisième, où il est question de leur retour dans six jours et de « prendre la relève du gouvernement » et que sais-je encore.

Duke Bostrich, ministre d'Etat, intervint :

— Monsieur le président, ce troisième message est diffusé — trois fois hélas ! — sur une fréquence de quarante mètres. Il a donc pu être capté un peu partout sur la planète. D'ici à demain, tout le monde sera au courant.

— Mais si le *Blaireau* liquide le *Dinosaure gris*, ça n'aura aucune importance.

Gram prit une profonde inspiration et tendit la main

pour saisir une capsule d'amphétamines, désirant savourer encore plus intensément ce moment de gloire inattendu. Il promena son regard sur les membres du Conseil, s'arrêtant surtout sur Patty Platt, le ministre de la Défense, qui n'avait jamais montré le moindre respect, la moindre estime à son égard.

— Vous savez tous que c'est moi qui ai eu l'idée, il y a cinq ans, de poster là-haut des vaisseaux-sentinelles à l'armement léger tels que le *Blaireau*. Le *Dinosaure gris* n'est pas armé, cela, nous le savons. Donc, il peut être détruit par une simple sentinelle.

— Monsieur le président, dit le général Hefele, je connais assez bien les vaisseaux-sentinelles modèle T-144, tels que le *Blaireau*. A cause des longues périodes qu'ils doivent passer dans l'espace et des distances qu'ils doivent couvrir, ces vaisseaux sont d'une construction trop lourde pour permettre de manœuvrer efficacement là où, si je puis me servir d'une image, la détente d'un arc pourrait...

— Vous voulez dire que mes vaisseaux-sentinelles sont déclassés ? Pourquoi ne m'en avez-vous pas informé ?

— Parce qu'il ne nous est jamais venu à l'idée, répondit Rayburn, un autre général portant une fine moustache noire, premièrement, que Provoni pourrait réellement revenir ; deuxièmement, qu'un vaisseau-sentinelle posté quelque part dans le vide de l'espace parviendrait à le repérer dans l'hypothèse — au moment, devrais-je plutôt dire — d'un tel retour. (Le général fit un geste.) Le nombre de parsecs qui...

— Généraux Rayburn et Hefele, vous me présenterez vos lettres de démission dans l'heure qui suit.

Sur ces mots, Gram se recoucha, puis se dressa de nouveau brusquement et pressa le bouton de son fone extérieur. L'ordinateur du Wyoming, ou du moins une partie, apparut sur l'écran.

— Technicien, ordonna-t-il.

Un programmeur en blouse blanche se présenta.

— Monsieur le président ?

— Je veux une analyse concernant la situation

suivante : un vaisseau T-144 rencontre le *Dinosaure gris* sur les coordonnées que je vais vous indiquer.

Soufflant et grognant, Gram chercha en tâtonnant sur son bureau et se mit à dicter les coordonnées au technicien, qui enregistrait le tout.

— Je veux savoir quelles sont les chances pour qu'un T-144 détruise le *Dinosaure gris*.

Le technicien rembobina sa bande, brancha l'enregistreur directement sur l'ordinateur et actionna un interrupteur. Des roues se mirent à tournoyer derrière leurs cadres de plastique, des bandes s'enroulaient et se déroulaient.

— Pourquoi n'attendons-nous pas tout simplement l'issue de la bataille ? demanda Mary Scourby, ministre de l'Agriculture.

— Parce que, répondit Gram, cette andouille de Provoni et son fichu *Dinosaure* — sans parler de ses petits camarades non terrestres — trimbalent peut-être un véritable arsenal, et ont peut-être toute une flotte derrière eux.

Le président s'adressa au général Hefele, qui s'occupait déjà à rédiger laborieusement sa lettre de démission :

— Demandez au *Blaireau* si nos radars ont décelé quelque chose d'autre dans le secteur.

Le général sortit de la poche de son manteau un émetteur récepteur.

— Le *Blaireau* reçoit-il d'autres spots sur ses écrans ?

La réponse vint au bout d'un moment :

— Non.

Le général retourna à sa lettre de démission.

Le technicien sur l'écran prit la parole :

— Monsieur le président, nous avons la réponse de l'ordinateur 996-D à votre demande. 996-D considère que le troisième message de Provoni, celui que l'on reçoit partout sur la fréquence de quarante mètres, constitue l'élément critique dans la situation présente. Selon son analyse, la phrase qui commence par : « Nous serons parmi vous dans six jours », implique la présence d'au moins un extra-terrestre aux côtés de

Provòni. Dans l'ignorance des pouvoirs de l'extra-terrestre, l'ordinateur ne peut pas se livrer à une estimation, mais il est en mesure de répondre à une question secondaire : si l'on considère les possibilités de manœuvre, le *Dinosaure gris* ne peut pas échapper à un T-144 pendant très longtemps. Cependant, la variable inconnue est trop grande, 996-D est dans l'impossibilité d'analyser la situation.

— Je reçois un message de l'équipage du *Blaireau*, fit soudain le général Rayburn. Taisez-vous.

Il inclina la tête du côté de son fone intra-auriculaire. Un silence.

— Le *Blaireau* a disparu, dit le général.

Tous s'exclamèrent en même temps.

— Disparu ?

— Disparu où cela ? fit la voix de Gram, impérieuse.

— Dans l'hyperespace. Nous ne tarderons pas à être fixés, car il a été abondamment prouvé qu'un vaisseau ne peut pas demeurer dans l'hyperespace plus de dix ou douze minutes, quinze au maximum. Ce ne sera pas long.

— Le *Dinosaure* a plongé dans l'hyperespace ? demanda le général Hefele, incrédule. Mais c'est là une décision qu'on ne prend qu'à la toute dernière extrémité, lorsqu'il n'y a plus rien d'autre à faire. Et il a entraîné le *Blaireau* à sa suite ? Cela signifie peut-être que le *Dinosaure* a été complètement reconstruit. Peut-être la surface extérieure est-elle à présent faite d'un alliage qui ne se décompose pas rapidement dans l'hyperespace. Ils n'auraient alors qu'à attendre que le *Blaireau* explose ou soit forcé de revenir dans l'espace à trois dimensions. Le *Dinosaure gris* qui nous revient n'a peut-être plus rien de commun avec celui qui a quitté ce système il y a dix ans.

— Il a été identifié par le *Blaireau*, fit le général Rayburn. Il s'agit bien du même vaisseau, et si modifications il y a, elles ne sont pas apparentes. Le capitaine Greco, qui commande le *Blaireau*, a confirmé ceci avant de plonger dans l'hyperespace. Le vaisseau correspondait point par point à la photo datant d'il y a quinze ans, sauf...

— Sauf? demanda Gram en grinçant des dents.

Il faut que j'arrête ça, pensa-t-il aussitôt. La dernière fois, j'ai cassé une de mes couronnes du haut; ça aurait dû me servir de leçon. Il fit mine d'arranger ses oreillers et se recoucha.

— Quelques-unes des sondes extérieures manquaient, expliqua le général Hefele, ou avaient visiblement été modifiées, voire endommagées. Et naturellement, la coque était très abîmée.

— Le *Blaireau* a pu voir tout ça? s'étonna Gram.

— La portée des nouveaux radars Knewdsen, les modèles dits « oculaires », permet de...

— Silence, fit Gram. (Il consulta sa montre.) Je vais calculer leur temps. Cela fait déjà bien trois minutes, n'est-ce pas? Disons cinq pour plus de sûreté.

Il se tut et demeura les yeux fixés sur son Oméga. Chacun se mit de même à regarder sa montre.

Cinq minutes.

Dix.

Quinze.

Dans un coin, Camelia Grimes, ministre de l'Education et du Travail, se mit à renifler doucement dans son mouchoir de dentelle.

— Il les a entraînés à leur perte, dit-elle dans un demi-soupir. Oh! mon Dieu! quel malheur! Tous ces hommes perdus!

— Oui, c'est triste, fit Gram, Ce qui est triste, aussi, c'est qu'il ait réussi à déjouer un vaisseau-sentinelle. Il y avait, quoi? une chance sur un milliard, peut-être, pour qu'il soit repéré par un vaisseau-sentinelle. Mais à partir de ce moment-là, on semblait bien le tenir. Il ne pouvait pas nous échapper. On allait le snuffer, sous les yeux de ses petits amis extra-terrestres.

Le général Rayburn s'adressa à son collègue Hefele.

— Y a-t-il d'autres vaisseaux qui pourraient repérer le *Dinosaure gris* lorsqu'il ressortira de l'hyperespace, si jamais il en ressort?

— Non, dit Hefele.

— Alors, nous ne saurons pas s'il en est ressorti, intervint Gram. Peut-être a-t-il été détruit en même temps que le *Blaireau*.

— Nous saurons s'il quitte l'hyperespace, et à quel moment, dit le général Hefele, parce que, aussitôt, il recommencera à émettre cet indicatif sur la fréquence de quarante mètres. (Il se tourna vers un de ses aides.) Que mon réseau-com reste à l'écoute d'une reprise de leur émission. (Puis, revenant à Gram.) Je pars du principe que...

— Et à bon droit, coupa le général Rayburn. Aucun signal radio ne peut passer de l'hyperespace à l'espace à trois dimensions.

— Vérifiez si le signal de Provoni n'a pas été coupé il y a quelques minutes, dit le général Hefele à son officier d'ordonnance.

Le jeune officier utilisa l'abondant dispositif intercom qu'il portait autour du cou; et les renseignements leur parvinrent un moment plus tard.

— Signal interrompu il y a vingt-deux minutes. Aucune reprise depuis.

— Ils sont toujours dans l'hyperespace, dit le général Hefele, et leur signal peut très bien ne jamais reprendre. Tout est peut-être fini.

— Je veux tout de même votre démission, dit Gram.

Une lumière rouge s'alluma sur son bureau. Il prit le fone correspondant.

— Oui? Elle est là avec vous?

— Une miss Charlotte Boyer, fit la voix de la préposée au contrôle A, troisième niveau. Elle vient d'être amenée ici par deux hommes de la P.I.S. qui ont dû la traîner sur tout le parcours; et je peux vous dire que demain ils vont se réveiller avec les tibias de toutes les couleurs. Elle a mordu l'un d'eux à la main et lui a arraché tout un lambeau de chair; il va falloir l'emmener d'urgence à l'infirmerie.

— Envoyez quatre policiers militaires prendre le relais des hommes de la P.I.S. et prévenez-moi lorsqu'ils l'auront bien sous leur contrôle. Je la verrai à ce moment.

— Bien, monsieur le président.

— Dans le cas où un certain individu du nom de Denny Strong tenterait de s'introduire de force dans l'immeuble à sa recherche, je veux qu'il soit immédiatement arrêté et placé dans une cellule. S'il essaie de pénétrer dans ce bureau, que les gardes le snuffent immédiatement. A la seconde même où sa main touchera la poignée de la porte.

Il fut un temps où je m'en serais chargé personnellement, songea-t-il. A présent, je suis trop vieux. Réflexes trop lents. Néanmoins, il souleva un couvercle sur le coin de son bureau... ce qui amena à portée de sa main la crosse d'un Magnum calibre 38. Si l'image — la connaissance — que Nicholas Appleton a de ce Strong correspond à la vérité, je ferais bien de me tenir prêt, se dit-il. D'ailleurs, je ferais bien de me tenir prêt également en ce qui concerne Appleton. Ce n'est pas parce qu'il est parti d'ici de son plein gré et sans éclats qu'il va nécessairement continuer à accepter cette situation.

C'est ça l'inconvénient, à son âge : on idéalise toute la femme, son caractère, sa personnalité... tandis qu'à mon âge il s'agit de savoir si ce sera une bonne affaire au lit, un point c'est tout. Je jouirai d'elle, je l'utiliserai, je lui apprendrai quelques tours qu'elle ne connaît sans doute pas — bien qu'elle soit déjà sortie pas mal —, des choses dont elle ne rêve même pas. Le coup du petit poisson, par exemple. Et une fois qu'elle les aura appris, qu'elle les pratiquera, elle s'en souviendra toute sa vie. Le souvenir la hantera, la travaillera... mais à un niveau profond, elle en redemandera : c'était si bon. On verra bien ce dont Nick Appleton, ou Denny Strong, ou qui que ce soit qui passera après moi sera capable pour la satisfaire. Et elle ne pourra pas se résoudre à leur dire ce qui cloche.

Il gloussa.

— Monsieur le président, dit le général Hefele, mon ordonnance me communique une nouvelle.

Le jeune officier se pencha vers le général et lui glissa quelques mots à l'oreille.

— J'ai le regret de vous informer que le signal émis sur la fréquence de quarante mètres vient de reprendre.

— Et voilà, fit Gram, stoïque. Je savais qu'ils en ressortiraient. Ils ne s'y seraient pas risqués s'ils n'avaient pas su qu'ils pouvaient s'en tirer... et que le *Blaireau* ne pouvait pas.

Il s'assit péniblement sur son lit, se tourna sur le côté, sortit une jambe massive et se mit enfin debout.

— Ma robe de chambre, demanda-t-il en promenant son regard à la ronde.

— Voici, monsieur le président, dit Camelia Grimes.

Elle lui tint le vêtement pendant qu'il passait les manches.

— A présent, vos pantoufles.

— Elles sont juste à vos pieds, observa le général Hefele d'un ton glacial. (En ajoutant pour lui-même : peut-être vous faut-il quelqu'un pour vous aider à les enfiler, monsieur le président ? Espèce d'énorme champignon planté dans ton plumard comme un gosse qui ne veut pas aller à l'école, toujours entouré de petits soins, toujours en train de fuir tes responsabilités d'adulte. Et c'est ça qui nous gouverne. C'est ça qui est chargé d'arrêter les envahisseurs.)

Gram se planta devant lui.

— Général, vous oubliez toujours que je suis télépathe. Si vous disiez à haute voix ce que vous pensez, vous vous retrouveriez face aux grenades à gaz d'un peloton d'exécution; et vous le savez.

Il était absolument furieux, et cela ne lui arrivait pas souvent de se mettre en colère pour de simples pensées. Mais là, c'était allé trop loin.

— Voulez-vous un vote? demanda-t-il en agitant le bras comme pour les défier tous : les membres du Conseil extraordinaire de sécurité publique plus les deux autorités militaires suprêmes de la planète.

— Un vote? demanda Duke Bostrich en passant la main dans ses élégants cheveux argentés. A quel sujet?

— Au sujet du remplacement de Mr Gram au poste de président par l'un des membres de cette assemblée; cingla Fred Rayner, de l'Intérieur, avec un sourire mauvais.

Mon Dieu! songea-t-il, il faut vraiment tout leur expliquer comme à des enfants. Voici l'occasion de nous débarrasser de cette vieille bourrique ventrue; qu'il retourne donc s'occuper de démêler ses imbroglios sentimentaux... pas besoin de chercher bien loin, on en a encore eu un exemple à l'instant avec cette fille Boyer.

— Je désire un vote, répéta Gram au bout d'un moment.

Il venait d'intercepter les pensées des uns et des autres et savait qu'il l'emporterait. C'était donc d'un cœur léger qu'il les aiguillonnait :

— Allez-y, votez !

— Il a lu nos pensées, dit Rayner. Il sait quel sera le résultat.

— Peut-être qu'il bluffe, fit Mary Scourby, ministre de l'Agriculture. Il a lu nos pensées et il sait que nous sommes capables de l'évincer, et que nous le ferons.

— Alors il faudra bien que nous votions, en fin de compte, dit Camelia Grimes.

Ils votèrent à main levée et Gram se trouva confirmé dans ses fonctions par six voix contre quatre.

— Tra-la-lère, mon bonhomme ! fit Gram d'un ton narquois en direction de Fred Rayner. Comme au jeu de la puce : attrape-toi une bonne femme si tu peux ; si tu n'peux pas, attrape-toi un p'tit vieux bien droit.

— Vous, en l'occurrence, fit Rayner.

Gram partit à la renverse d'un grand éclat de rire ; puis, enfilant ses pantoufles, il se dirigea en clopinant vers la grande porte de la chambre bureau.

Le général Hefele se mit à parler à toute allure :

— Monsieur le président, nous pouvons peut-être arriver à établir un contact avec le *Dinosaure gris*. Nous nous ferions alors une idée plus précise des exigences de Provoni, et nous saurions dans quelle mesure ses cohortes d'extra-terrestres seraient disposées à...

— Je vous parlerai plus tard, fit Gram en ouvrant la porte. (Il marqua une pause et ajouta, à moitié pour lui-même :) Déchirez vos démissions, généraux. J'ai eu un moment de nervosité ; ce n'est rien.

Quant à toi, Fred Rayner, se dit-il, je t'aurai au tournant, espèce d'abomination à double crâne. Je veillerai à ce que tu sois snuffé pour ce que tu penses de moi.

En robe de chambre, pyjama et pantoufles, Willis Gram s'approcha d'un pas nonchalant du bureau de contrôle A du troisième niveau. Son poste mettait la préposée à ce bureau dans la confidence des problèmes et des agissements les plus intimes du président. D'ailleurs, Margaret Plow avait jadis été sa maîtresse... Elle avait dix-huit ans, en ce temps-là. Et regardez-la maintenant, se dit Gram, près de la quarantaine. La flamme s'est éteinte; il ne reste qu'un masque alerte et compétent.

Les parois de sa cabine étaient opaques et personne ne pouvait surprendre leur conversation, sinon un télépathe passant par là. Mais cela, ils avaient appris à s'en accommoder.

— Avez-vous fait appeler les quatre policiers militaires? demanda Gram.

— Ils sont à côté, avec elle. Elle en a mordu un.

— Qu'a-t-il fait en échange?

— Il lui a fait traverser la moitié de la pièce d'une gifle. Ça a paru la ramener à la raison. Elle était comme un animal sauvage — et ce n'est pas une image. Comme si elle croyait qu'on s'apprêtait à la snuffer.

— Je vais lui parler.

Gram traversa la cabine et pénétra dans la pièce adjacente.

Elle était là, la peur et la haine hurlant dans ses yeux, comme un oiseau de proie pris au piège. Ne jamais plonger son regard dans celui d'un faucon. Une leçon que je n'ai pas mis longtemps à apprendre : il ne faut pas regarder dans les yeux un aigle ou un faucon. On ne pourra jamais oublier la haine qu'on y aura vue... la haine, et le besoin passionné, insatiable, d'être libre, de voler. L'essor de l'aigle, la montée — et puis la plongée mortelle sur la proie, sur le lapin paralysé par la peur (nous tous, en somme). Drôle d'image : un aigle retenu prisonnier par quatre lapins.

Mais les policiers militaires n'étaient pas des lapins. Gram reconnut le genre de prise dans laquelle ils immobilisaient la fille, les endroits sur lesquels ils faisaient pression. Elle ne pouvait absolument pas bouger — et elle se fatiguerait avant eux.

— J'aurais pu vous faire de nouveau tranquilliser, fit Gram d'un ton conciliant, mais je sais combien la chose vous déplaît.

— Salaud de Blanc, dit la fille.

— Blanc ? (Il ne comprenait pas.) Mais il n'y a plus ni Blanc, ni Jaune, ni Noir. Pourquoi parlez-vous de « Blanc » ?

— Parce que vous êtes le roi des traceurs.

Un des policiers expliqua avec brusquerie que le terme de Blanc était encore considéré comme une insulte dans certaines basses couches de la population.

— Je vois, dit Gram en hochant la tête.

Il recevait les pensées de la fille, et n'en finissait pas de s'en étonner. Sous la prise des quatre policiers, elle restait immobile, tendue, rigide; mais à l'intérieur...

Une petite effarouchée, qui se débattait comme un enfant qu'on veut emmener chez le dentiste. Une régression vers des processus mentaux infantiles et irrationnels. Elle ne nous considère pas comme des humains. Elle nous voit comme des ombres vagues la tirant d'un côté puis de l'autre et, pour couronner le tout, l'obligeant par la force — la force de quatre costauds professionnels — à rester au même endroit précis pour Dieu sait combien de temps, pour Dieu sait quelle raison. Son âge mental, estima-t-il, devait être de trois ans. Mais peut-être pourrait-il tirer quelque chose d'elle en lui parlant. Peut-être parviendrait-il à dévier une partie de sa peur et permettrait-il ainsi à sa pensée de regagner un peu de maturité.

— Mon nom est Willis Gram, dit-il, et savez-vous ce que je viens de faire ?

Il pointa son index vers elle avec un sourire qui allait s'élargissant.

— Je parie que vous ne pouvez pas deviner.

Elle fit un bref hochement de tête.

— J'ai fait ouvrir les portes de tous les camps de replacement sur Luna et en Utah; et tous les gens qui s'y trouvaient vont pouvoir sortir.

Elle continua à le regarder fixement de ses grands

yeux lumineux; mais, dans son esprit, l'information avait été enregistrée et provoquait l'émission de fantastiques ondes d'énergie psychique à travers tout son cerveau : elle essayait de comprendre.

— Et nous n'allons plus arrêter personne, continuat-il. Par conséquent, vous êtes libre.

A ces mots, une immense vague de soulagement déferla sur son cerveau; ses yeux se brouillèrent et une larme coula le long de sa joue.

— Est-ce que... (Elle déglutit péniblement et reprit d'une voix tremblante :) Est-ce que je peux voir Mr Appleton?

— Vous êtes libre de voir qui vous voudrez. Nick Appleton a été remis en liberté, lui aussi. Nous l'avons éjecté d'ici il y a deux heures. Il est sans doute rentré chez lui. Il a une femme et un enfant auxquels il est très attaché. Il a dû aller les retrouver, c'est certain.

— Je sais, dit-elle d'un air distant. Je les ai rencontrés. Sa femme est une garce.

— Mais les pensées d'Appleton à son sujet... J'ai passé pas mal de temps avec lui, aujourd'hui, vous savez. Fondamentalement, il est amoureux d'elle. Il a juste envie de s'envoyer un peu en l'air... Vous vous rendez bien compte que je suis télépathe, n'est-ce pas? Je sais sur les gens des choses que les non...

— Mais vous pouvez mentir, dit-elle entre ses dents.

— Je ne mens pas en ce moment.

Elle parut calme, tout d'un coup.

— Suis-je vraiment libre de partir?

— Il y a juste un problème.

Gram s'aventurait avec précaution, son esprit branché sur celui de la fille, essayant de capter ses pensées avant qu'elles n'aient eu le temps de se traduire en paroles ou en actes.

— Vous savez que vous avez été soumise à un examen médical après que les occifiers de la P.I.S. vous eurent tirée des ruines de l'imprimerie de la Seizième Avenue... Vous en souvenez-vous?

— Un... un examen médical? (Elle lui jeta un regard incertain.) Non, je ne me souviens pas. Tout ce dont je me souviens, c'est d'avoir été traînée par les bras dans l'immeuble, avec ma tête qui cognait le sol, puis tirée dehors, et...

— D'où l'examen. Nous avons fait de même avec toutes les personnes arrêtées dans l'imprimerie. Outre l'examen physique proprement dit, nous avons procédé à quelques tests psychologiques superficiels. Vos résultats n'ont pas été fameux : vous aviez subi un traumatisme sévère et vous vous trouviez dans un état de stupeur presque catatonique.

— Et ?

Elle l'observait avec un regard impitoyable. Le regard de l'oiseau de proie; il était toujours resté présent au fond de ses yeux.

— Vous avez besoin de rester alitée quelque temps.

— Et c'est ici que je vais pouvoir le faire ?

— Cet immeuble renferme sans doute le meilleur équipement psychiatrique du monde. Après quelques jours de repos et de soins...

Les yeux d'oiseau de proie s'enflammèrent. Des pensées fusèrent de son esprit, des émanations thalamiques qu'il n'arrivait pas à suivre; puis soudain, en un clin d'œil, elle se contracta, molle-dure, foudroyante, et se mit à tourner sur elle-même ! Surpris, les quatre policiers avaient perdu leur prise sur elle. Ils s'élancèrent et l'un d'eux sortit une matraque de plastique lestée de grenaille de plomb.

A la vitesse de l'éclair, elle recula, se retourna d'un coup de reins et fonça tête baissée vers la porte qu'elle ouvrit pour se retrouver courant dans le couloir. Un occifier de la P.I.S., venant vers elle, aperçut Willis Gram et les quatre policiers militaires et, jaugeant la situation, tenta de l'arrêter au passage. Il parvint à lui saisir le poignet droit... et, comme il la faisait pivoter, reçut son pied dans les testicules. Il lâcha prise et elle replongea vers la grande porte d'entrée de l'immeuble. A la vue de l'occifier qui se tordait de douleur sur le sol, personne ne se risqua plus sur sa route.

L'un des policiers militaires dégaina un pistolet laser Richardson 2.56 qu'il pointa vers le plafond en s'adressant à Gram :

— Dois-je la snuffer, monsieur le président ? Je peux encore l'ajuster si vous me l'ordonnez immédiatement.

— Je n'arrive pas à me décider.

— Dans ce cas, je ne tirerai pas, monsieur le président.

— D'accord.

Willis Gram revint dans le bureau et s'assit lentement sur son lit. Il resta là, le dos voûté, à regarder sans les voir les motifs du parquet.

— Elle est dingue, monsieur le président, fit un des policiers. Rien dans le cigare. Complètement déboussolée.

— Je vais vous dire ce qu'elle est, dit Gram d'une voix rauque. C'est un rat d'égout, un vrai.

Il avait pêché l'expression dans l'esprit de Nick Appleton. On peut dire que je sais me les choisir, songea-t-il. Et lui aussi.

Il m'avait dit qu'il la reverrait; et il la reverra. Elle saura le retrouver. Il ne reviendra jamais à sa femme.

Il se releva pesamment et alla jusqu'au bureau de Margaret Plow.

— Puis-je me servir de votre foné ? demanda-t-il.

— Vous le pouvez. En fait, si ça vous chante, vous pouvez vous servir de mon...

— Le foné suffira pour l'instant.

Il forma le numéro de Barnes, sur une ligne prioritaire privée qui lui permettait de contacter le directeur de la police où qu'il fût : accroupi dans ses cabinets en train de se soulager, roulant sur l'autoroute et même accessoirement à son bureau.

— Monsieur le président ?

— Je veux un homme de vos... troupes spéciales. Peut-être deux.

— Pour qui ? demanda Barnes, flegmatique. Je veux dire, qui s'agit-il de snuffer ?

— Le citoyen 3XX24J.

— Parlez-vous sérieusement ? Vous êtes sûr qu'il ne s'agit pas d'un simple caprice, d'un mouvement d'humeur ? Rappelez-vous bien que vous venez à l'instant de le faire libérer au titre de l'amnistie générale.

— Il m'a repris Charlotte.

— Oh ! je vois ! Elle est partie ?

— Quatre policiers militaires n'ont pas pu la retenir. Dès qu'elle se sent prise au piège, elle est saisie de folie furieuse. J'ai intercepté quelque chose dans son esprit, au sujet d'un ascenseur qui ne voulait pas s'ouvrir. Elle devait avoir huit ans, et elle était toute seule. Elle souffre d'une forme quelconque de claustrophobie. En tout cas, elle ne supporte pas d'être retenue contre son gré.

— On peut difficilement rejeter la faute sur 3XX24J, dit Barnes.

— Seulement, c'est vers lui qu'elle est repartie.

— Voulez-vous que l'affaire soit réglée discrètement, avec toutes les apparences d'un accident ? Ou bien mes hommes doivent-ils se contenter d'entrer, d'agir et de ressortir sans tenir compte de qui pourrait les voir ?

— La deuxième formule. Cela ressemblera à une exécution capitale accomplie dans les formes. La liberté dont il jouit pour l'instant (et, ajouta-t-il en pensée, son moment de bonheur lorsqu'il retrouvera Charlotte) servira d'équivalent au dernier repas des condamnés.

— Cela ne se fait plus, monsieur le président.

— Je crois que j'ajouterai encore une recommandation pour vos hommes : je désire que l'exécution ait lieu en *présence* de la fille. Je veux qu'elle voie tout.

— Bon ! bon ! j'ai compris ! fit Barnes, irrité. Y a-t-il quelque chose d'autre ? Quelles sont les dernières nouvelles au sujet de Provoni ? On a annoncé sur l'une des chaînes de télévision qu'un vaisseau-sentinelle avait repéré le *Dinosaure gris*. Est-ce vrai ?

— Nous nous occuperons de la chose en temps utile.

— Monsieur le président, ce que vous venez de dire n'a ni queue ni tête.

— Préférez-vous : nous nous occuperons de l'affaire en temps opportun ?

— Je vous ferai prévenir lorsque mes gens auront accompli leur mission. Avec votre autorisation, j'enverrai trois hommes dont l'un muni d'un pistolet à balles tranquillisantes au cas où la fille serait, selon votre expression, saisie de folie furieuse.

— Si elle vous attaque, ne lui faites pas de mal. La liquidation de l'homme sera suffisante. Au revoir.

Le président raccrocha.

— Je croyais que vous ne les abattiez qu'après, dit Margaret Plow.

— Les filles, oui. Pour leurs petits amis, c'est avant.

— Vous êtes d'une belle franchise, aujourd'hui, président. Cette histoire avec Provoni doit vraiment vous mettre à rude épreuve. Dans ce troisième message, il parlait de six jours. Plus que six jours ! Et vous faites ouvrir les camps, et vous accordez une amnistie générale. Dommage que Cordon n'ait pas vécu pour voir cela ; s'il n'avait pas succombé à sa maladie de reins ou du foie, ou je ne sais plus quoi, quelques heures à peine avant...

Elle se tut brusquement.

— Quelques heures à peine avant que la victoire ne soit en vue.

Gram acheva sa phrase pour elle, et vit directement le reste de son raisonnement défiler comme sur une bande enregistrée dans son esprit, pourtant vide à l'ordinaire. « Ma foi, il était un peu mystique. Peut-être savait-il. » Après tout, c'est bien possible. C'était un drôle de personnage. Peut-être se relèvera-t-il d'entre les morts. Bah ! et alors ? Nous dirons simplement qu'il n'était pas mort du tout, qu'il s'agissait d'une fausse nouvelle lancée pour faire croire à Provoni — Dieu tout-puissant, qu'est-ce qui me prend ? Personne ne s'est relevé d'entre les morts en 2100 années ; ce n'est pas maintenant qu'ils vont s'y mettre.

Aurai-je envie de faire une dernière tentative avec Charlotte Boyer, après la mort d'Appleton ? Si je pouvais mettre mes psychiatres officiels au travail sur son cas, peut-être parviendraient-ils à gommer cette tendance sauvage dans son caractère et à la rendre passive comme il convient aux femmes. Pourtant, il aimait cette fougue chez elle. Peut-être même est-ce précisément cela qui me la rend attirante, songea-t-il : le rat d'égout en elle. Et c'est peut-être cela qui plaisait à Appleton. Il y a beaucoup d'hommes qui aiment les femmes violentes. Je me demande pourquoi. Pas simplement les femmes à fort caractère, têtues, obstinées ; non : les femmes *déchaînées*.

Je ferais mieux de penser à Provoni, conclut-il. Au lieu de tout ceci.

Vingt-quatre heures plus tard, l'énorme antenne télescopique installée sur Mars capta un quatrième message de Provoni :

Nous savons que vous avez aboli les camps et accordé une amnistie générale. Ce n'est pas assez.

C'est clair et net, pensa Gram en examinant une transcription du message.

— Et nous n'avons pas réussi à les contacter, de notre côté ? demanda-t-il au général Hefele, qui venait de lui apporter la nouvelle.

— J'ai l'impression qu'il doit nous capter, mais qu'il ne nous écoute pas, soit à cause d'une défaillance technique, soit parce qu'il ne désire pas négocier avec nous.

— Ne pourrait-on essayer, lorsqu'il sera distant d'une centaine d'unités astronomiques, de l'atteindre avec un missile à dispersion ? Un de ceux qui fonctionnent par...

Il fit un geste vague.

— Biotropisme, dit le général Hefele. Nous disposons de soixante-quatre types de missiles que nous pouvons essayer. J'ai déjà ordonné le déploiement de leurs engins porteurs dans la zone prévue pour la rencontre avec le *Dinosaure*.

— Vous n'avez aucune idée de la « zone prévue pour la rencontre avec le *Dinosaure* ». Il a pu ressortir de l'hyperespace en n'importe quel point.

— Alors, disons que tout notre équipement disponible sera prêt à intervenir dès que le *Dinosaure* sera repéré. Peut-être qu'il bluffe. Peut-être qu'il est revenu seul, tout comme il était parti il y a dix ans.

— Non, fit Gram, l'air rusé. Il n'a pu demeurer dans l'hyperespace à bord de ce vieux clou datant de 2198. Non, son vaisseau a été reconstruit. Et pas selon une technologie connue de nous. (Une autre idée vint soudain le frapper.) Bon sang ! et si lui-même et le *Dinosaure* se trouvaient à *l'intérieur* de la créature ? L'extra-terrestre s'est peut-être enroulé d'une manière quelconque autour du vaisseau. Cela expliquerait évidemment que la coque ne se soit pas désintégrée. Provoni se trouve peut-être dans la position d'un parasite incrusté dans l'entité non humaine, mais vivant en bonne intelligence avec elle. Une sorte de symbiose.

L'idée lui paraissait plausible. On n'a rien pour rien, humanoïde ou non. Il savait que c'était là une des vérités premières de l'existence.

— Ils exigeront sans doute que toute la race humaine, cinq milliards d'Ordinaires et nous à la suite, se fonde avec l'entité dans une sorte de gélatine poliencéphalique. Pensez-y un instant. Cela serait-il à votre goût ?

— Il n'est pas un d'entre nous, Ordinaires compris, qui ne lutterait contre cela, répondit le général d'une voix calme.

— Cela ne me fait pas si peur, à moi, fit Gram. Et rappelez-vous que j'en connais beaucoup plus long que vous sur la fusion des cerveaux.

Vous savez bien ce que nous autres télépathes faisons tous les quelques mois, pensa-t-il. Nous nous réunissons quelque part et unissons nos cerveaux en un seul vaste esprit composite, un organisme mental unique pensant avec la puissance de cinq ou six cents hommes et femmes. C'est pour nous tous le moment de la joie suprême. Même pour moi. Seulement de cette manière, celle de Provoni, *tout* le monde pourrait être inclus dans la trame.

Mais peut-être n'est-ce pas du tout l'idée de Provoni. Pourtant, dans les quatre messages, l'utilisation du pronom « nous »... Il avait l'impression d'une sorte de connivence, d'harmonie entre Provoni et l'*autre*.

Et celui qu'il amène n'est que l'éclaireur d'une horde de milliers, songea-t-il, lugubre. L'équipage du *Blaireau* : premières victimes. On devrait mettre une plaque quelque part, en leur honneur. Ils n'ont pas eu peur de relever le défi de Provoni. Ils lui ont collé après et en sont morts. Avec des hommes de cette trempe, peut-être pourrons-nous nous battre et finir par emporter la victoire, après tout. Et il se rappelait avoir lu qu'une guerre interstellaire est dure à prolonger. A cette pensée, il se sentit un peu mieux.

Après des heures passées à se frayer un chemin parmi d'énormes foules, Nicholas Appleton parvint à retrouver l'immeuble où habitait Denny Strong. Il prit l'ascenseur et monta au cinquantième étage.

Il frappa un coup à la porte. Silence. Puis la voix de Charley, sa voix, lui parvint :

— Qui c'est, putain de merde ?

— Moi, fit Nick. Je savais que vous viendriez ici.

Si Willis Gram voulait nous empêcher de nous revoir, il n'avait qu'à pas nous relâcher tous les deux, songea-t-il.

La porte s'ouvrit. Elle était là devant lui, en chemise à rayures rouges et noires, pantalon à pattes d'éléphant, et sandales. Elle portait une bonne couche de maquillage, et d'immenses faux cils. Bien que Nick sût qu'ils étaient artificiels, les cils l'émurent.

— Oui ? demanda Charley.

20

Denny Strong parut au côté de Charlotte Boyer.

— Salut, Appleton, fit-il d'un ton neutre.

— Salut, répondit Nick, sur la défensive.

Il n'avait pas oublié de quelle manière Denny et Charlotte s'étaient déchaînés il n'y avait pas si longtemps. Et cette fois, pas d'Earl Zeta pour l'aider à sortir de là quand ils commenceraient à grimper aux murs.

Pour l'instant, Denny semblait calme. Mais tous les soûlographes n'étaient-ils pas ainsi balancés alternativement d'un état d'ivrognerie meurtrière à une apparence de civilité tout à fait normale ? Denny se trouvait actuellement au creux de la vague.

— Comment saviez-vous que je viendrais ici ? demanda Charley. Comment saviez-vous que je reviendrais vers Denny et qu'on se raccommoderait ?

— Je n'avais pas d'autre endroit où chercher, fit Nick, l'air abattu.

Bien sûr qu'elle irait se remettre avec lui. Tous mes efforts pour lui venir en aide : du temps perdu. Elle le savait sans doute dès le début. Je n'étais qu'un pion qu'elle manœuvrait pour punir Denny. Eh bien, puisque la bagarre est terminée et que Charlotte est revenue, je ne vois pas ce que je fais ici.

— Je suis heureux que tout aille tellement bien pour vous, dit-il à haute voix.

— Hé! fit Denny, vous avez entendu les nouvelles au sujet de l'amnistie? Et l'ouverture des camps? Whoopee!

Son visage un peu bouffi semblait encore enflé par l'excitation; ses yeux protubérants roulaient dans leurs orbites tandis qu'il claquait la croupe de Charley.

— Et Provoni est presque...

— Vous ne voulez pas entrer un peu? demanda Charley en passant la main autour de la taille de Denny.

— Non, vraiment, je ne crois pas, dit Nick.

— Ecoutez, mon vieux, fit Denny, tombant soudain accroupi comme s'il faisait sa gymnastique, ça ne m'arrive pas souvent d'avoir des crises comme l'autre fois. Il en faut beaucoup pour me faire sortir de mes gonds. Découvrir que l'appartement n'était pas net... c'était trop.

Il se remit sur ses pieds et alla s'installer sur le divan, à l'intérieur de la pièce.

— Venez donc vous asseoir. (Il baissa la voix.) J'ai de la bière. Une canette de Hamm. On se la partagera à trois.

De l'alcool. Je vais me mettre à boire avec eux, pensa Nick, et après nous serons trois à grimper aux murs.

D'un autre côté, ils n'avaient qu'une seule canette. Quel degré d'ivresse peut-on atteindre avec un tiers de canette chacun?

— J'entre juste un petit moment, répondit-il, poussé moins par la perspective de boire de la bière que par la présence de Charley.

Il voulait s'emplir les yeux de son visage aussi longtemps que possible. En revenant vers Denny, elle l'avait en fait rejeté, lui, Nick Appleton, et cette défaite avait un goût amer. Nick se sentait envahi par un sentiment peu familier : la jalousie — une jalousie mêlée de colère devant la trahison de Charley. Après tout, n'avait-il pas répudié femme et enfant en quittant sa propre maison avec elle ? Oh ! ils allaient rester ensemble tous les deux... mais ils s'étaient retrouvés à l'imprimerie sur la Seizième Avenue. A présent que leur retraite avait été attaquée et bombardée, elle revenait se réfugier en courant comme un chat malade auprès de ce qu'elle connaissait et comprenait, même si elle devait en souffrir.

En regardant attentivement le visage de Charley, il s'aperçut que quelque chose avait changé. Ses traits semblaient rigides, comme si le maquillage avait été plaqué sur une surface de verre ou de métal, pas sur de la chair. Oui, c'était bien cela : Charley souriait, prenait une attitude amicale mais, en dessous, elle était dure et cassante comme du verre, et l'abus de maquillage servait à cacher cette métamorphose, ce manque d'humanité.

Denny, pendant ce temps, parlait à tort et à travers en se donnant de grandes claques sur les cuisses.

— Eh ! dites donc, on peut avoir six cents tracts dans la baraque à présent ; plus de pépins à craindre, pas de bile à se faire au sujet d'une descente. Et les replacés, vous les avez vus ?

Oh oui ! il les avait vus, encombrant toutes les allées pour piétons, maigres, hagards, terriblement pareils dans leurs ternes tenues de voile verdâtre fournies par le gouvernement... et il avait vu, aussi, les popotes installées par la Croix-Rouge pour les nourrir. Les réfugiés étaient partout, errant comme des spectres, incapables de s'adapter à leur nouvel environnement. Ils n'avaient pas d'argent, pas de travail, pas d'abri. En tout cas, ils étaient sortis, et comme disait Denny, l'amnistie générale avait blanchi tout le monde.

— Seulement, moi, ils ne m'ont jamais pris, poursuivait Denny, pâlissant presque à force d'orgueilleuse agressivité. Pas comme vous deux. Pris en train de vous creuser un petit nid dans l'imprimerie de la Seizième Avenue.

Il se balançait d'avant en arrière, les mains serrées devant lui.

— Mais on peut dire que tu auras fait de ton mieux pour nous faire pincer, dit-il à Charley.

Puis, tendant un bras vers la table, il s'empara de la canette de bière, la palpa et hocha la tête d'un air approbateur.

— Elle est encore fraîche. O.K., en route pour le pays des rêves. (Il ôta la bande de métal qui servait de capsule.) A vous l'honneur, Appleton, c'est vous l'invité.

— J'en prendrai une goutte, dit Nick.

Il but une petite gorgée.

Denny prit la canette et engloutit une bonne quantité de bière.

— Devinez ce qui est arrivé à Charley, dit-il. Vous vous imaginez sans doute qu'elle est là depuis une bonne journée, depuis le moment où on l'a sortie de l'imprimerie. Pas du tout : ça fait à peine une heure qu'elle est arrivée. Elle n'a pas cessé de fuir et de se cacher.

— Willis Gram, fit Nick d'une voix rauque.

De nouveau, la même peur morbide s'emparait de lui, glaçant et raidissant tout son être.

La voix de Denny se faisait traînante, railleuse.

— C'est qu'il y a toutes ces rangées de lits dans ce qu'il appelle l'« infirmerie ». En fait d'infirmerie...

— Ça suffit, grinça Charley.

— Gram lui a proposé de « rester alitée quelques jours ». Vous saviez que Gram était un type comme ça, Appleton ?

— Oui, répondit Nick entre ses dents.

— Mais je me suis défilée, fit Charley avec un gloussement de petite fille espiègle. Ils m'avaient collé quatre policiers militaires, mais je me suis défilée. Tu sais comment je suis quand je me mets vraiment en colère, Denny. Vous aussi, Nick, vous vous en êtes rendu compte la première fois que nous nous sommes rencontrés. Vous m'avez vue me battre avec Denny, pas vrai ? Est-ce que je ne suis pas redoutable ?

— Ainsi donc, Gram ne vous a pas eue, fit Nick.

Et moi, je te vois tout apprêtée pour Denny, ayant

repris tes déguisements et tes faux-semblants. Tu ne fais plus rien d'illégal mais les mœurs sont restées. Tu veux avoir l'air élégante — du moins ce que tu crois être de l'élégance — et tu veux t'offrir de nouvelles balades à bord de l'*Otarie pourpre*, monter à des allures folles, telles que, si vous heurtiez quelque chose, la coque du squib se désintégrerait. Mais, jusqu'à ce moment, tu te serais quand même bien amusée. Vous deux, vous pouvez entrer dans un plasticum, dans une fumerie scenera ou un drugbar, et tout le monde se dira : « Regardez cette fille splendide. » Et à côté de toi, Denny lancera des œillades comme pour dire : « Hé! les gars! vous avez vu ce qui me tient chaud la nuit? » L'envie leur donnera des crampes (façon de parler).

Nick se leva et annonça qu'il allait partir.

— Je suis content que vous ayez pu échapper à Gram, dit-il à Charley. Je savais qu'il avait des vues sur vous, et j'étais persuadé qu'il arriverait à ses fins. Je me sens beaucoup mieux après ce que vous m'avez dit.

— Il est encore temps, fit Denny en souriant, avant d'avaler une autre gorgée de bière.

— Dans ce cas, quittez cet appartement. Si j'ai été capable de la retrouver, ils sauront aussi.

— Mais ils ne connaissent pas son adresse.

Denny croisa les pieds sur la table. Il portait de véritables chaussures de cuir... qui avaient dû lui coûter une fortune, mais grâce auxquelles il avait sans doute accès aux fumeries scenera les plus réputées de la planète, y compris celles de Vienne.

Aucun doute. Ils avaient tous les deux l'air habillés et pomponnés pour une grande tournée des drugbars et des fumeries. L'alcool n'était pas leur seule occupation : ce n'était qu'une activité illégale de plus. Fumer le scenera était chose légale. Il leur suffisait d'afficher certaines parures, certains maquillages, pour pouvoir évoluer parmi l'élite d'un monde auquel les Hommes Nouveaux et les Exceptionnels eux-mêmes participaient. *Tout le monde*, y compris les gens qui travaillent pour le gouvernement, appréciait le nouveau dérivé de l'opium, le scenera, nommé ainsi d'après son inventeur, Wade Scenera, un Nouveau. C'était devenu la grande vogue sur toute la planète, tout comme les statues miniatures de Dieu en matière plastique.

— Voyez-vous, Appleton, fit Denny en passant la canette déjà presque vide à Charley, elle trimbale des papiers d'identité complètement truqués, tous les papiers officiels (un geste), ceux qui sont indispensables, vous savez, pas dans le genre de la carte de crédit de l'Union Oil. Et ils sont tellement bien imités qu'ils s'adaptent dans les fentes de ces petites boîtes électroniques que portent les pisseurs. Pas vrai, petite garce ?

Il passa affectueusement son bras autour de la taille de Charley.

— Garce tant que tu voudras, c'est pour cela que j'ai réussi à me sortir de l'immeuble fédéral.

— Ils la trouveront, ici, dit posément Nick.

— Bon sang ! je vous ai déjà expliqué.

Il y avait de l'arrogance aussi bien que de l'exaspération dans le ton de Denny.

— Quand ils vous ont ramassés tous les deux à l'imprimerie, ils...

— L'appartement est au nom de qui ?

Denny fronça les sourcils.

— Moi. (Puis son sourire revint.) Ils ne savent rien. Pour eux, je n'existe pas. Ecoutez, Appleton, il faut avoir un peu plus de cran que ça. Vous n'êtes qu'un pleurnicheur, un porte-poisse. Ben mon vieux, j'aimerais pas vous avoir à côté de moi en plein ciel.

Il se mit à rire, mais cette fois c'était un rire insultant, un rire de mépris.

— Vous êtes bien sûr que le nom de Charlotte n'a jamais été mentionné officiellement en rapport avec cet appartement ?

— Oh ! elle a dû faire un ou deux chèques pour le loyer, à l'occasion, mais je ne vois pas ce que...

— Si elle a signé un chèque pour cet appartement, son nom a été communiqué automatiquement à l'ordinateur de New Jersey. Et pas seulement son nom : l'ordinateur emmagasine tout ce qui se rattache à l'origine de cette information. Et Charlotte est fichée à la P.I.S., comme nous tous. Il leur suffit de demander à l'ordinateur du New Jersey de déballer tout ce qu'il sait

sur vous et de le comparer avec le dossier de la P.I.S...
pour prendre un exemple : est-ce que vous vous êtes
déjà fait arrêter à bord de l'*Otarie pourpre* en compagnie de Charlotte ?

— Oui. Excès de vitesse.

— Alors, ils ont pris son nom également, comme témoin.

Denny, les bras croisés, se laissa aller mollement sur le divan.

— Oui.

— C'est tout ce dont ils ont besoin. Dès qu'ils auront fait la liaison avec vous, avec cet appartement, Dieu sait ce que le dossier de la P.I.S. sur elle pourra encore révéler.

Un air de consternation flotta sur le visage de Denny, telle une ombre glissant distinctement de la droite vers la gauche. La défiance et l'agitation se succédaient dans son regard étincelant; il avait à présent tout à fait le même aspect que la première fois : mélange de haine et de peur envers l'autorité, l'image du père. Denny pensait à toute allure, son expression changeait de seconde en seconde, à présent.

— Mais *moi*, fit-il d'une voix rauque, qu'est-ce qu'ils pourraient bien trouver contre *moi* ? (Il se passa la main sur le front.) Nom de Dieu ! Je suis complètement défoncé à cause de cet alc, j'arrive pas à réfléchir. Est-ce que je n'ai pas une chance de m'en sortir par le baratin ? Bon sang de bon sang ! faut que je prenne quelque chose.

Il disparut dans la salle de bains. Nick et Charley l'entendirent farfouiller dans l'armoire à pharmacie.

— Un peu de chlorydrate de méthamphétamine, dit-il en revenant, un flacon à la main. Ça m'éclaircira les idées. Faut que j'aie les idées claires si je veux me sortir de là. (Il s'adressa à Nick.) Emmenez-la. Charlotte, tu vas rester avec Nick. N'essaie pas de revenir ici. Nick, vous avez assez de pops pour louer une chambre dans un motel pendant deux jours ?

— Je crois, oui.

Nick sentit une vague de plaisir l'envahir. Il avait

réussi à manœuvrer Denny de manière à sortir gagnant.

— Alors, trouvez un motel. Et ne me passez pas un seul coup de fone; la ligne est probablement surveillée. Ils sont sans doute sur le point de passer à l'action en ce moment même.

— Paranoïaque, observa froidement Charley.

Elle leva son regard sur Nick, et... deux policiers vêtus d'uniformes noirs, les « pisseurs noirs », comme on les appelait, se trouvèrent dans l'appartement, sans s'être servis d'une clé ni avoir touché la poignée de la porte qui s'était rabattue comme par miracle pour leur livrer passage.

Le pisseur qui se tenait sur la gauche mit quelque chose sous les yeux de Nick.

— Ceci est-il une photographie de vous, monsieur?
— Oui.

Comment se l'étaient-ils procurée? Cette photo — un seul tirage — était toujours restée chez lui dans le tiroir du bas de sa penderie.

— Vous ne m'aurez pas! (Charley s'avança vers les policiers en élevant la voix.) Vous ne m'aurez pas! Sortez d'ici.

Les deux pisseurs noirs portèrent en même temps la main vers leurs pistolets laser réglementaires. De gros calibres.

Denny sauta sur le pisseur qui se tenait en retrait. Ils roulèrent à terre comme deux chats furieux en pleine mêlée.

Charley lança son pied dans l'entrejambe de l'autre pisseur puis, ramenant son bras en arrière, lui porta une manchette à la gorge. Tout s'était passé tellement vite que Nick n'avait pu distinguer qu'une vague image brouillée... A présent, le pisseur se tordait de douleur sur le sol en cherchant vainement à reprendre son souffle.

Au même instant, Denny se relevait vainqueur de son empoignade.

— Il y en a sûrement un autre en bas, ou alors sur la terrasse d'envol. Essayons plutôt la terrasse. Si on parvient à récupérer l'*Otarie*, on a une bonne chance de pouvoir semer leur squib. Vous saviez ça, Appleton ? Avec mon *Otarie*, je tape le 200 à l'heure et je peux prendre un vaisseau de patrouille.

Il se dirigea vers la porte, suivi d'un Nick abasourdi.

— Ils n'en avaient pas après toi, fit Denny en direction de Charley, tandis que l'ascenseur les menait vers la terrasse. C'est cet autre sainte nitouche-là qu'ils cherchaient.

— Oops, dit Charley. Alors, c'est lui que nous venons de sauver, et pas moi. Mais c'est qu'on devient quelqu'un d'important, voyez-vous ça ?...

— Si j'avais su que c'était vous qu'ils voulaient, fit Denny, je n'aurais pas bougé. Je vous connais même pas. Seulement quand j'ai vu l'autre sortir son feu, et qu'ils étaient des brigades spéciales, j'ai tout de suite compris qu'ils étaient là pour un snuffage. (Ses yeux bleus lancèrent un regard liquide, souriant.) Vous savez ce que j'ai là ?

Il porta la main à sa poche arrière et ramena un petit pistolet.

— Une arme d'autodéfense. Colt. Calibre 22. Court, mais une sacrée vitesse d'impact. Je n'ai pas eu le temps de m'en servir ; j'ai été pris au dépourvu. Mais à présent, c'est pas pareil.

Il garda le pistolet à son côté jusqu'à ce que l'ascenseur fût parvenu à la terrasse.

Nick se tourna vers Charley.

— N'y allez pas.

— Je sortirai d'abord seul, dit Denny. C'est moi qui ai le pistolet. Voilà l'*Otarie*, là-bas. Bon Dieu ! si jamais ils ont arraché les fils... Vaudrait mieux que ce putain de squib démarre, sans quoi je redescends flinguer ces deux pisseurs.

Il sortit de l'ascenseur.

Un pisseur noir caché derrière le véhicule pointa son rayon laser vers Denny en lui criant de s'arrêter.

— Holà ! occifier ! dit Denny d'un ton encourageant, levant les bras pour montrer qu'il n'avait pas d'arme — le pistolet était caché dans sa manche. Qu'est-ce qui se passe ? Je voulais juste aller m'offrir une petite balade.

Vous êtes encore en train de faire la chasse aux Cordoniens ? Vous ne savez pas que...

Le pisseur noir le tua avec son rayon laser.

Charley appuya sur le bouton PREMIER ETAGE du panneau de la cabine. Les portes se refermèrent. Elle pressa le bouton URGENCE. L'ascenseur tomba comme une pierre.

21

Quarante-quatre heures plus tard, à la minute près, Kleo Appleton tourna le bouton de son téléviseur. *Marjorie en société*, son feuilleton favori de l'après-midi, allait commencer. C'était une bonne petite préparation mijotée par des Nouveaux astucieux, et destinée à persuader les Ordinaires que leur sort n'était pas si malheureux... Mais lorsque l'écran s'alluma, au lieu des images attendues, Kleo ne vit qu'un labyrinthe de lignes zigzagantes. Les haut-parleurs quadriphoniques ne diffusaient qu'une friture indistincte.

Elle passa à une autre chaîne et obtint le même résultat.

Elle essaya les soixante-quatre chaînes l'une après l'autre : rien.

Elle se dit que Provoni ne devait pas être loin.

A ce moment, la porte de l'appartement s'ouvrit. Nick entra et se dirigea tout droit vers la penderie.

— C'est ça, n'oublie pas toutes tes belles nippes ! lança Kleo. Il y a aussi toutes tes affaires personnelles dans la salle de bains. Je peux te les emballer, si tu as une minute.

Elle ne ressentait aucune colère, seulement une vague inquiétude devant la décomposition de leur mariage et la fugue de Nick avec la petite Boyer.

— Très aimable à toi, dit Nick.

— Tu peux revenir quand tu veux. Tu as une clé : tu peux t'en servir à n'importe quelle heure du jour ou de la nuit. Aussi longtemps que je vivrai, il y aura un lit pour toi, ici. Pas *mon* lit, mais *un* lit pour toi tout seul. Comme ça tu pourras te sentir plus éloigné de moi. C'est bien ce que tu désires, n'est-ce pas ? T'éloigner de moi. Cette fille, Charlotte Boyer — ou est-ce que c'est Boyd ? — n'est qu'un prétexte. Tes rapports avec moi, voilà ce qui compte vraiment pour toi, même s'ils sont complètement négatifs, comme en ce moment. Tu verras, cette fille ne pourra rien t'apporter. Ce n'est rien d'autre qu'une croûte de maquillage. Comme un robot peinturluré pour avoir l'air humain.

— Pas un robot, un androïde. Et c'est faux. Elle est un champ de blé. Le pelage d'un renard. La lumière du soleil.

— Laisse quelques-unes de tes chaussures ici.

Elle s'efforçait de ne pas avoir l'air de l'implorer... Peine perdue.

— Tu n'as pas besoin de dix paires de chaussures. Prends-en juste deux ou trois. Tu veux bien ?

— Je suis désolé de te faire ça. Je suppose que tu as raison : je n'avais jamais jeté ma gourme et je suis en train de me rattraper.

— Tu te rends bien compte que Bobby va repasser un nouvel examen ? Dans les règles. Tu en es conscient ? Réponds-moi.

Nick s'était arrêté devant le téléviseur. Brusquement, il laissa tomber son ballot de vêtements et se précipita vers l'appareil.

— C'est la même chose sur toutes les chaînes, dit Kleo. Peut-être que c'est notre poste. Ou alors Provoni.

— Ça voudrait dire qu'il n'est plus qu'à cinquante millions de kilomètres de la Terre, peut-être moins.

— Comment as-tu fait pour trouver un appartement pour toi et... pour cette fille ? Tous ces réfugiés des camps de replacement doivent avoir pris jusqu'au dernier appartement libre des Etats-Unis...

— Pour l'instant, nous sommes chez des amis à elle.

— Pourrais-tu me donner l'adresse ? Ou le numéro de fone ? Au cas où j'aurais besoin de te joindre pour une raison importante. S'il arrive quelque chose à Bobby, tu voudras peut-être...

— Silence !

Nick s'était accroupi devant le téléviseur et regardait fixement l'écran. Le grondement des parasites avait brusquement cessé.

— Ça veut dire qu'il y a un émetteur qui fonctionne, dit Nick. Toutes les autres émissions étaient brouillées par Provoni, sans exception. A présent, il va sans doute essayer de prendre l'antenne.

Il se tourna vers sa femme, les joues en feu, les yeux écarquillés comme un gosse étonné. Ou comme un dément, pensa Kleo, vaguement inquiète.

— Tu n'as pas idée de tout ce que ça signifie, n'est-ce pas? demanda Nick.

— Ma foi, je veux bien croire que...

— Voilà la raison pour laquelle je te quitte. Tu ne comprends jamais rien à rien. Que représente le retour de Provoni à tes yeux? Dire qu'il s'agit de l'événement le plus important de l'histoire de l'humanité! Avec Provoni...

— L'événement le plus important de l'histoire de l'humanité, c'était la guerre de Trente Ans, dit Kleo, très sûre de son affaire car elle avait eu cette période de l'histoire occidentale au programme, à l'université.

Un visage parut sur l'écran. Menton saillant, lourdes arcades sourcilières et des yeux, petits et féroces, qui semblaient frappés au poinçon dans la pâte de l'enveloppe charnelle retenant on ne sait quelles ténèbres.

— Je suis Thors Provoni.

La voix leur parvenait avec une netteté encore plus grande que l'image vidéo.

— Je me trouve à l'intérieur d'un organisme conscient qui...

Kleo éclata de rire.

— La ferme! gronda Nick.

Kleo se mit à parodier l'image sur l'écran.

— Salut, la planète! Je vais bien, merci, et j'habite dans un vers géant. Non, vraiment, ça me fait penser à...

La violence de la gifle projeta Kleo en arrière. Nick reporta son attention sur l'écran.

— ... dans trente-deux heures environ, continuait la voix enrouée de Provoni.

Le voyageur semblait marqué par l'épuisement à un degré que Nick n'avait jamais constaté chez aucun être humain. Il parlait avec de lourds efforts, comme si chaque mot lui coûtait un peu du restant de son énergie vitale.

— ... notre écran antimissile a repoussé plus de soixante-dix engins de types divers. Le corps de mon ami entoure notre vaisseau. Il... (Ici, Provoni prit une profonde inspiration et frissonna.) il s'occupe d'eux.

Nick se tourna vers Kleo, qui se frottait la joue, encore étourdie.

— Trente-deux heures. Seulement trente-deux heures avant de se poser. Il est si près que ça ? Tu as entendu ?

Sa voix était au bord de l'hystérie.

Les yeux de Kleo s'embuèrent de larmes ; elle lui tourna le dos sans répondre et courut s'enfermer dans la salle de bains.

Nick courut après elle en jurant et se mit à tambouriner sur la porte.

— Sacré bon sang ! Nos vies dépendent de ce que va faire Provoni ; et tu ne veux même pas écouter !

— Tu m'as frappée !

— Incroyable !

Nick, découragé, revint en courant devant son téléviseur. L'image avait disparu et l'on n'entendait plus, de nouveau, que le grondement des parasites. Puis, par degrés, les émissions normales reprirent leur cours.

Sir Herbert London, commentateur politique numéro un de la N.B.C. était à présent sur l'écran.

— Nos émissions ont été suspendues pendant deux heures, disait-il de sa voix apaisante, mi-ironique, mi-innocente, de même que celles de tous les émetteurs vidéo sur la planète, y compris les circuits privés tels que ceux utilisés par la police. Autrement dit, nous nous sommes trouvés pendant cette période privés de tout moyen de communication vidéo. A l'instant même, vous venez d'entendre Thors Provoni — ou quelqu'un se faisant passer pour lui — informer le monde entier que son vaisseau, le *Dinosaure gris*, se posera en plein centre de Times Square dans trente-deux heures.

Sir Herbert se tourna vers son collègue des informations Dave Christian avant de poursuivre :
— Est-ce que Thors Provoni, si c'était bien lui, ne vous a pas paru extrêmement fatigué ? Tout en l'écoutant et en observant son visage — l'émission vidéo n'était pas aussi nette que l'émission radio, mais je suppose que c'est tout à fait normal —, j'ai eu la très nette impression de me trouver devant un homme totalement épuisé, un homme qui a perdu la partie et en est parfaitement conscient. Je ne vois pas comment Provoni pourrait se livrer à une action politique de quelque envergure à moins de prendre un long, un très long repos.
— Eh bien, merci, Herb. Vous avez tout à fait raison. Cependant, il est permis de se demander si la direction des affaires (si un tel terme a bien sa place ici) ne sera pas plutôt assumée par l'étranger qui accompagne Provoni...
— Pour ceux d'entre vous qui l'ignorent encore, ou qui l'auraient oublié, enchaîna sir Herbert, Thors Provoni a quitté la Terre il y a dix ans à bord d'un vaisseau commercial doté d'un moteur super-C, qu'il avait lui-même modifié. Nous nous trouvons donc dans la plus totale ignorance des performances dont il est capable. Quoi qu'il en soit, le voici de retour, en compagnie du ou des extra-terrestres qu'il s'était promis de ramener afin de venir en aide aux milliards d'Ordinaires victimes, selon lui, d'un traitement inique.
— En effet, Herb, reprit Dave Christian, les sentiments extrêmes de Provoni à ce sujet étaient bien connus. Ne soutenait-il pas, contre l'absence de toute preuve réelle à laquelle avait conclu une enquête officielle, que les examens d'entrée dans l'Administration étaient truqués ? Je crois que nous pouvons sans nous tromper parler de l'absence de fondement de ces accusations. En revanche, ce dont nous ignorons tout — et c'est peut-être à l'heure actuelle la question vitale —, c'est l'éventualité d'une négociation entre Provoni d'une part, le Conseil extraordinaire de sécurité publique et le président Gram d'autre part. En d'autres termes, ces gens seront-ils disposés à venir s'asseoir — en

supposant que cet extra-terrestre soit capable de s'asseoir (rire) — autour d'une table de conférence ? Ou bien faut-il s'attendre à une attaque dans trente-deux heures ? Provoni nous a en somme mis dans la confidence en nous révélant que le gouvernement a ordonné l'envoi d'un nombre assez important de missiles, mais sans...

— Hum, Dave, si je puis me permettre de vous interrompre : l'affirmation de Provoni selon laquelle lui et son allié extra-terrestre auraient détruit un certain nombre de missiles de types différents n'a peut-être aucune base. On peut s'attendre à un démenti de la part du gouvernement. Le « succès » remporté par Provoni contre des missiles présumés n'est peut-être qu'un simple acte de propagande destiné à ancrer dans les esprits l'idée que Provoni et ses alliés possèdent des moyens techniques supérieurs aux nôtres...

— Le fait qu'il ait été capable de brouiller les émissions vidéo sur toute la planète dénote tout de même une certaine puissance, reprit Dave Christian. L'effort a dû être considérable, et cela pourrait expliquer en partie la fatigue évidente de Provoni. (Le speaker remua quelques papiers.) Pendant ce temps, sur toute la surface de la Terre, des rassemblements s'organisent en vue de l'arrivée de Provoni — et de ses partenaires. Des réunions ont été prévues dans chaque ville. Cependant, à présent que Provoni a dévoilé son intention de se poser à Times Square, c'est à cet endroit que l'on peut s'attendre à trouver le plus gros attroupement... Des gens venus là en raison de leurs convictions de Résistants, d'autres par simple curiosité ; sans doute pour la seconde raison dans la plupart des cas.

— Ecoute un peu la manière dont ils déforment les nouvelles sans en avoir l'air, dit Nick. *Simple curiosité*. Comme si le gouvernement ignorait que, du seul fait de son retour, Provoni a déclenché une révolution... Les camps sont vides, les examens ne sont plus truqués.

Il s'interrompit, saisi par une brusque pensée. Peut-être Gram va-t-il tout bonnement capituler. Voilà une chose à laquelle ni lui ni personne d'autre à sa connaissance n'avait pensé. La capitulation pure et simple, totale, immédiate. Les rênes du gouvernement entre les mains de Provoni et de ses amis.

Oui, mais ça ne ressemblait pas à Willis Gram. Gram était un lutteur, un homme qui avait empilé les cadavres sous lui pour se hisser au sommet. Il doit être en train de chercher quelle tactique adopter en ce moment précis. Toute la puissance de feu des forces armées va être concentrée sur ce seul point : un vaisseau vieux de dix ans, un vieux tas de ferraille... mais peut-être n'était-ce plus cela du tout. Peut-être à présent le *Dinosaure* brillait-il de l'éclat d'un Dieu rendu visible dans le miroitement du soleil.

— Je resterai enfermée dans cette salle de bains jusqu'à ce que tu sois parti, renifla Kleo derrière sa porte bouclée.

— Comme tu veux.

Nick ramassa son ballot de vêtements et se dirigea vers l'ascenseur.

— Je suis Amos Ild, dit l'homme à la tête d'hydrocéphale soutenue par de minces tubes d'un plastique particulièrement solide.

Il était grand, pâle et chauve.

Gram et lui se serrèrent la main. Sa paume est humide et froide comme ses yeux, pensa le président. Puis, cela le frappa : il ne cille jamais. Bon sang ! il s'est fait enlever les paupières. Il travaille sans doute vingt-quatre heures sur vingt-quatre en prenant des pilules. Pas étonnant que Grande Oreille avance si bien.

— Asseyez-vous, Mr Ild, dit Gram. C'est très aimable à vous d'avoir bien voulu vous rendre ici. Nous savons combien votre temps est précieux.

— Les officiels qui m'ont amené jusqu'ici, fit Amos Ild de sa petite voix aiguë, m'affirment que Thors Provoni est de retour et qu'il atterrira dans moins de vingt-quatre heures. Voilà sans doute qui est plus important que Grande Oreille. Veuillez me mettre au courant de tout ce que l'on sait sur les extra-terrestres contactés par Provoni, ou me fournir les documents à cet effet.

— Ainsi, vous croyez qu'il s'agit bien de lui, et qu'il

est réellement accompagné d'un extra-terrestre — ou d'une bande? demanda Willis Gram.

— Statistiquement et selon le troisième ordre de la neutrologique, l'analyse doit conduire à une telle supposition. C'est probablement Provoni; il est probablement accompagné d'un ou de plusieurs extra-terrestres. J'ai entendu dire qu'il avait brouillé tous les programmes vidéo; puis qu'il avait lui-même émis par ce moyen aussi bien que par simple radio. Qu'y a-t-il d'autre?

— Les missiles qui atteignent son vaisseau n'explosent pas, répondit Gram.

— Même ceux dont le détonateur ne se déclenche pas au contact, mais à la proximité?

— Même ceux-là.

— Et il est resté dans l'hyperespace plus de quinze minutes?

— Oui.

— Alors, on doit inférer qu'un extra-terrestre se trouve à ses côtés.

— Il a affirmé pendant son apparition à la télévision que l'extra-terrestre enveloppait son vaisseau; qu'il formait un abri, en quelque sorte.

— Comme une mère poule couvant ses œufs, dit Amos Ild. Voilà ce à quoi nous pourrions être réduits sous peu : des œufs non éclos couvés par un poulet cosmique.

— On m'a recommandé de tous côtés de vous consulter sur la conduite à suivre, fit Gram.

— Il faut le détruire. Concentrez toutes vos...

— Nous ne sommes pas capables de le détruire. Ce que j'attends de vous, c'est que vous me disiez comment nous devrions réagir lorsque Provoni se posera et sortira du vaisseau. Faudrait-il faire une dernière tentative, lorsqu'il sera à l'extérieur, là où l'extra-terrestre ne pourra plus le protéger? Ou bien s'arranger pour l'attirer ici, dans ce bureau, seul parce que l'autre ne pourrait pas le suivre?

— Pourquoi ne le pourrait-il pas?

— S'il a enveloppé le vaisseau de Provoni, il doit peser des tonnes. L'ascenseur ne pourrait pas le supporter.

— Mais n'aurait-il pas pu envelopper le vaisseau à la manière d'un voile léger ? Avez-vous calculé le poids de l'astronef, sa masse ?

— Naturellement. Tenez, les voici.

Gram fouilla parmi une pile de rapports et en retira un qu'il tendit à Ild.

— Cent quatre-vingt-trois millions de tonnes. Non, il ne s'agit pas d'un « voile léger ». Sa masse doit être énorme. Je crois comprendre que Provoni atterrira à Times Square. Il nous faudra envoyer des brigades d'intervention pour faire évacuer le terrain à l'avance. Cela s'impose de toute évidence.

— Et pourquoi ? S'il n'a pas de place pour se poser ailleurs que sur la tête de ses partisans, qu'est-ce que cela peut nous faire ? Ils savent que Provoni va atterrir ; ils savent ce qu'est une rétrofusée : s'ils sont trop bêtes pour...

— Si vous désirez vous assurer ma collaboration, coupa Ild, vous devrez faire exactement ce que je vous dirai. Vous ne consulterez aucun autre conseiller que moi-même ; vous ne chercherez pas à tirer vos propres conclusions. En pratique, je prendrai la place du gouvernement jusqu'à ce que cette crise soit résolue ; mais, naturellement, chaque décret publié portera votre signature. Je tiens tout particulièrement à ce que vous vous absteniez de consulter Barnes, le directeur de la police. Ceci vaut également pour le Conseil extraordinaire de sécurité publique. Je serai avec vous vingt-quatre heures sur vingt-quatre jusqu'à la fin de cette histoire. Je vois que vous avez remarqué que je n'ai plus de paupières. En effet, je prends du sulfate de zaramide. Je ne dors jamais ; je ne peux pas me le permettre. Trop de choses restent à faire. Vous cesserez également de prendre l'avis du premier hurluberlu qui passe à votre portée, comme vous en avez l'habitude. Je serai dorénavant votre seul conseiller, et si ces termes ne vous conviennent pas, je retourne à Grande Oreille.

— Seigneur ! gémit Gram.

Il se brancha sur le cerveau d'Amos Ild, en quête d'informations complémentaires. Les pensées du savant étaient le reflet absolument fidèle des paroles qu'il venait de prononcer. Le cerveau d'Ild ne fonctionnait pas comme celui des autres hommes : il ne pensait rien de plus que ce qu'il disait.

Une idée germa soudain dans le propre esprit de Gram. Quelque chose qui avait échappé à Ild. Le savant serait son *conseiller*, mais il n'avait à aucun moment précisé que Gram *devrait suivre ses conseils.* Le président n'avait nulle autre obligation que celle de l'écouter.

— Toutes vos paroles ont été enregistrées, dit-il à Ild. En fait, toute notre conversation. Un serment oral a valeur légale; voir jugement dans l'affaire Cobbs contre Blaine. Je jure de m'en tenir à vos termes. Quant à vous, vous devez promettre de me réserver toute votre attention. Pendant toute la durée de cette crise, vous n'aurez pas d'autre employeur que moi-même. Nous sommes bien d'accord?

— D'accord, répondit Ild. A présent, donnez-moi tous les renseignements que vous possédez au sujet de Provoni : éléments biographiques, dissertations faites alors qu'il était étudiant, bulletins d'information... Je veux que tout élément nouveau me soit communiqué ici même dès l'instant où il sera capté par les médias. Qu'on canalise tout vers moi; je déciderai alors s'il y a lieu de rendre telle ou telle nouvelle publique, ou quelles autres mesures prendre.

— Mais vous ne pouvez rien dissimuler : Provoni s'empare directement de nos stations...

— Je sais cela. Je voulais parler de toute information autre que les discours télévisés de Provoni. (Ild réfléchit un moment.) Demandez à vos techniciens de repasser la première intervention vidéo de Provoni. Je désire la voir moi-même, tout de suite.

Après quelques instants, l'écran à l'autre bout de la pièce s'alluma, on entendit le grondement des parasites... puis plus rien et le visage massif, aux traits tirés, de Provoni finit par apparaître. Sa voix retentit...

— Je suis Thors Provoni. Je me trouve à l'intérieur d'un organisme conscient qui ne m'a pas absorbé, mais qui me protège tout comme il vous protégera bientôt. Dans trente-deux heures environ, sa protection sera ressentie sur toute la Terre, mettant un terme à l'état de guerre. Jusqu'à présent, notre écran antimissile a repoussé plus de soixante-dix engins de types divers. Le corps de mon ami entoure le vaisseau. Il... (pause, frisson)... s'occupe d'eux.

— Ça, on ne peut pas dire le contraire, fit Gram à haute voix.

— Ne craignez aucune espèce d'affrontement physique, continua Provoni. Nous ne ferons de mal à personne, et personne ne peut nous atteindre. Je m'adresserai de nouveau à vous (la fatigue lui coupait la respiration; il avait le regard fixe) dans quelque temps. L'image disparut.

Amos Ild se gratta le nez, qu'il avait plutôt long, et dit :

— Le voyage prolongé dans l'espace l'a presque tué. C'est sans doute l'extra-terrestre qui le maintient en vie; sans lui il périrait. Peut-être s'attend-il que Cordon prononce des discours. Savez-vous s'il est au courant de la mort de Cordon ?

— Il se peut qu'il ait capté un bulletin d'information, concéda Gram.

— Tuer Cordon était une bonne chose. De même que l'ouverture des camps et l'amnistie générale. Cela aussi, c'était bien. Les Ordinaires ont été amenés à un mauvais calcul : ils se sont imaginé avoir gagné quelque chose, alors que la mort de Cordon pèse beaucoup plus lourd dans la balance que l'ouverture des camps.

— Croyez-vous, demanda Gram, que l'extra-terrestre soit comme une de ces choses qui se posent comme des araignées sur votre nuque et creusent un trou dans les ganglions supérieurs de votre système nerveux, de manière à pouvoir vous manœuvrer comme une marionnette ? Dans les années 1950, il y avait un livre très célèbre dans lequel ces créatures poussaient les gens à...

— Etait-ce fait sur une base individuelle ?

— Individuelle ? Ah ! vous voulez dire un parasite par personne ? Oui, c'était cela.

— De toute évidence, leur action reposera sur une

base collective, reprit Ild, songeur. Comme une bande qu'on efface. Toute la bande d'un coup.

Le savant s'assit tout en soutenant de ses mains son énorme tête en équilibre.

— Je vais partir du principe qu'il s'agit d'un bluff, dit-il lentement.

— Vous voulez dire qu'il n'y a pas d'extra-terrestre ? Il ne ramène personne avec lui ?

— Il est revenu avec « quelque chose », expliqua Ild. Mais, jusqu'à présent, tous les phénomènes que nous avons constatés pourraient avoir été provoqués par des moyens purement techniques. La neutralisation des missiles, le brouillage des circuits télé : tout ceci peut être dû à divers gadgets qu'il aurait ramassés dans quelque planète d'une autre galaxie. De même pour la coque de son astronef, trafiquée de manière à permettre une traversée de l'hyperespace... peut-être même un séjour permanent si cela lui chante. Quant à moi, je vais m'en tenir au choix fixé par la neutrologique : nous n'avons pas vu d'extra-terrestre, donc nous devons supposer qu'il n'y en a probablement pas, jusqu'à preuve du contraire. Le probablement est important; mais je suis forcé de m'en tenir dès maintenant à une hypothèse précise de manière à pouvoir organiser notre défense.

— Mais Provoni prétend qu'il n'y aura pas d'affrontement...

— De sa part, non. De la nôtre, oui. Assurément. Voyons un peu... Le plus grand complexe de rayons laser de la côte Est se trouve à Baltimore. Pouvez-vous le faire amener à New York et mettre en batterie à Times Square dans le délai prévu de trente-deux heures ?

— La chose doit être possible; mais nous avons déjà utilisé des rayons laser contre son vaisseau, apparemment sans résultat.

— La puissance d'un équipement laser mobile tel qu'en possèdent les vaisseaux de guerre est insignifiante en comparaison de celle d'un vaste complexe tel que celui de Baltimore. Voulez-vous bien prendre votre fone et donner les instructions nécessaires sans plus tarder ? Trente-deux heures ne seront pas de trop.

L'idée semblait bonne. Gram prit la ligne 4 et appela Baltimore sur l'inter.

Tandis qu'il communiquait ses instructions aux techniciens responsables du système laser, Amos Ild l'observait en se massant la tête, sans perdre une miette de ses paroles.

— Bien, dit le savant lorsque Gram eut raccroché. Je me suis livré à un calcul de probabilités sur les chances que Provoni avait de découvrir quelque part une civilisation possédant une avance scientifique suffisante sur nous pour pouvoir nous imposer ses vues politiques. Jusqu'à présent, les voyages intersidéraux n'ont permis de localiser que *deux* civilisations de ce type; encore n'avaient-elles guère plus d'un siècle d'avance sur nous... A présent, remarquez bien le fait que Provoni est revenu à bord du *Dinosaure gris*. C'est important, car s'il avait réellement rencontré une race supérieure, il serait sans nul doute revenu en compagnie de ses alliés avec *un ou plusieurs de leurs vaisseaux.* Or, regardez Provoni; notez sa fatigue. Il est presque aveugle; sa vie ne tient qu'à un fil. Non, croyez-moi, un raisonnement neutrologique conclut au bluff. Il lui aurait été si simple de prouver le contraire en revenant à bord d'un vaisseau étranger... De plus (Amos Ild eut un méchant sourire) nous aurions sans doute eu droit à toute une flotte, par manœuvre d'intimidation. Vraiment, le retour du même astronef, la mine de Provoni sur l'écran...

Ild n'acheva pas. L'effort de concentration faisait frémir son énorme tête; les veines saillaient sur son crâne chauve.

— Vous vous sentez bien ? demanda Gram.

— Oui, oui. Je suis en train de démêler un certain nombre de problèmes. Veuillez rester tranquille un petit moment.

Le regard fixe des yeux sans paupières mettait Gram mal à l'aise. Le président essaya de s'immiscer dans l'esprit d'Ild mais, comme cela se produisait si souvent avec les Nouveaux, il y trouva des processus mentaux qu'il n'était pas en mesure de suivre. Il ne s'agissait même plus d'un langage mais d'une sorte d'interpolation de symboles arbitraires en constant mouvement... Gram s'avoua vaincu.

— J'ai réduit les probabilités à zéro par la neutrologique, fit soudain Amos Ild. Il n'y a pas d'extra-terrestre avec lui et la seule menace dont il dispose est constituée par l'équipement technique dont l'a doté quelque race hautement évoluée.

— Vous en êtes tout à fait sûr ?

— Neutrologiquement, il ne s'agit pas d'une certitude relative mais d'une certitude absolue.

— La neutrologique vous permet une telle affirmation ? demanda Gram, impressionné. Au lieu de vous livrer à une estimation dans une fourchette type 30-70 ou 20-80, comme un précog qui ne peut que fournir des probabilités parce qu'il existe toute une gamme de futurs possibles, vous êtes capable d'avancer un zéro absolu ? Mais alors, nous avons seulement besoin d'atteindre *Provoni lui-même.* Un seul homme.

Il voyait à présent la raison du déplacement de l'équipement laser de Baltimore.

— Il sera armé, dit Ild. Il faut compter avec l'armement lourd dont sera équipé l'astronef aussi bien qu'avec des armes individuelles. Et il dispose sans doute d'un bouclier de protection qui se déplace avec lui. Nous garderons le canon laser de Baltimore pointé sur lui jusqu'à ce qu'il puisse pénétrer son bouclier. Alors, il mourra. Des foules d'Ordinaires le verront mourir. Cordon, lui, est déjà mort. Nous approchons de la fin. Dans trente-deux heures, tout sera peut-être réglé.

— Et je retrouverai l'appétit, conclut Gram.

— J'ai l'impression que vous ne l'aviez jamais perdu, fit Ild avec l'ombre d'un sourire.

Eh bien, moi, se dit Gram, je n'ai pas trop confiance dans cette histoire de « zéro absolu » ni dans toute leur neutrologique — peut-être parce que je n'y comprends rien. Comment peuvent-ils soutenir qu'un événement situé dans le futur *doit* se produire ? Tous les précogs à qui j'ai eu l'occasion de parler affirment que chaque instant de la chaîne temporelle recèle des centaines de possibilités... mais bien sûr, n'étant pas Nouveaux, ils ne comprennent rien non plus à la neutrologique.

Il décrocha un de ses fones.

— Miss Knight, convoquez-moi tous les précogs que vous pourrez joindre, disons dans les vingt-quatre heures, et mettez-les en réseau par le truchement de télépathes. Puisque je suis moi-même télépathe, je contacterai ainsi tous les précogs et je verrai s'ils peuvent fournir ainsi un bon indice de probabilité. Mettez-vous sur ce travail immédiatement; il faut que tout soit réglé aujourd'hui.

Il raccrocha.

— Vous venez de violer notre accord, dit Amos Ild.

— Je voulais juste intégrer les précogs à travers les télépathes et obtenir leur... (il marqua un temps d'arrêt) leur opinion.

— Rappelez votre secrétaire et dites-lui d'annuler l'opération.

— Suis-je obligé ?

— Non, mais si vous ne le faites pas, je retourne à mon travail sur Grande Oreille. A vous de décider.

Gram reprit son fone.

— Miss Knight, j'annule mes instructions concernant les précogs.

Il raccrocha d'un air morose. Extraire des renseignements de l'esprit des autres était son principal modus operandi dans l'existence. C'était dur d'abandonner.

— Si vous revenez aux précogs, fit Ild, vous allez vous retrouver avec des probabilités. Ce serait un retour à la logique du xxe siècle, un saut en arrière d'au moins deux cents ans.

— Tout de même, si je relie dix mille précogs par des t.k. ...

— Vous n'en sauriez pas plus que ce que je vous ai déjà appris.

— N'en parlons plus.

Gram avait élu Amos Ild comme sa source privilégiée de renseignements et de conseils, et c'était sans doute ce qu'il avait de mieux à faire. Mais tout de même, dix mille précogs... Enfin, tant pis, se dit-il. D'ailleurs, je n'aurais sans doute pas eu le temps. Vingt-quatre heures — autant dire rien. Il leur aurait fallu se réunir en un même endroit et le délai n'était sans doute pas suffisant, malgré toutes les commodités des transports suburbains modernes.

— Allez-vous vraiment rester dans mon bureau sans un instant de répit pendant toute la durée de la crise ? demanda Gram.

— Je veux tous les éléments d'information biographique sur Provoni, ainsi que toutes les autres choses que j'ai énumérées, répondit Ild d'une voix qui trahissait l'impatience.

Avec un soupir, Willis Gram appuya sur le bouton qui le mettait en communication avec tous les ordinateurs importants à travers le monde. C'était un circuit qu'il utilisait rarement ; pour ainsi dire jamais.

— Provoni virgule Thors, dit-il. Toutes les informations, puis une synthèse selon le degré de pertinence. Vitesse maximum, si possible. Ceci passe en priorité sur tout autre problème, se souvint-il d'ajouter. (Il relâcha le bouton, s'éloigna du micro et se tourna vers Ild.) Cinq minutes, dit-il.

Quatre minutes et demie plus tard, une liasse de papiers se déversa d'une ouverture dans son bureau : le dossier chronologique de toutes les informations. Puis, en rouge, le résumé : une ou deux pages.

Gram tendit le tout à Ild sans même y jeter un coup d'œil. Lire encore quelque chose sur Provoni ne l'enchantait pas : il en avait lu, vu et entendu assez comme cela depuis quelques jours.

Ild commença par lire très rapidement le résumé.

— Eh bien ? demanda Gram. Vous avez livré votre pronostic sans aucun document. Est-ce que le fait d'avoir le dossier sous les yeux modifie votre neutrologique de quelque manière ?

— C'est un comédien, dit Ild. Comme beaucoup d'Ordinaires qui sont intelligents, mais pas tout à fait assez pour entrer dans l'Administration. C'est un faiseur.

Il laissa tomber le résumé et s'attaqua à l'épaisse

liasse de documents, lisant à la même vitesse qu'auparavant. Soudain, il fronça les sourcils. La grande tête en forme d'œuf se mit une fois de plus à osciller, et Ild porta pensivement la main à son crâne afin d'interrompre cette danse bizarre.

— Qu'y a-t-il ? demanda Gram.

— Un petit détail. Petit ? (Ild se mit à rire.) Provoni a refusé de passer l'examen d'entrée dans l'Administration. A aucun moment il n'en est fait mention.

— Et alors ?

— Je ne sais pas. Peut-être devinait-il qu'il échouerait. Ou bien (il jouait avec les feuilles d'un air songeur) peut-être savait-il qu'il serait reçu ? (Les yeux sans paupières se fixèrent sur Gram.) Peut-être est-il un Homme Nouveau. Nous ne pouvons pas savoir.

Le savant empoigna toute la liasse de documents d'un geste impatient.

— Ce n'est pas là-dedans, en tout cas. Pas la moindre trace d'un examen passé par Provoni, à *aucun* moment, dans ces papiers.

— Pourtant, les examens obligatoires...

— Comment ?

— A l'école, tout le monde passe un examen obligatoire. Il s'agit de tests d'aptitude et de quotient intellectuel destinés à orienter les études des élèves. Provoni a dû en subir tous les quatre ans, dès l'âge de trois ans.

— Aucune trace ici.

— S'ils n'y sont pas, c'est que Provoni ou l'un de ses partisans à l'Education les a fait retirer.

— Je vois, fit Ild au bout d'un moment.

— Désirez-vous reprendre votre pronostic à propos du « zéro absolu » ? demanda aigrement Willis Gram.

— Oui, répondit Amos Ild au bout d'un moment, d'une voix grave et mesurée.

22

— Je me fous des autorités, dit Charlotte Boyer. Je serai à Times Square quand il se posera. (Elle jeta un coup d'œil sur sa montre.) Dans deux heures.

— Vous ne pouvez pas, dit Nick. L'armée et la P.I.S...

— J'ai entendu le speaker de la télé aussi bien que vous. « Une foule énorme et très dense d'Ordinaires, qui se chiffrent sans doute par millions, converge en ce moment vers Times Square. » Voyons, comment a-t-il tourné cela ? « Pour leur propre protection, les nouveaux arrivants sont évacués par héli vers des endroits plus sûrs. » Comme l'Idaho, par exemple. Saviez-vous qu'il est impossible de trouver un restaurant chinois à Boise, Idaho ? (Charlotte se leva et se mit à arpenter la pièce.) Excusez-moi, dit-elle à Ed Woodman, le propriétaire de l'appartement où elle s'était réfugiée avec Nick. Qu'est-ce que vous disiez ?

— Regardez la télé, dit Woodman. Ils embarquent tous ceux qu'ils trouvent aux abords de Times Square dans ces fichus transports 4-D, les plus gros, et ils les emmènent hors de la ville.

— Mais les gens continuent à venir, dit Elka, la femme de Woodman. Il en arrive plus qu'on n'en éloigne.

— Je veux y aller, dit Charley.

— Regardez plutôt à la télé, dit Ed.

C'était un homme qui devait avoir dépassé la quarantaine. Sous son aspect massif et débonnaire, il avait l'air de garder l'esprit constamment en éveil. Nick n'avait pas eu à se plaindre de ses conseils.

Sur l'écran, le speaker parlait toujours.

— Les rumeurs selon lesquelles le plus grand canon à rayon laser de l'Est des Etats-Unis aurait été amené de Baltimore et mis en batterie non loin de Times Square semblent bien être fondées. A dix heures ce matin, heure de New York, un chargement volumineux, ressemblant selon les observateurs à un système laser complet, a été déposé par voie aérienne sur le toit de l'immeuble Shafter, lequel offre comme on sait un point de vue sur Times Square. Si les autorités — j'insiste bien : il s'agit d'une hypothèse —, si les autorités, donc, désiraient utiliser un puissant rayon laser contre Provoni ou son astronef, le choix de cet emplacement serait plus que probable.

— Ils ne peuvent pas m'empêcher d'aller là-bas, dit Charley.

Ed Woodman pivota sur sa chaise tournante de manière à lui faire face.

— Et comment, qu'ils le peuvent ! dit-il. Ils utilisent des gaz tranquillisants. Ils mettent tout le monde K.O. et hop ! ils les balancent dans leurs gros 4-D comme autant de quartiers de bœuf.

— Sans aucun doute, disait le speaker sur l'écran, l'ultime confrontation aura lieu à l'instant où Provoni, ayant posé son astronef — en admettant qu'il y parvienne —, se montrera à la foule de ceux qu'il pense être ses adorateurs. Sa déconvenue risque d'être, disons le mot, fort amère. Que trouvera-t-il, en effet, sinon des forces de police et des barrages mis en place par l'armée ? (Le speaker se tourna vers son partenaire avec un sourire professionnel.) N'est-ce pas votre avis, Bob ?

Bob Grinwald, autre figure parmi la galerie apparemment infinie des présentateurs de télévision, prit la parole.

— Eh bien, c'est en effet une grosse déception qui attend Provoni à son arrivée. Personne — je dis bien : absolument personne — ne sera autorisé à s'approcher de son vaisseau.

— S'il y a un accueil en fanfare, reprit le premier speaker, il s'agira plus vraisemblablement de celui du canon laser installé sur la terrasse de l'immeuble Shafter.

Nick n'avait pas saisi le nom du personnage, mais c'était sans importance. Tous ces présentateurs étaient interchangeables : même élégance impeccable, même surface lisse et impénétrable, même détachement que ne saurait venir entamer la pire des catastrophes qu'ils pourraient avoir à annoncer. Ils ne se départaient de cette attitude que pour un occasionnel sourire sarcastique, comme en ce moment.

— J'espère que Provoni rasera New York, dit Charley.

— Avec ses soixante-dix millions d'Ordinaires ? demanda Nick.

— Vous êtes trop féroce, Charlotte, dit Ed Woodman. Si les extra-terrestres sont venus pour détruire les villes, ils risquent plutôt de frapper les Ordinaires que les Hommes Nouveaux, qui sont bien tranquilles à la campagne en train de flotter sur leurs radeaux aériens. Ça ne serait pas tellement le but recherché par Provoni. Non, croyez-moi, ce n'est pas après les villes qu'ils en ont; c'est après l'appareil politique, la machine du pouvoir.

— Si vous étiez un Nouveau, Ed, est-ce que vous vous sentiriez mal à l'aise en ce moment ? demanda Nick.

— Je me sentirais nerveux si ce canon laser restait sans effet sur lui, dit Ed. A vrai dire, je me sentirais nerveux de toute façon. Mais pas de la même nervosité qu'un Homme Nouveau; ça non. Si *moi*, j'étais un Nouveau ou un Exceptionnel, et que je constate que le rayon laser ne peut rien contre Provoni, je chercherais un trou où me terrer, parce que je saurais que je n'aurais pas le temps de m'enfuir. Mais les vrais Nouveaux, les vrais Exceptionnels ne raisonnent sans doute pas de cette manière. Ils sont au pouvoir depuis si longtemps que l'idée d'aller se terrer quelque part, au sens littéral, matériel, ne leur viendrait sans doute même pas à l'esprit.

— S'ils donnaient vraiment toutes les nouvelles, fit remarquer Elka, l'air sévère, ils parleraient du nombre de Nouveaux et d'Exceptionnels qui ont quitté New York dans les dernières huit ou neuf heures. Il suffit de regarder.

Elle étendit le bras vers la fenêtre. Une multitude de petits points obstruait l'horizon : des squibs fusant de toutes parts en provenance de la partie basse de la ville, leur vieux repaire traditionnel.

— Jetons à présent un coup d'œil sur le reste de

l'actualité, continua le speaker. On apprend de source officielle qu'Amos Ild, le chercheur Nouveau bien connu, constructeur de Grande Oreille, la première entité télépathique électronique, vient de se voir confier par Mr Willis Gram un poste de « conseiller personnel du président ». Un avis en provenance de l'immense immeuble fédéral de Washington...

Ed Woodman éteignit le poste.

— Pourquoi as-tu fait ça ? demanda sa femme.

Elka Woodman ressemblait à Charley par certains côtés, remarqua Nick. C'était une femme grande et mince aux cheveux roux tombant sur les épaules. Elle était vêtue d'un pantalon bouffant et d'un corsage à mailles ressemblant à un filet de pêche. Charlotte et elle, devait apprendre Nick, se connaissaient depuis les petites classes à l'école.

— Amos Ild, fit Woodman. Voilà un drôle de numéro. Ça fait des années que je m'intéresse à lui. Dame, il est considéré comme l'un des trois ou quatre plus brillants esprits de tout le Système Sol. *Personne* n'est capable de comprendre sa pensée, excepté peut-être les deux ou trois individus de son niveau — disons qui approchent de son niveau. C'est un dingue.

Woodman accompagna sa conclusion du geste approprié.

— Nous n'en savons rien, dit Elka. Nous ne pouvons pas suivre leur neutrologique.

— Mais les Hommes Nouveaux eux-mêmes n'arrivent pas à le comprendre...

— C'était la même chose pour Einstein et sa théorie du champ unifié, fit remarquer Nick.

— La théorie d'Einstein était compréhensible, abstraitement, mais il a fallu vingt ans pour la *prouver*.

— Eh bien, quand Grande Oreille sera terminée, nous serons fixés au sujet d'Ild, dit Elka.

— Nous n'aurons pas à attendre jusque-là, dit Ed. Il suffira de suivre les décisions que va prendre le gouvernement à propos de l'affaire Provoni.

— Vous n'avez jamais fait partie des Résistants, Ed, dit Nick.

— J'ai bien peur que non. Pas assez d'estomac.

Charley intervint dans la conversation.

— Est-ce que cela ne vous donne pas envie de vous battre ?

— Me battre ? Contre le gouvernement ? La P.I.S. ? L'armée ?

— Mais avec une aide de notre côté, dit Nick. L'aide des extra-terrestres que ramène Provoni — à ce qu'il dit, du moins.

— C'est probablement vrai, dit Ed Woodman. Ça n'aurait aucun sens de revenir sur Terre les mains vides.

— Prenez votre manteau, dit Charley à Nick. Nous allons à Times Square ; ou bien alors c'est fini entre nous.

Elle prit sa veste de cuir, marcha jusqu'à la porte de l'appartement, l'ouvrit et se tint dans l'embrasure.

— Partez donc, dit Ed Woodman. Vous pourrez voler un peu dans le quartier, jusqu'à ce qu'un héli de l'armée ou de la P.I.S. vous mette le grappin dessus. Ils soumettront le nom de Nick à leurs ordinateurs et ils s'apercevront qu'il est inscrit sur la liste de snuffage des pisseurs noirs. Comme ça, son compte sera réglé et vous n'aurez plus qu'à rentrer ici toute seule.

Charley pivota comme sur un axe, revint dans la pièce et raccrocha sa veste. Ses lèvres se retroussèrent comme pour esquisser une moue, mais elle dut finalement se rendre à la raison. Après tout, c'était bien à cause de cela qu'ils avaient dû chercher refuge ici, chez des amis qu'elle n'avait pas vus depuis deux ans.

— Je ne comprends pas, dit-elle. Pourquoi voulaient-ils tuer Nick ? S'il s'était agi de moi — et c'était bien ce que nous avions tous cru —, j'aurais pu comprendre. Ce vieux bouc avait voulu m'attirer dans un de ses lits d'« infirmerie » pour jeunes filles convalescentes... Mais Nick ? Il vous avait bien laissé partir une première fois, alors qu'il vous tenait. Il ne s'était pas senti obligé de vous tuer, à ce moment-là. Vous aviez pu sortir de son bureau libre comme l'air que nous respirons.

— Je crois que je comprends la raison, dit Elka. Il pouvait supporter que Charley le rejette, lui personnellement; mais il a appris qu'elle allait retrouver Nick. Et il avait raison : c'était la vérité.

— Mais quand je l'ai vue, elle était avec Denny, dit Nick. Si Denny...

Il n'acheva pas sa phrase. Si Denny était encore vivant, elle serait avec lui, pas avec moi. Cette pensée ne lui était guère agréable. Quoi qu'il en fût, à présent il avait sa chance, et il ne serait certes pas le premier homme à en profiter dans des situations semblables. Tout ceci faisait partie de la guerre raffinée de la possession sexuelle. Ce n'était ni plus ni moins que le syndrome du « regardez donc un peu ce que je m'envoie » poussé à sa conclusion logique : l'élimination de la partie adverse. Pauvre Denny, songea Nick. Il était si sûr qu'une fois à bord de l'*Otarie pourpre* il parviendrait à s'enfuir, à les tirer de là tous les trois. Peut-être aurait-il réussi. Ils n'en sauraient jamais rien, à présent, car ils avaient décidé de ne pas se laisser prendre une nouvelle fois au piège de l'*Otarie*. Pour Nick et Charley, le squib se trouvait toujours sur la terrasse de l'immeuble où Denny l'avait garé.

Essayer de retourner là-bas présentait trop de dangers. Ils s'étaient enfuis à pied, se noyant dans la masse des Ordinaires et des ex-prisonniers des camps qui emplissaient les rues. Dans les dernières quarante-huit heures, New York avait été envahi par tout un flot d'humanité qui roulait vers Times Square pour venir se briser sur les récifs que constituaient les barrages de la P.I.S. et de l'armée, et refluer ensuite.

A vrai dire le « reflux » était organisé pour eux. Dieu sait où l'on pouvait bien les emmener. Willis Gram avait promis d'ouvrir les portes des camps existants, il n'avait pas dit qu'il n'en construirait pas de nouveaux.

— Mais nous allons bien regarder la télé, n'est-ce pas ? demanda Charley, non sans agressivité.

— Naturellement. (Ed Woodman se pencha en avant et joignit les mains entre ses genoux.) Il n'est pas question de rater ça. Ils ont installé des caméras sur les toits de tous les immeubles dans le secteur. Espérons que Provoni ne se décidera pas à reprendre le contrôle du réseau à ce moment-là.

— J'espère que si, dit Elka. J'ai envie de l'entendre encore.

— Vous l'entendrez, ne vous en faites pas. (Nick en était sûr.) Nous entendrons tout et nous verrons tout, mais pas comme les réseaux officiels voudraient nous le présenter.

— N'y a-t-il pas une loi interdisant d'occuper les circuits télé? demanda Elka. Est-ce que Provoni n'a pas commis une infraction en coupant toutes les autres stations pour émettre à partir de son vaisseau?

— Ah! vraiment! fit Charley en riant nerveusement, se couvrant les yeux de la main. Excusez-moi, mais c'est trop drôle. Provoni revient au bout de dix ans avec un monstre venu d'une autre galaxie pour nous sauver, et il se fait arrêter pour avoir troublé les programmes de la télévision! Voilà tout ce que le pouvoir invente pour se débarrasser de lui, faire de lui un criminel recherché!

Dans moins d'une heure et demie à présent, songea Nick.

Et pendant tout ce temps, pendant que le *Dinosaure gris* se rapproche de la Terre, ils continuent à lui balancer des missiles. Ils ont cessé d'en parler officiellement, bien sûr : ils savent que les missiles sont sans effet. Mais il subsiste une chance mathématique pour que l'un d'eux réussisse à percer le « bouclier » de l'astronef, quelle que soit sa nature; une chance pour que la créature « enroulée autour du vaisseau » se fatigue ou devienne inefficace, fût-ce pour un seul instant : c'était assez pour qu'un missile, même petit, eût de bonnes chances de détruire le *Dinosaure*.

Au moins, conclut sombrement Nick, le pouvoir faisait de son mieux. C'était son intérêt.

— Rallumez la télé, dit Charley.

Ed Woodman obéit.

Sur l'écran, un vieux vaisseau intersidéral aux rétrofusées crachouillantes descendait lentement vers le centre exact de Times Square. C'était un astronef tout à fait antique au métal piqué et rongé. Des fragments métalliques ébréchés brinquebalaient sur ses flancs : les vestiges d'un équipement de sondage.

— Il les a possédés! s'exclama Ed Woodman. Il a une heure et demie d'avance! Leur canon laser est-il seulement prêt à tirer? Bon sang! il a complètement fichu par terre leur organisation! Ils ont avalé son histoire de trente-deux heures sans sourciller!

Hélis et squibs de la police zigzaguaient en tous sens comme des moustiques pour tenter d'échapper à la flamme des rétrofusées. Au sol, occifiers de la P.I.S. et soldats se bousculaient pour trouver un abri.

— Le rayon laser, fit Ed Woodman d'une voix tout à fait calme à présent, les yeux fixés sur l'écran. Où est le rayon laser?

— Tu as donc envie qu'ils s'en servent? demanda Elka.

— Ils vont s'en servir tôt ou tard. Autant que l'épreuve de force ait lieu maintenant. Bon Dieu! les pauvres types doivent être en train de s'affoler! La terrasse du Shafter doit ressembler à une fourmilière retournée.

A cet instant, un trait rouge jaillit précisément du haut de l'immeuble Shafter, droit sur le vaisseau qui achevait de se poser. Devant leur téléviseur, Nick, Charley et les Woodman pouvaient entendre la plainte furieuse du rayon à mesure que son intensité augmentait; ils doivent être montés au maximum, à présent, se dit Nick. Et...

Le vaisseau demeurait intact.

Une masse énorme et repoussante se matérialisa à côté du vaisseau. Nick comprit aussitôt. Ils étaient en train de contempler l'extra-terrestre. On dirait un escargot, songea-t-il. La chose ondula légèrement, étendit deux pseudopodes, coula plus précisément vers la trajectoire du rayon. A mesure que le rayon forait dans sa masse, l'extra-terrestre semblait augmenter de volume; ses contours se faisaient plus précis. *Il se nourrit du rayon.* La pensée frappa soudainement Nick. *Plus ils laissent le rayon dirigé sur lui, plus il prend de forces.*

Dépassé par les événements pour la première fois de sa vie, le speaker ne put que balbutier :

— La créature semble tirer des forces du rayon laser.

Son compère s'empressa d'enchaîner.

— Eh bien oui, cela peut paraître ahurissant, mais le fait est là : nous nous trouvons en présence d'une incroyable créature extra-terrestre qui doit peser des milliers de tonnes et a pu engloutir tout l'astronef...

Un panneau coulissa sur le flanc du vaisseau...

Thors Provoni parut, tête nue, vêtu d'une combinaison grise qui ressemblait à un sous-vêtement. Il était sans arme.

Les techniciens sur le toit de l'immeuble Shafter manœuvrèrent le canon laser et le dirigèrent sur Provoni.

Rien ne se produisit. Provoni resta imperturbable.

En concentrant son regard, Nick parvint à distinguer tout autour de Provoni une sorte de voile diaphane. L'étranger étendait sa protection à Provoni. Les tireurs de laser n'avaient décidément pas de chance.

— Il ne bluffait pas, constata calmement Elka. Il ramène vraiment quelqu'un avec lui.

— Et les pouvoirs de l'extra-terrestre doivent être redoutables, fit Ed d'une voix altérée par l'émotion. Avez-vous idée de la puissance de ce rayon ? Exprimé en ergs, cela doit faire...

Charley se tourna vers Nick.

— Que vont-ils faire, à présent qu'ils ont échoué avec leur laser ?

Brusquement, le speaker de la télévision fut coupé au milieu d'une phrase. Thors Provoni, toujours immobile à côté de son astronef, porta un micro à ses lèvres.

— Salut, dit-il.

Sa voix leur parvint par les haut-parleurs du téléviseur. Provoni ne faisait manifestement pas confiance aux chaînes officielles. Il venait à nouveau de s'en emparer, visant uniquement le son, cette fois. L'image vidéo était toujours fournie par les caméras des stations régulières.

— Salut, Provoni, dit Nick. La route a été longue.

— Son nom est Morgo Rahn Wilc, dit Provoni. Je veux vous parler longuement de lui. D'abord, ceci : son âge est considérable. C'est un télépathe. C'est mon ami.

Nick se détourna du téléviseur et fila vers la salle de bains. Il ouvrit la porte de l'armoire à pharmacie et choisit quelques pilules : deux comprimés de chlorhydrate de phenmétrazine qu'il avala aussitôt, puis vingt-cinq milligrammes de chlordiazepoxide. Il se rendit compte que ses mains tremblaient : il avait du mal à tenir le verre d'eau et à porter les pilules à sa bouche.

Charley parut dans l'embrasure de la porte.

— Il me faut quelque chose. Qu'est-ce que vous me conseillez ?

— La phenmétrazine et le chlordiazepoxide. Cinquante milligrammes du premier, vingt-cinq du second.

— Vous confondez le coup de fouet avec le coup de frein ?

— Non, c'est une bonne combinaison : le chlordiazepoxide augmente les capacités des couches corticales, tandis que la phenmétrazine stimule le thalamus. L'ensemble du métabolisme s'en trouve stimulé.

Charley accepta les pilules proposées avec un hochement de tête.

Ed Woodman entra à son tour dans la salle de bains et fit son propre choix parmi les rangées de flacons de l'armoire à pharmacie.

— Incroyable... fit-il en secouant la tête. Ils n'arrivent pas à le tuer. Pas moyen de l'abattre. Et cette chose absorbe toute l'énergie. Ces imbéciles ne font que lui refiler un peu plus de jus à chaque seconde. Encore une demi-heure, et la créature aura la taille de Brooklyn. C'est comme s'ils s'acharnaient à souffler dans un ballon qui n'éclaterait jamais.

Sur l'écran de télé, Provoni continuait son discours.

— Je n'ai jamais visité son univers. Notre rencontre a eu lieu dans l'espace. Il effectuait une patrouille lorsqu'il a capté les signaux radio automatiques en provenance de mon vaisseau. C'est là, au beau milieu de l'espace, qu'il a reconstruit le *Dinosaure gris* tout en consultant par télépathie ses frères sur Frolix 8. Il a reçu l'autorisation de m'accompagner jusqu'ici. Il n'est qu'un Frolixien parmi d'autres, de nombreux autres. Je crois qu'il est capable à lui seul de faire ce que nous avons à faire. Dans le cas contraire, il y a une centaine de ses semblables qui attendent à une année-lumière de nous. Dans des astronefs capables de séjourner dans l'hyperespace. C'est-à-dire qu'en cas de nécessité, ils peuvent être ici en un temps très court.

— Là, il bluffe, commenta Ed Woodman. S'ils étaient capables de voyager dans l'hyperespace, Provoni et son petit ami ne s'en seraient pas privés. Or, ils sont revenus normalement, en utilisant l'espace simple; mais avec une force de propulsion super-C, évidemment...

— Oui, mais il s'est servi de *son propre vaisseau*. Les astronefs frolixiens sont peut-être conçus pour l'hyperespace, pas le *Dinosaure gris*, répondit Nick.

— Alors, vous croyez ce qu'il a dit? demanda Elka.
— Oui.
— Je le crois aussi, dit Ed Woodman, mais c'est un sacré comédien. Cette façon d'apparaître une heure et demie plus tôt que prévu — ça a pris tout le monde de court. Il l'a sûrement fait exprès. Et voilà qu'à présent il reste là en plein sous le feu d'un rayon laser d'une puissance de plusieurs milliards de volts. Et n'oublions pas son « ami », Morgo quelque chose, qu'il nous exhibe sous une forme visible afin de nous épater. (Ed Woodman laissa passer un instant avant d'ajouter d'un ton acide :) Et franchement, il y réussit.

Charley se dirigea soudain vers la fenêtre du living-room, l'ouvrit, se pencha au-dehors et se mit à crier.

— Eh! là-bas! vous allez bouffer Nouillorque, ou quoi? J'vous le conseille pas, m'entendez?

Elle referma la fenêtre, le visage impassible.

— Ça va sûrement les impressionner, dit Nick.
— New York, c'est ma ville! fit Charley. (Brusquement, elle appuya ses doigts sur son front.) J'ai senti

quelque chose. Comme un éclair, une sonde. C'est venu et reparti très vite.

Comme sous le coup d'une illumination soudaine, Nick s'exclama :

— Il cherche les Hommes Nouveaux !

— Dieu ! gémit Elka. Je l'ai senti aussi, un tout petit instant. C'est vrai, il traque les Hommes Nouveaux. Qu'est-ce qu'il va en faire ? Les snuffer ? Le méritent-ils vraiment ? Ils ne nous ont jamais snuffés, nous.

— Et Denny ? fit Charley. Quant à moi, il s'en est fallu de peu qu'ils ne me tirent dessus à l'immeuble fédéral. Et les assassins qu'ils ont envoyés après Nick ? Si vous essayez de... quel est donc le mot qu'ils emploient ?... si vous essayez d'extrapoler à partir de là...

— La moyenne serait élevée, dit Nick.

Et Cordon, pensa-t-il. Assassiné, probablement. Nous ne saurons même jamais réellement s'il est mort. Provoni le sait-il vraiment ? Dieu nous vienne en aide ! Il pourrait complètement perdre la tête.

La voix de Provoni s'éleva à cet instant des huit haut-parleurs.

— Grâce aux émissions en provenance de la Terre que nous avons pu capter, nous avons appris la mort d'Eric Cordon.

Sur l'écran, le visage massif se contracta comme sous l'effet d'une douleur rentrée.

— D'ici une heure, nous connaîtrons les circonstances de cette mort — les circonstances exactes, pas celles décrites par les médias — et nous...

Il s'interrompit. Il confère avec l'extra-terrestre, se dit Nick.

— Nous... (Nouveau temps d'arrêt.) Le temps dictera notre conduite, conclut-il énigmatiquement, les yeux fermés, sa grosse tête baissée. Un frisson le parcourut, comme s'il essayait péniblement de reprendre le contrôle de lui-même.

— Willis Gram ; voilà le coupable. C'est de lui que les ordres sont venus, dit Nick. Et Provoni le sait ; il sait de quel côté chercher. La liquidation de Cordon va rejaillir sur tout ce qui va se passer dorénavant, sur tout ce que Provoni fera ou dira et sur la conduite de son compagnon. Avec cette décision, le pouvoir a signé son arrêt de mort. Provoni est le genre d'homme qui...

— Vous ignorez quel effet l'extra-terrestre a pu avoir sur lui, fit remarquer Ed Woodman. Il a pu modérer la haine et l'amertume de Provoni. Elka, quand il a sondé ton esprit, semblait-il cruel ? Hostile ? Avide de destruction ?

Elka réfléchit un moment, regarda Charley, qui lui répondit d'un signe de tête négatif.

— Je ne crois pas, dit-elle enfin. C'était tellement différent. Il semblait à la recherche de quelque chose de précis et, ne l'ayant pas trouvé en moi, il a passé son chemin. Ça n'a duré qu'une fraction de seconde.

— Essayez un peu de vous représenter cette créature en train de sonder les esprits par centaines; peut-être par milliers. Et en une seule fois ! s'exclama Nick.

— Peut-être que c'est par millions qu'il faudrait compter, dit Ed.

— En un temps si court ? demanda Nick.

— Je me sens mal fichue, fit Charley d'un ton excédé. Comme si j'allais avoir mes règles. Je crois que je vais aller m'étendre un peu.

Elle disparut dans la chambre à coucher et ferma la porte derrière elle.

— Désolé, Mr Lincoln, fit Ed Woodman, rouge de fureur, mais je n'ai vraiment pas le temps en ce moment d'écouter les notes que vous avez prises pour votre discours de Gettysburg.

Sa voix était dure et sarcastique.

— Elle a peur, dit Nick. C'est pour ça qu'elle est allée se cacher là-dedans. C'est trop fort pour elle. Mais pour vous, honnêtement, est-ce que ce n'est pas la même chose ? Est-ce que vous n'êtes pas en train d'enregistrer la chose intellectuellement tout en étant incapable de l'assimiler sur le plan émotionnel ? Je vois bien cet écran; je comprends ce que je suis en train d'y voir, mais (un geste) seul le lobe frontal de mon cerveau accepte ce que je vois et ce que j'entends.

Nick marcha jusqu'à la chambre à coucher dont il entrouvrit la porte. Elle était couchée sur le lit selon un angle bizarre, le visage tourné sur le côté, les yeux grands ouverts. Nick entra, referma la porte, et vint doucement s'asseoir au bord du lit.

— Je sais ce que va faire le Frolixien, dit Charley.

— Vraiment ? demanda Nick.

— Oui. (Elle hocha la tête d'un air impassible.) Il va prendre la place de certaines portions de leur esprit et puis se retirer sans rien laisser derrière. Rien qu'un vide. Ils seront vivants mais semblables à des coquilles vides. Comme après une lobotomie. Vous vous rappelez, à l'école, quand on nous parlait des pratiques démentes des psychiatres du XXe siècle ? Des décervelés, voilà ce que fabriquaient les médecins de ce temps-là. Cette chose va priver les Nouveaux de leurs nœuds de Rogers — et ça ne s'arrêtera pas là, ils ne se contenteront pas de les rendre semblables à nous. Ce n'est pas le Frolixien qui a influencé Provoni ; c'est Provoni qui a convaincu le Frolixien.

— Qu'est-ce que vous en savez ?

— Oh ! c'est une histoire très simple ! Il y a deux ans, je m'étais fabriqué de faux papiers prouvant que j'avais réussi aux examens de classe G-2. Comme cela, j'ai pu avoir accès pendant quelque temps aux archives officielles. Une fois, juste pour voir, j'ai demandé à consulter le dossier Provoni. J'ai pu le faire sortir en douce sous mon manteau — c'étaient principalement des microfilms — et j'ai passé toute la nuit à l'examiner. Je l'ai lu très attentivement, croyez-moi.

— Et Provoni est vraiment travaillé par des idées de vengeance ?

— C'est un obsédé. Il est tout ce que Cordon n'était pas. Cordon était un individu rationnel, une figure politique raisonnable qui se trouvait vivre dans une société où la contestation n'était pas admise. Dans une société différente, il serait devenu un homme d'Etat important. Quant à Provoni...

— Dix années ont pu le changer. Il est resté seul pendant la plus grande partie de cette période. Il a eu tout le temps de s'analyser lui-même...

— Vous ne l'avez donc pas entendu parler aujourd'hui ? Encore à l'instant ? Ça ne vous a pas frappé ?

— Non, dut reconnaître Nick.

— Finalement, j'ai été vidée de ce boulot et j'ai dû payer 350 pops d'amende. Ça m'a donné un casier judiciaire que j'ai contribué pas mal à épaissir depuis. (Elle se tut un moment avant de poursuivre.) C'est pareil pour Denny. Lui aussi s'est fait prendre quelques fois. (Elle releva la tête.) Retournez voir un peu la télé. Je vous le demande. Si vous ne le faites pas, c'est moi qui irai et je ne m'en sens pas capable; alors faites-moi plaisir. D'accord?

— D'accord.

Nick sortit de la chambre et revint s'installer devant le téléviseur.

Aurait-elle raison, au sujet de Provoni? se demanda-t-il. Quelle sorte d'homme est-il? Ce qu'elle m'a dit ne correspondait pas tellement à l'image qu'on se fait de Provoni à travers les tracts des Résistants. Mais si c'est vraiment là ce qu'elle pense, comment pouvait-elle être en même temps Cordonienne, diffuser ces pamphlets... Seulement, c'étaient les pamphlets de Cordon. Peut-être sa confiance en Cordon était-elle assez grande pour lui faire oublier son antipathie envers Provoni?

J'espère qu'elle se trompe au sujet du sort réservé aux Hommes Nouveaux. Une lobotomie générale! Dix millions d'individus d'un seul coup, en comptant les Exceptionnels comme Willis Gram.

Quelque chose passa dans son esprit, comme un souffle de vent diabolique. Il porta les mains à son front et se courba sous la... douleur? Non, ce n'était pas une douleur, plutôt une sorte de sensation étrange, l'impression de regarder à l'intérieur d'un puits sombre et profond puis de basculer comme au ralenti dans l'abîme entrevu.

La sensation cessa brusquement.

— Je viens d'être sondé, dit Nick d'une voix tremblante.

— Quel effet cela vous a-t-il fait? demanda Elka.

— Celui de contempler l'univers vidé de ses étoiles. C'est quelque chose que je ne veux plus avoir à regarder de ma vie.

— Ecoutez, dit Ed Woodman. Au dixième étage de

cet immeuble vit un Nouveau de rang inférieur. Appartement BB293-KC. Je vais descendre le voir. (Il se dirigea vers la porte.) Est-ce que quelqu'un désire m'accompagner ? Peut-être simplement vous, Nick.

— J'arrive.

Nick rejoignit Ed Woodman dans le couloir silencieux, recouvert d'une moquette.

— Il continue à sonder, fit Ed en appuyant sur le bouton d'appel de l'ascenseur. *Derrière chacune de ces portes, il jette une antenne.* Dieu sait ce que certains d'entre eux doivent ressentir. C'est pour ça que j'ai envie de voir ce Nouveau... Marshall, je crois. C'est un G-5 ; il me l'a dit un jour. Du menu fretin, comme vous voyez. C'est pour ça qu'il est logé dans un immeuble où habitent surtout des Ordinaires.

Ils pénétrèrent dans l'ascenseur et descendirent.

— Ecoutez-moi, Appleton, fit Ed. J'ai peur. J'ai été sondé aussi, mais je n'ai rien dit. Le Frolixien cherche quelque chose qu'il n'a trouvé chez aucun de nous quatre. Mais ailleurs, il trouvera peut-être et je veux savoir ce qui se passera à ce moment-là.

L'ascenseur s'arrêta, et les deux hommes sortirent dans le couloir.

— Par ici, fit Ed Woodman en entraînant Nick dans sa foulée rapide. BB293-KC. Allons-y.

Ed s'arrêta devant la porte au moment où Nick le rejoignit, et frappa.

Pas de réponse.

Il tourna la poignée. La porte s'ouvrit. Soigneusement, Ed la poussa complètement, resta un moment immobile, puis s'effaça pour laisser Nick regarder.

Sur le plancher, un homme mince vêtu d'une coûteuse tunique de peau était assis en tailleur. Il tenait un objet noir à la main.

— Mr Marshall ? demanda doucement Ed Woodman.

L'homme mince au teint sombre releva sa tête gonflée comme un ballon et les regarda en souriant mais resta silencieux.

— Avec quoi jouez-vous donc, Mr Marshall ? demanda Ed Woodman en se penchant au-dessus de l'Homme Nouveau. C'est un mixer. Il s'amuse à faire tourner les ailettes, fit-il en se redressant. G-5. Environ huit fois notre quotient intellectuel. Enfin, il ne souffre pas.

Nick s'approcha à son tour.

— Pouvez-vous parler, Mr Marshall ? Pouvez-vous nous dire quelque chose ? Comment vous sentez-vous ?

Marshall se mit à pleurer.

— Vous voyez, fit Ed Woodman, il a des émotions, des sentiments, mais il est incapable de les exprimer. Il m'est arrivé de voir des gens à l'hôpital après une crise cardiaque; alors qu'ils ne peuvent plus parler ni communiquer d'une manière quelconque. Ils pleurent comme cela. Laissons-le seul, et tout ira bien.

Nick et Ed Woodman quittèrent l'appartement de Marshall.

— J'ai encore besoin de quelques pilules, dit Nick. Avez-vous quelque chose à me conseiller, quelque chose de vraiment efficace, au point où j'en suis ?

— De la désipramine. Je vous donnerai quelques-unes des miennes ; j'ai remarqué que vous n'en aviez pas.

Les deux hommes marchèrent jusqu'à l'ascenseur.

— Il vaudrait mieux ne rien leur dire, fit Ed Woodman tandis qu'ils remontaient.

— Elles l'apprendront tôt ou tard, répondit Nick. Comme tout le monde, d'ailleurs, si le phénomène est général.

— Nous ne sommes pas loin de Times Square, fit Ed. Peut-être le Frolixien lance-t-il ses coups de sonde en cercles concentriques. Le tour de Marshall est passé, mais celui des Hommes Nouveaux du New Jersey ne viendra peut-être pas avant demain. (L'ascenseur s'arrêta.) Ou même la semaine prochaine. Peut-être faudra-t-il des mois, et dans l'intervalle Amos Ild — ça ne pourrait être que lui — aura eu le temps de trouver une riposte.

— C'est ce que vous désirez ? demanda Nick tandis qu'ils sortaient de la cabine.

La lueur qui brillait dans le regard d'Ed Woodman vacilla un instant.

— C'est...

Nick acheva sa phrase pour lui.

— C'est dur pour vous de trancher dans un sens ou dans l'autre.

— Et pour vous ?

— Rien ne pourrait me faire plus plaisir, dit Nick.

Ensemble, ils regagnèrent l'appartement sans dire un mot. Un mur s'était installé entre eux. Les paroles étaient inutiles, et ils le savaient l'un et l'autre.

24

— Il faudra s'occuper d'eux, remarqua Elka Woodman.

Elle avait réussi à arracher aux deux hommes la description de l'état de Mr Marshall.

— Nous sommes des milliards; nous y arriverons. Nous pourrions créer des centres pour eux, un peu comme des terrains de jeux. Avec des dortoirs, une cantine.

Charley restait assise sans rien dire sur le divan, tirant nerveusement sur sa jupe. Nick ignorait la raison de son regard vivement désapprobateur, et ne s'en souciait pas pour l'instant.

— Même si la chose devait être faite, dit Ed Woodman, ne pouvait-il donc pas procéder petit à petit, de manière à nous laisser le temps d'organiser des secours ? Ils sont tout à fait capables de se laisser mourir de faim, à présent, ou de se jeter sous le premier squib venu. Ils sont comme de petits enfants.

— C'est la vengeance suprême, murmura Nick.

— Oui, dit Elka, mais nous ne pouvons pas les laisser mourir sans défense et (elle fit un geste) retardés.

— Retardés, répéta Nick. C'est exactement cela. Ils ne sont pas seulement pareils à des enfants; ils sont pareils à des enfants *retardés, des arriérés mentaux*. D'où le sentiment de frustration de Marshall quand nous l'avons interrogé.

Il s'agissait vraiment d'une atteinte au cerveau. Le cervelet avait été endommagé de l'intérieur par la « sonde ».

Le téléviseur était toujours allumé, et c'était à présent la voix du présentateur habituel qui leur parvenait.

— ... il y a douze heures à peine, le célèbre physicien Amos Ild, appelé par le président Willis Gram lui-même au poste de conseiller particulier, nous assurait sur l'ensemble du réseau de télévision qu'il n'y avait aucune chance — je dis bien : aucune chance — pour que Thors Provoni ramène une forme de vie extra-terrestre avec lui.

Nick décela pour la première fois une colère authentique dans la voix du speaker.

— Il semblerait bien que le président ait en l'occurrence — comment dirais-je ? — tiré le mauvais numéro à la loterie des conseillers. Bon sang de bon sang ! (Le présentateur hocha la tête.) L'idée semblait bonne — à nos yeux, en tout cas — de mettre un canon laser en batterie face au *Dinosaure*. A la réflexion, c'était sans doute un peu simpliste : Provoni n'allait pas se laisser snuffer ainsi au bout de dix ans passés dans l'espace. Morgo Rahn Wilc, tel est le nom ou le titre de cet extra-terrestre.

Le présentateur se tourna vers un interlocuteur invisible et lança :

— Pour la première fois de ma vie, je suis content de ne pas être un Nouveau !

Il ne semblait pas se rendre compte que ses paroles étaient captées sur l'ensemble de la planète, et ne s'en serait d'ailleurs pas soucié : à présent, il restait assis sans rien dire, hochant la tête et se frottant les yeux. Tout d'un coup, son image disparut et fut remplacée par celle d'un autre présentateur à l'air grave, visiblement accouru pour éviter la catastrophe.

— Des dommages semblent délibérément infligés aux tissus cérébraux...

A cet instant, Charley prit Nick par la main et l'entraîna loin du téléviseur.

— J'ai envie d'écouter la suite, dit Nick.

— Nous allons faire un tour, répliqua Charley.
— Pour quoi faire ?
— Ça vaut mieux que de traîner ici hors du coup. On va prendre l'*Otarie pourpre*. On fera de la vitesse.
— Vous voulez revenir là où ils ont tué Denny ? (Il la regarda d'un air incrédule.) Les pisseurs noirs ont dû installer un piège, un système d'alarme...
— Ils s'en fichent à présent, dit calmement Charley. D'abord, ils ont tous été rappelés pour contenir la foule. Ensuite, si je ne peux pas monter de nouveau quelques minutes dans l'*Otarie*, je vais sans doute essayer de me tuer. Je parle sérieusement, Nick.
— Bon !
En un sens, elle avait raison : cela ne servait à rien de rester là, collés devant la télévision.
— Seulement, comment faire pour aller là-bas ?
— Avec le squib d'Ed. (Charley revint vers Woodman.) Ed, est-ce que nous pouvons emprunter votre squib pour aller faire un tour ?
— Bien sûr. (Il lui tendit les clés.) Vous aurez peut-être besoin de carburant.

Nick et Charley montèrent l'escalier jusqu'à la terrasse. Il n'y avait que deux étages et cela ne valait pas la peine de prendre l'ascenseur. Ils restèrent un moment sans parler, occupés à repérer le squib d'Ed Woodman.

Nick s'installa aux commandes.

— Vous auriez dû lui dire où nous allions. Parler de l'*Otarie*.
— Pourquoi l'inquiéter davantage ? fut sa seule réponse.

Nick lança le squib dans le ciel à présent presque vide de tout trafic. Peu après, ils survolaient la terrasse de l'ancien appartement de Charley. L'*Otarie pourpre* était là, sous leurs yeux.

— Alors, on se pose ? demanda Nick.
— Oui, fit Charley en inspectant la terrasse du regard. Il n'y a personne en vue. Il faut me croire, Nick : ils s'en fichent. C'est la fin, pour eux : pour la P.I.S., pour Gram, pour Amos Ild. Pouvez-vous seule-

ment imaginer ce que fera cette chose lorsqu'elle atteindra Ild ?

Nick coupa le moteur du squib, qui vint en glissant silencieusement se ranger à côté de l'*Otarie pourpre*. Jusque-là, pas de pépins. Pourvu que ça dure, songeat-il. En quelques enjambées, Charley fut auprès de l'*Otarie* et sortit une clé qu'elle glissa dans la serrure. La portière s'ouvrit. Aussitôt, elle se glissa derrière les commandes et fit signe à Nick d'ouvrir de l'autre côté.

— Vite, dit-elle. J'ai entendu une sonnerie d'alarme quelque part, sans doute au rez-de-chaussée. De toute manière, pour ce que ça change maintenant...

Elle écrasa sauvagement la pédale des gaz et l'*Otarie* fut projetée dans le ciel où elle se mit à filer avec la légèreté d'une hirondelle.

— Tournez-vous pour voir si quelqu'un nous suit, dit Charley.

Nick s'exécuta.

— Personne en vue, répondit-il.

— Je vais tenter quelques manœuvres d'esquive. C'est comme ça que disait Denny. On faisait tout un tas de spirales et d'immelmans. De quoi donner froid dans le dos.

Le squib plongea, s'engouffra dans le canyon formé par l'espace entre deux hauts immeubles.

— Ecoutez-moi ça, fit Charley en appuyant encore plus fort sur les gaz.

— Si vous conduisez comme ça, dit Nick, nous n'allons pas tarder à avoir un occifier aux trousses.

Elle se tourna pour le regarder.

— Vous ne comprenez pas vite, hein ? *Ils s'en fichent*, à présent. Tout le système s'écroule. Tout ce dont ils avaient la charge, fini tout ça. Leurs chefs sont comme le Nouveau qu'Ed et vous avez vu dans son appartement.

— Vous avez changé, depuis qu'on se connaît, vous savez ? répondit Nick.

Depuis deux jours, en réalité. Elle n'a plus toute cette vitalité effervescente. Elle s'est endurcie, mais d'une façon mesquine, petite. Elle portait toujours autant de maquillage, mais cela lui faisait à présent une sorte de masque inerte. Il avait déjà remarqué cette métamorphose auparavant, mais maintenant cela semblait venir de profondeurs encore plus cachées. Tout en elle, sa façon de parler ou de bouger, trahissait cette apathie. Comme si elle n'éprouvait plus aucune émotion, conclut Nick, pour ajouter aussitôt : il faut dire qu'elle en a vu de dures. D'abord l'attaque de l'imprimerie, puis son « entrevue » avec un Willis Gram en rut, la mort de Denny. Et à présent, ceci.

Sa réserve d'émotions était épuisée.

Comme si elle avait lu ses pensées, Charley dit :

— Je ne suis pas capable de conduire cet oiseau comme Denny. Denny était un pilote émérite. Il pouvait monter jusqu'à 1900...

— En pleine ville ? Au milieu de la circulation ?

— Sur les monopistes, il y arrivait.

— Je m'étonne que vous ne soyez pas morts tous les deux.

La manière de conduire de sa compagne mettait Nick très mal à l'aise. Peu à peu, Charley avait augmenté la vitesse du squib et le cadran indiquait à présent 210. C'était bien assez à son goût.

Charley, le regard fixé droit devant elle, serrait les commandes à deux mains.

— Vous savez, dit-elle, Denny était un intellectuel, un vrai. Il avait lu tout Cordon. Tous les tracts, tous les pamphlets : absolument tout. Il en était très fier ; il se sentait supérieur au reste des gens. Vous savez ce qu'il disait ? Il disait que lui, Denny, ne pouvait pas se tromper, et qu'il lui suffisait de connaître les prémisses d'un raisonnement pour en tirer la conclusion avec une certitude absolue.

Elle ralentit et prit une rue transversale encadrée par des immeubles plus petits. Elle semblait maintenant avoir une destination précise à l'esprit, alors qu'elle s'était jusque-là contentée de piloter au hasard pour le simple plaisir de voler. Le squib ralentit encore et descendit vers un espace dépourvu d'habitations.

— Central Park, annonça-t-elle. Vous êtes déjà venu ? La plus grande partie en a disparu. On l'a réduit à un arpent, mais c'est toujours du gazon : c'est toujours un parc. (Elle prit un air plus sombre pour ajouter :) Denny et moi l'avons découvert un beau matin vers quatre heures, alors que nous avions passé la nuit à naviguer. Ça nous a vraiment flippés. On va se poser là.

Le squib plongea, ralentit sa vitesse jusqu'à sembler faire du sur place. Les roues touchèrent le sol. Le squib, les ailes repliées, se transforma instantanément en véhicule de surface.

Charley ouvrit la portière de son côté et sortit du squib. Nick l'imita, tout étonné au contact de l'herbe sous ses pieds. Il n'avait jamais marché sur du gazon de sa vie.

— Dans quel état sont vos pneus ? demanda-t-il.
— Comment ?
— Je suis rechapeur, vous vous souvenez ? Donnez-moi donc une torche électrique. Je vais les examiner pour voir si l'on n'a pas creusé de nouveaux sillons. Ça pourrait nous coûter la vie, si vous avez un pneu rechapé sans le savoir.

Charley se coucha sur le gazon et s'étira, les bras repliés sous sa tête comme un oreiller.

— Mes pneus n'ont rien, dit-elle. Nous ne sortions l'*Otarie* que le soir, lorsqu'il y a assez de place pour voler. Nous ne l'utilisions jamais au sol le jour, sauf en cas d'urgence. Comme ce qui a causé la mort de Denny.

Elle se tut et resta ainsi un long moment, étendue sur le gazon frais et humide, les yeux perdus dans les étoiles.

— Personne ne vient jamais par ici, dit Nick.
— Personne, dit Charley. Ils auraient complètement supprimé le parc depuis longtemps si Gram, à ce qu'on dit, n'avait pas eu une faiblesse pour lui. Il paraît qu'il venait jouer ici quand il était gosse.

Elle releva un peu la tête d'un air songeur.

— Vous arrivez à vous imaginer Willis Gram enfant, vous ? Gram et Provoni, d'ailleurs. Savez-vous pourquoi je vous ai amené ici ? Pour que nous fassions l'amour.
— Ah ! fit-il d'un ton neutre.
— Vous n'êtes pas surpris ?
— Ça nous trottait dans la tête à tous les deux depuis le moment où on s'est rencontrés.

Pour lui, en tout cas, c'était vrai. Il pensait que c'était pareil pour elle; mais bien sûr elle pouvait toujours prétendre le contraire.

— Est-ce que vous voulez que je vous déshabille? demanda-t-elle tout en fouillant les poches de son manteau pour vérifier s'il ne s'y trouvait pas quelque chose qui risquerait de tomber et de se perdre sur la pelouse. Vous avez des clés de squib? Des identiplaques? Oh! et puis on s'en fout. Assieds-toi.

Il obéit. Elle lui ôta son manteau, qu'elle étendit soigneusement sur le sol, près de sa tête.

— A présent, ta chemise.

Les vêtements de Nick tombèrent ainsi l'un après l'autre; puis Charley commença à se déshabiller à son tour.

Nick aperçut sa poitrine à la pâle lueur des étoiles.

— Comme tu as de petits seins, dit-il.

— Ecoute, fit brutalement Charley au bout d'un moment. Ce n'est pas comme si ça devait te coûter quelque chose.

Ce dernier trait fit fondre le cœur de Nick.

— Non, bien sûr, dit-il en lui posant une main sur l'épaule. Je ne veux pas que tu te forces à faire ceci. C'est à cet endroit que Denny et toi... Ça te rappelle peut-être le bon vieux temps mais moi, je sens un spectre planer au-dessus de moi : celui d'un adolescent au visage dionysien... toute une vie snuffée en un clin d'œil. Ça me fait penser à un passage d'un poème de Yeats.

Il aida Charley à finir d'ôter son sweater en alliforgite, l'un de ceux qui sont si faciles à enfiler et si durs à enlever une fois qu'ils ont épousé les courbes du corps.

— Je devrais me contenter de pulvériser de la peinture spéciale sur mon corps, dit-elle tandis que le sweater cédait enfin à leurs efforts.

— On n'obtient pas la texture du tissu avec de la peinture. (Il attendit quelques instants avant d'ajouter, plein d'espoir :) Aimes-tu Yeats?

— Est-ce qu'il était avant Bob Dylan?

— Oui.

— Alors, je ne veux pas en entendre parler. Pour

moi, la poésie a commencé avec Dylan et n'a pas cessé de décliner depuis.

Nick aida Charley à achever de se déshabiller. Ils demeurèrent ainsi étendus côte à côte, nus sur l'herbe humide et froide ; puis, d'un seul mouvement, ils roulèrent l'un vers l'autre. Nick fut sur elle, l'étreignit, le regard perdu dans son visage.

— Je suis moche, hein ? dit-elle.

— Comment peux-tu croire ça ? s'exclama Nick. Tu es une des femmes les plus séduisantes que j'aie jamais vues...

— Je ne suis pas une *vraie* femme. Je ne peux que recevoir ; je suis incapable de donner en retour. Aussi, n'attends rien de moi. Contente-toi de m'avoir là en ce moment.

— C'est du viol formel, constata Nick au bout d'un moment.

— Ecoute, la fin du monde est proche. Nous sommes en train d'être conquis et neurologiquement anéantis par une sorte de monstre indestructible. Dans un moment pareil, quel est le pisseur qui va venir dresser procès-verbal ? D'ailleurs, il faudrait qu'une plainte soit déposée ; et cette plainte, qui va s'en charger ? Où sont les témoins ?

— Les témoins... répéta Nick, tenant la fille sous lui.

Les systèmes de contrôle de la P.I.S... il y en avait certainement un dans Central Park, si oublié que soit le coin. Il s'arracha à Charley et se releva d'un bond.

— Rhabille-toi, vite ! dit-il tout en ramassant ses propres vêtements.

— Si tu es en train de penser à un quelconque mouchard vidéo de la P.I.S. par ici...

— Exactement.

— Ils sont tous branchés sur Times Square, tu peux me croire. Sauf les Nouveaux comme Barnes, qui sont sûrement en train de s'occuper de leurs collègues déjà endommagés. (Une pensée la traversa brusquement.) Willis Gram fait sûrement partie de ceux-là.

Elle s'assit et enfouit ses mains dans sa masse de cheveux en désordre, que l'herbe avait mouillée.

— Ça me fait de la peine. D'une certaine manière, je l'aimais bien.

Elle commença à ramasser ses vêtements puis les laissa retomber et prit un air suppliant pour dire :

— Réfléchis, Nick. La P.I.S. ne va pas s'amener pour nous arrêter. Je vais te dire ce qu'on va faire : tu m'accordes encore un petit moment, peut-être cinq minutes seulement, et je te laisserai réciter ce... ce poème...

— Je n'ai pas le livre avec moi et tu le sais bien.

— Tu te le rappelles ?

— A peu près, je crois.

Il sentit une vague de peur l'envahir et c'est avec un léger tremblement qu'il reposa ses vêtements pour s'approcher de la fille étendue.

— C'est un poème triste, dit-il en l'entourant de ses bras. Il m'est revenu parce que je pensais à Denny, à cet endroit aussi, où vous veniez tous les deux à bord de l'*Otarie*. C'est comme si son esprit était enterré ici.

— Doucement, tu me fais mal, gémit Charley.

De nouveau, Nick se remit sur ses pieds et commença méthodiquement à se rhabiller.

— Je ne peux pas courir le risque d'être pris, dit-il. Pas avec ces pisseurs noirs en route pour m'assassiner.

Charley resta étendue sans bouger.

— Récite-moi ce poème, dit-elle.

— Est-ce que tu t'habilleras pendant ce temps ?

— Non.

Les bras repliés sous la tête, elle regardait toujours les étoiles.

— C'est de là-haut qu'est venu Provoni, dit-elle. Bon Dieu ! qu'est-ce que je suis contente de ne pas être une Nouvelle en ce moment...

Elle hachait les mots d'un ton rude, les poings serrés le long du corps.

— Il a raison, bien sûr, mais... on ne peut pas s'empêcher d'avoir pitié d'eux, des Nouveaux. Complètement lobotomisés. Leurs nœuds de Rogers détruits et on ne sait quoi d'autre encore. De la chirurgie surgie des étoiles. (Elle rit.) On devrait écrire toute l'histoire. On appellerait ça LE CHIRURGIEN COSMIQUE VENU D'UN AUTRE MONDE. Qu'est-ce que tu en penses ?

Nick s'accroupit et commença à réunir les affaires de Charley : sac à main, sweater, lingerie.

— Je vais te réciter ce poème et après tu comprendras pourquoi je ne peux pas t'accompagner dans des endroits où tu venais avec Denny. Je ne peux pas le remplacer; je ne suis pas un nouveau Denny. Tu ne tarderais pas à me donner son portefeuille, probablement en cuir d'autruche, sa montre, une Criterion, ses boutons de manchettes en agitite.

Il s'interrompit brusquement, puis :

— Je dois partir : là-bas est une tombe où ondulent le lis et le narcisse, et...

Il s'arrêta.

— Continue, je t'écoute, dit-elle.

— Et je charmais le faune malheureux, étendu sous la terre dormante, de mes chants radieux avant l'aube...

— Que signifie « radieux » ?

Il ignora son interruption.

— La liesse couronnait les jours où sa voix retentissait, et je rêve qu'encore il foule cette herbe, marchant irréel dans la rosée... Percé par mon chant heureux.

Il n'avait pu se forcer à dire les derniers mots à haute voix : ils le touchaient de trop près.

— Ça te plaît, tous ces vieux trucs ? demanda Charley.

— C'est mon poème favori.

— Est-ce que tu aimes Dylan ?

— Non.

— Récite-moi un autre poème.

Elle s'était rhabillée et se tenait assise, les bras passés autour des genoux, la tête penchée.

— Je n'en connais pas d'autre par cœur. Je ne connais même pas la fin de celui-ci et pourtant j'ai dû le lire un bon millier de fois.

— Est-ce que Beethoven était un poète ?

— Non, un musicien.

— Bob Dylan aussi.

— Le monde a commencé avant Dylan.

— Partons. Je crois que je commence à prendre froid. Ça t'a plu ?

— Non, répondit honnêtement Nick.
— Pourquoi ?
— Tu es trop nerveuse.
— Si tu avais dû en passer par quelques-unes des choses que j'ai connues...
— C'est peut-être ça qui ne va pas, précisément. Tu as trop appris. Trop et trop tôt. Mais je t'aime.

Il passa son bras autour d'elle, l'étreignit et déposa un baiser sur sa tempe.

— C'est vrai ?

Un peu de l'ancienne vitalité sembla lui revenir. Elle sauta en l'air et tourna sur elle-même, les bras en croix.

Un patrouilleur, tous feux éteints, vint se poser en glissant silencieusement derrière eux.

— L'*Otarie* ! fit Charley.

Tous deux se précipitèrent vers le squib et embarquèrent hâtivement, avec Charley aux commandes. L'*Otarie* commença à rouler tandis que ses ailes se déployaient.

La lumière rouge du patrouilleur de la P.I.S. s'alluma en même temps que sa sirène se déclenchait et qu'une voix braillait dans son mégaphone des paroles que les fuyards ne parvenaient pas à saisir et que l'écho répercutait à l'infini. Charley finit par hurler.

— Je vais le semer, dit-elle. Denny l'a fait des tas de fois ; j'ai bien appris ma leçon, avec lui.

Elle écrasa la pédale des gaz au plancher. Le vrombissement des turbines retentit quelque part derrière Nick ; sa tête fut violemment rejetée en arrière sous l'effet de l'accélération soudaine.

— Il faudra que je te montre le moteur de ce joujou, une fois, dit-elle.

L'*Otarie* prenait toujours de la vitesse. Nick ne s'était jamais trouvé à bord d'un squib trafiqué de telle manière ; et pourtant il en avait vu défiler quelques-uns au cours de sa carrière. Mais rien de semblable.

— Denny avait mis jusqu'à son dernier pop dans l'*Otarie*, pour pouvoir échapper aux pisseurs. Regarde un peu...

Elle pressa un bouton sur le tableau de bord, puis se laissa aller en arrière. Ses mains ne touchaient plus les commandes. Le squib descendit soudain en chute libre presque jusqu'au sol. Nick se raidit sur son siège — l'écrasement paraissait inévitable — puis, au dernier moment, une sorte de pilote automatique redressa la situation. L'*Otarie* se mit à filer à toute allure le long des rues étroites, à un mètre à peine du sol.

— Tu ne peux pas rester si bas, fit Nick. Nous sommes plus près du sol que si nous avions sorti les roues.

— Minute, regarde un peu ça.

Elle se retourna, scruta quelques instants le patrouilleur qui les suivait — et qui était descendu jusqu'à leur niveau — puis bascula complètement le manche jusqu'à quatre-vingt-dix degrés. Le squib fusa à la verticale dans l'obscurité... et un second patrouilleur fit son apparition venant du sud.

— Nous ferions mieux d'abandonner, dit Nick tandis que le premier patrouilleur rejoignait son collègue. Ils risquent d'ouvrir le feu à tout moment, et ils ne nous rateront pas. C'est ce qu'ils vont faire si on n'obéit pas aux signaux de leur gros projecteur rouge.

— Et s'ils nous prennent, tu te feras snuffer.

Charley élargit encore l'angle de vol, mais les deux squibs de la P.I.S., tous feux allumés, sirènes hurlantes, ne les lâchaient pas.

L'*Otarie* piqua une nouvelle fois du nez et se laissa tomber en chute libre jusqu'à quelques mètres du trottoir. Les patrouilleurs suivirent.

— Oh non! Ils ont aussi le système de sécurité Reeves-Fairfax. Que faire? (Une agitation frénétique déformait les traits de son visage.) Denny, Denny, dis-moi ce qu'il faut faire! Je t'en prie, ne m'abandonne pas...

Le squib vira brusquement, éraflant un réverbère au passage. Et tout à coup, une explosion : une boule de feu se matérialisa soudain droit devant eux.

— Sûrement un lance-grenades, ou alors des missiles orientés par thermotropisme, constata Nick. C'est un coup de semonce. Il faut allumer la radio et se brancher sur la fréquence de la P.I.S.

Il allongea la main vers le tableau de bord, mais Charley lui saisit le poignet et le rabattit brutalement.

— Je n'ai pas l'intention de leur parler, et je ne vais pas me mettre à les écouter non plus, dit-elle.

— Le prochain missile nous mettra en pièces. Ils en ont le droit, et ils ne vont pas s'en priver.

— Non, ils ne descendront pas l'*Otarie*. Denny, je te le promets.

L'*Otarie* remonta, fit un immelman, puis deux, puis un tonneau... Les squibs de patrouille étaient toujours là.

— Je vais... je vais... commença Charlotte, ... tu sais où je vais aller ? A Times Square !

Nick s'y attendait.

— Non, fit-il. Ils ne laissent passer aucun vaisseau. Tout le quartier est bouclé. Tu te heurterais à un mur de pisseurs verts et noirs...

Charley ne changea pas de cap. Nick apercevait déjà des projecteurs et quelques vaisseaux de l'armée survolant les immeubles. Ils n'étaient plus loin.

— Je vais aller trouver Provoni et lui demander de nous abriter tous les deux, dit Charley.

— Tu fais ça pour moi.

— Non. Je lui poserai directement la question : Peut-il nous prendre sous son bouclier protecteur ? Il le fera, je suis sûre qu'il le fera.

— Peut-être, fit Nick, peut-être.

Tout à coup, une forme surgit de l'obscurité droit devant eux. C'était un gros squib de transport de l'armée, chargé de munitions pour un canon à hydrogène. Il était balisé sur toute la longueur.

— Oh ! mon Dieu ! cria Charley, je ne peux pas !...

Ce fut le choc.

25

Eblouissement. Bruits. Des gens s'agitent. Brûlure de la lumière sur les yeux... Nick voulut lever la main pour se protéger les yeux, mais son bras refusait de bouger. Pourtant, je ne sens rien, se dit-il. Son esprit fonctionnait tout à fait normalement, sans affolement. Nous sommes au sol, pensa-t-il. La lumière vient de la torche d'un occifier de la P.I.S. Il cherche à voir si je suis mort ou seulement assommé.

— Comment est-elle ? demanda-t-il.
— Qui ? La fille avec vous ?

La voix était calme, posée. Trop, peut-être : trahissant l'indifférence.

Nick ouvrit les yeux. Un occifier de la P.I.S. se tenait penché au-dessus de lui, pistolet dans une main, torche dans l'autre. Des débris de toutes sortes, provenant surtout du gros transport de l'armée, jonchaient la chaussée. Nick aperçut une ambulance, des hommes en blanc...

— La fille est morte, laissa tomber l'occifier.
— Est-ce que je peux la voir ? Il le faut, il faut que je la voie.

Nick lutta pour se remettre sur ses pieds, aidé par le policier, qui sortit alors un stylo et un petit carnet.

— Votre nom ?
— Laissez-moi la voir.
— Ce n'est pas un joli tableau.
— Laissez-moi la voir.
— Bon ! comme tu voudras, mon gars.

L'occifier, s'éclairant au moyen de sa torche, guida Nick parmi les masses de tôles froissées.

— La voilà.

Charlotte était encore à l'intérieur de l'*Otarie pourpre*. Sa mort ne faisait pas l'ombre d'un doute. La barre de direction, sur laquelle le choc l'avait violemment projetée, lui avait carrément fendu le crâne.

Quelqu'un avait extrait la barre de son crâne, laissant une ouverture béante et trempée de sang. On apercevait nettement les tissus cérébraux, dont les circonvolutions semblaient avoir été tranchées au rasoir. Comme dans le poème de Yeats, pensa-t-il. Percée par mon chant heureux.

— Ça devait arriver, dit Nick au policier. De cette manière ou d'une autre. Une mort rapide. Peut-être aurait-elle fini attaquée par un alcoolique.

— D'après ses identiplaques, dit l'occifier, elle n'avait que seize ans.
— C'est exact.
Une terrible explosion fit trembler le sol sous leurs pieds.
— Canon H, annonça le policier tout en prenant des notes sur son carnet. On continue à bombarder le monstre frolixien. (Il se raidit.) Ça ne servira à rien. La chose est passée dans l'esprit des gens, sur toute la planète. Votre nom ?
— Denny Strong, répondit Nick.
— Faites-moi voir votre identiplaque.
Nick fit demi-tour et se mit à courir de toutes ses forces.
Le policier le rappela.
— Pas la peine de vous enfuir. Je ne vous tirerai pas dessus. Qu'est-ce que ça peut me faire, maintenant ? Je suis juste désolé pour la fille, c'est tout.
Nick ralentit et se retourna.
— Pourquoi ? Vous ne la connaissiez même pas. Pourquoi ne vous occupez-vous pas plutôt de moi ? Je suis sur la liste de snuffage des pisseurs noirs. Ça ne compte pas, pour vous ?
— Pas vraiment. Pas depuis que j'ai aperçu mon patron au vidfone. C'est un Nouveau, vous savez. Il était comme un nourrisson. En train de jouer avec des choses sur son bureau, de les empiler l'une sur l'autre.
— d'après leur couleur, j'imagine.
— Vous pouvez me déposer quelque part ? demanda Nick.
— Où voulez-vous aller ?
— A l'immeuble fédéral.
— Mais c'est devenu une maison de fous, à présent, avec tous les Nouveaux dans leurs cabines. N'allez pas vous fourrer là-dedans.
— Je veux voir le président Gram.
— Il est sans doute comme tous les autres. (L'occifier réfléchit un moment avant d'ajouter :) A vrai dire, je ne sais pas si les Exceptionnels ont été atteints. C'étaient surtout les Nouveaux qui étaient visés.
— Conduisez-moi là-bas.

— Moi, je veux bien, mon vieux; mais vous avez un bras cassé et peut-être d'autres blessures internes. Vous ne préférez pas l'hôpital municipal ?

— Je veux voir le président Gram, répéta Nick.

— Bon ! je vais vous y conduire. Je vous déposerai sur la terrasse. Je ne tiens pas à aller plus loin et à être mêlé à ce qui se passe là-bas. Je ne veux pas risquer d'être touché à mon tour.

— Vous êtes un Ordinaire ?

— Evidemment. Comme vous, comme la plupart des gens. Comme toute la population de cette ville; si on met à part certains endroits comme l'immeuble fédéral où des Nouveaux...

— Vous n'avez rien à craindre.

Nick se dirigea en chancelant, mais sans l'aide de personne, vers le patrouilleur de la P.I.S. garé non loin de là. Pas après pas, il luttait pour ne pas s'évanouir. Pas maintenant, répéta-t-il. Gram passe d'abord. Après, ça m'est égal. Peut-être a-t-il été épargné. D'après ce pisseur, le Frolixien semblait s'attaquer surtout aux Nouveaux, pas aux Exceptionnels.

L'occifier monta nonchalamment dans le squib, attendit que Nick fût installé et décolla.

— C'est vraiment dommage pour cette fille, dit le policier. J'ai jeté un coup d'œil sur le moteur. Entièrement trafiqué. C'était à elle ?

Nick ne répondit pas. Il restait dans son coin, tenant son bras droit, le cerveau complètement vide. Les immeubles défilaient sous lui, tandis que le patrouilleur s'éloignait de New York en direction de l'immeuble fédéral, dans la satrapie de Washington, D.C.

— Pourquoi allait-elle si vite ? demanda l'occifier.

— Pour moi. Pour me protéger. C'est pour ça qu'elle est morte.

Le squib filait dans le ciel en produisant son bruit familier d'aspirateur.

26

La terrasse de l'immeuble fédéral était une véritable fourmilière de véhicules et de lumières. Toutefois, on n'apercevait que des squibs officiels. La terrasse était de toute évidence fermée au public... Dieu seul savait pour combien de temps encore.

— J'ai l'autorisation d'atterrir, fit l'occifer en indiquant du doigt une lampe verte qui clignotait sur le tableau de bord particulièrement complexe du squib.

Ils se posèrent. Aidé de l'occifer, Nick parvint à sortir du véhicule et se tint debout, un peu chancelant.

— Bonne chance, mon gars, dit l'occifer.

L'instant d'après, il avait disparu; les lumières rouges de son squib se mêlaient aux étoiles.

A l'autre bout de la piste, une rangée de pisseurs noirs barrait la rampe d'accès. Tous étaient porteurs de carabines à balles empennées et le regardaient comme s'il n'eût été qu'un vague rebut.

— Le président Gram... commença-t-il.

— Dégage, jeta un des pisseurs noirs.

— ... m'a demandé de lui rendre visite...

— On t'a pas dit qu'y avait un extra-terrestre de quarante tonnes qui...

— C'est précisément l'objet de ma visite.

Un des pisseurs noirs murmura quelques mots dans un micro-bracelet qu'il porta ensuite à son oreille, écoutant silencieusement et hochant la tête.

— Il peut entrer, dit-il finalement.

— Je vais vous conduire, fit un autre pisseur. C'est le bordel, là-dedans.

Il ouvrit le chemin et Nick suivit du mieux qu'il put.

— Qu'est-ce que vous avez? interrogea l'occifer. On dirait que vous sortez d'un accident de squib.

— Tout va bien, fit Nick.

Ils croisèrent un Homme Nouveau qui tenait à la main une note de service qu'il essayait visiblement de déchiffrer. Un reste d'intelligence lui soufflait qu'il fallait lire le papier; mais ce regard ne reflétait qu'une totale absence de compréhension, rien qu'un effarement confus.

— Par ici.

L'occifier sanglé de noir le conduisit à travers une série de cabines. Nick eut quelques visions fugitives d'Hommes Nouveaux assis ou couchés par terre, essayant de manipuler des objets, d'édifier des constructions ou se contentant de regarder fixement droit devant eux. Il eut le temps de s'apercevoir que certains avaient de violentes crises de colère; des employés Ordinaires appelés d'urgence essayaient de les contenir.

Une dernière porte s'ouvrit. L'occifier s'effaça et dit simplement : « Voilà », avant de repartir par où ils étaient venus.

Willis Gram n'était pas dans son immense lit défait. Le président était assis sur une chaise à l'autre bout de la pièce. Il semblait paisible, les traits reposés, sans trace de crispation.

— Charlotte Boyer est morte, dit Nick.

— Qui ?

Le président battit des paupières et se retourna pour concentrer toute son attention sur Nick.

— Ah oui ! (Il éleva les mains, paumes ouvertes.) Ils m'ont pris mon pouvoir télépathique. A présent, je ne suis plus qu'un Ordinaire comme les autres.

Un des intercoms sur son bureau grésilla.

— Monsieur le président, un deuxième système laser vient d'être installé, sur la terrasse de l'immeuble Carriager, cette fois. Dans vingt secondes, le rayon sera ajusté sur le même objectif que le canon de Baltimore.

— Provoni est-il toujours au même endroit ? demanda Gram d'une voix forte.

— Oui. Le rayon de Baltimore tombe directement sur lui. Avec l'appui du système de Kansas City, la puissance opérationnelle de feu sera virtuellement doublée.

— Tenez-moi au courant. Je vous remercie.

Gram retourna son attention sur Nick. Aujourd'hui, le président était tout habillé : pantalon de ville, chemise de soie à manches plissées, chaussures à bouts ronds.

Coiffé avec soin, élégamment vêtu, toute sa personne reflétait une parfaite tranquillité d'esprit.

— Je suis désolé, pour cette fille. Enfin, oui et non. Si on va au fond des choses, je ne suis pas aussi triste que j'aurais pu l'être si je l'avais mieux connue.

Gram se frotta le visage d'un air las. Il s'était poudré et une mince pellicule blanche resta attachée à ses mains qu'il battit d'un air agacé.

— Et je ne gaspille pas mes larmes pour les Hommes Nouveaux. (Les lèvres du président se tordirent.) Tout est leur faute. Vous avez entendu parler d'un homme, un Nouveau, qui porte le nom d'Amos Ild ?

— Bien entendu, fit Nick.

— *Il s'agit d'une certitude absolue. Provoni ne ramène pas d'extra-terrestre avec lui.* Voilà ce qu'il disait. Les merveilles de la neutrologique, que ni vous ni moi, pas plus les Ordinaires que les Exceptionnels, que les Résistants, ne sommes en mesure de comprendre. Eh bien, moi, je vous le dis : il n'y a rien à comprendre ; ça ne marche pas. Amos Ild n'était qu'un excentrique jouant à manipuler des millions de données pour son projet Grande Oreille. Un fou.

— Où est-il à présent ? demanda Nick.

— Quelque part à jouer avec des presse-papiers. Il invente des systèmes compliqués pour les équilibrer en utilisant des règles comme supports. (Gram eut un sourire.) Et c'est ce qu'il fera le restant de sa vie.

— Jusqu'où s'étend la destruction des tissus cérébraux, géographiquement parlant ? Toute la planète ? Luna et Mars également ?

— Je n'en sais rien. La plupart des lignes de communication sont à l'abandon. Il n'y a tout bonnement personne à l'autre bout. Ce qui est assez bizarre.

— Avez-vous appelé Pékin ? Moscou ?

— Je vais vous dire qui j'ai appelé : j'ai appelé le Conseil extraordinaire de sécurité publique.

— Lequel n'existe plus, évidemment, dit Nick.

Willis Gram confirma de la tête.

— La chose les a tués. Leurs cerveaux ont littéralement été vidés à la cuillère, à l'exception, curieusement, du diencéphale. Ils leur ont laissé cette consolation.

— Tout ce qui gouverne la vie végétative, en somme.
— Exactement. Nous aurions pu les conserver comme de beaux légumes vivants, mais je n'ai pas voulu. Lorsque j'ai connu l'étendue des dommages, j'ai donné l'ordre aux médecins de les laisser mourir. Toutefois, ceci ne concerne que les Hommes Nouveaux. Il y a deux Exceptionnels dans le Conseil; un précog et un télépathe. Leurs pouvoirs ont été anéantis, comme les miens. Mais nous sommes vivants. Pour quelque temps encore.
— Vous n'avez plus à craindre de nouvelle attaque. A présent, vous êtes un Ordinaire et vous ne courez pas plus de risques que moi.
— Pourquoi avez-vous demandé à me voir ? Pour m'apprendre la mort de Charlotte ? Pour me donner mauvaise conscience ? Enfin, voyons, il y a un bon million de petites garces comme elle qui rôdent dans le pays. Il ne vous faudrait pas une demi-heure pour en trouver une autre.
— Vous avez lâché trois pisseurs noirs à mes trousses. Ils ont tué Denny Strong à ma place. A cause de sa mort, nous n'avons pas su manœuvrer le squib, l'*Otarie pourpre*, comme il aurait convenu; d'où l'accident. Tout s'enchaîne, et c'est vous qui avez tout déclenché. Vous êtes la source de tout.
— Je vais faire rappeler les brigades spéciales.
— Ce n'est pas suffisant.
L'intercom se fit de nouveau entendre.
— Monsieur le président, les deux canons laser sont à présent pointés sur Thors Provoni.
— Quels sont les résultats ?
Gram se tenait tout raide, supportant sa lourde masse en s'appuyant à l'angle du bureau.
— On me les communique à l'instant...
Gram attendit la réponse en silence.
— Aucun changement visible, monsieur le président. Non, aucun changement...

— Il nous faut trois rayons, reprit Gram au bout d'un moment, la voix altérée par l'émotion. Si nous ajoutons le dispositif de Detroit...

— Monsieur le président, nous ne parvenons déjà pas à manipuler convenablement l'équipement dont nous disposons. La maladie mentale dont sont victimes les Nouveaux nous prive de...
— Je vous remercie. (Gram coupa la communication.) Une maladie mentale! Si seulement il ne s'agissait que de cela... Nous pourrions les traiter en maison de repos... Comment appelle-t-on ça? La psychogénique?
— J'aimerais voir Amos Ild. J'aimerais le voir poser ses presse-papiers en équilibre, dit Nick.

Le plus grand cerveau issu jusqu'à présent du genre humain. De toute la chaîne évolutive qui va de l'homme de Néanderthal à l'*homo sapiens* et jusqu'aux Nouveaux. Et lui, le plus brillant de tous, avait shooté droit au but avec sa neutrologique : 0,00 % de chance. Peut-être Gram a-t-il raison. Peut-être Ild était-il fou depuis le début... Mais nous ne disposions d'aucun moyen de mesurer un cerveau comme le sien, d'aucun critère de jugement.

C'est une bonne chose que nous soyons débarrassés d'Ild; de tous les autres aussi, d'ailleurs. Peut-être les Hommes Nouveaux étaient-ils fous, d'une manière ou d'une autre. Tout est une question de degré. Et leur neutrologique... rien d'autre qu'une logique des fous.

— Vous n'avez pas l'air brillant, dit soudain Gram. Vous feriez bien d'aller vous faire soigner. Je vois d'ici que vous avez un bras cassé.
— Vous allez peut-être me suggérer votre « infirmerie »?
— Le personnel y est tout à fait compétent. (Puis le président ajouta, à moitié pour lui-même :) C'est étrange. Je ne cesse pas de guetter vos pensées, et pourtant rien ne me parvient. Je ne puis plus me baser que sur vos paroles.

Il inclina sa grosse tête hirsute afin de mieux étudier Nick.

— Etes-vous venu pour...
— Je voulais que vous soyez au courant, pour Charlotte.
— Vous n'avez pas d'arme. Vous n'allez donc pas

essayer de me snuffer. Vous avez été fouillé. Oui, vous l'ignorez, mais vous êtes passé par cinq points de contrôle. Ou bien le saviez-vous ?

Avec une rapidité peu courante pour un homme de sa corpulence, Gram fit demi-tour et appuya sur un bouton de son tableau de commandes. Instantanément, cinq pisseurs noirs furent dans la pièce. On aurait dit qu'ils n'avaient pas eu à se déplacer : ils étaient là, c'est tout.

— Regardez s'il est armé, dit Willis Gram. Cherchez de préférence une arme miniature, un couteau de plastique ou une microtablette de germes.

Deux des hommes entreprirent de fouiller Nick.

— Il n'a rien, monsieur le président, fit l'un d'eux lorsque l'opération fut terminée.

— Restez là où vous êtes, ordonna Gram. Tenez-le en joue avec vos tubes laser et abattez-le au premier mouvement. Cet homme est dangereux.

— Vraiment ? demanda Nick. 3XX24J est dangereux ? Alors, cinq milliards d'Ordinaires le sont également, et tous vos pisseurs noirs ne seront pas capables de les contenir. Ce sont tous des Résistants, à présent. Ils ont vu Provoni; ils savent qu'il est de retour comme il l'a promis; ils savent que vos armes ne peuvent pas l'atteindre; ils savent ce que son ami le Frolixien est capable de faire — et ce qu'il a fait — aux Hommes Nouveaux. Mon bras cassé est complètement paralysé. Je serais incapable de tenir une arme. Pourquoi ne nous avez-vous pas tout simplement laissés tranquilles ? Pourquoi ne l'avez-vous pas laissée venir me retrouver ? Pourquoi ne nous avez-vous pas permis d'être ensemble ? Pourquoi envoyer ces pisseurs noirs après nous ? *Pourquoi* ?

— La jalousie, dit calmement Willis Gram.

— Allez-vous démissionner de votre poste ? Vous n'avez plus aucune qualification spéciale. Allez-vous laisser Provoni gouverner, avec son ami de Frolix 8 ?

— Non, fit Gram après une pause.

— Alors, ils vous tueront. Les Résistants vous tueront. Ils vont accourir ici dès qu'ils auront compris ce qui s'est passé. Et tous vos tanks et vos squibs de combat et vos brigades spéciales ne pourront arrêter que les premiers milliers. Ils sont cinq milliards, Willis Gram. L'armée et les pisseurs noirs peuvent-ils tuer cinq milliards d'hommes? Plus Provoni et le Frolixien? Croyez-vous vraiment qu'il vous reste une chance quelconque? N'est-il pas plutôt temps de céder la place, d'abandonner le gouvernement et tout l'appareil du pouvoir à quelqu'un d'autre? Vous êtes vieux, fatigué. Et vous n'avez pas fait du bon travail. La liquidation de Cordon à elle seule vous vaudrait la corde au cou devant n'importe quelle cour de justice.

Et c'est peut-être ce qui se passera, ajouta Nick pour lui-même. Ça, et d'autres décisions qu'il a prises pendant qu'il était en fonctions.

— Je vais aller parlementer avec Provoni.

Gram fit un signe de tête aux gardes.

— Apprêtez-moi un squib de la police. (Il appuya sur un bouton.) Miss Knight, dites aux responsables des communications d'essayer d'établir un contact radio entre Thors Provoni et moi. Qu'ils s'y mettent tout de suite. Priorité type un.

Willis Gram se tourna alors vers Nick.

— Je veux... (Il hésitait.) Avez-vous déjà goûté du scotch?

— Non.

— J'ai là une bouteille vieille de vingt-quatre ans. Je ne l'ai jamais ouverte; je la gardais pour les occasions spéciales. Ne diriez-vous pas que c'en est une?

— Je crois bien que si, monsieur le président.

Willis Gram se dirigea vers la bibliothèque du mur de droite. Après avoir ôté plusieurs volumes du passage, il glissa la main derrière un rayonnage et ramena une haute bouteille emplie d'un liquide ambré.

— D'accord? demanda-t-il.

— D'accord, répondit Nick.

Willis Gram s'assit à son bureau avec la bouteille, ôta le sceau métallique du goulot, puis le bouchon de verre, et promena son regard autour de lui à la recherche d'un récipient. Au milieu du fouillis, il finit par trouver deux gobelets de carton dont il vida le contenu dans la corbeille. Enfin, il fit couler le liquide dans chacun des gobelets.

— A quoi allons-nous boire? demanda-t-il.
— Cela fait-il toujours partie du rite? répondit Nick.

Gram sourit.

— Nous allons boire à une fille qui a réussi à se défaire de quatre policiers de deux mètres de haut.

Le président resta silencieux un moment, sans porter le gobelet à ses lèvres. Nick attendit également.

— A une planète meilleure, ajouta enfin Willis Gram. A une planète où nous n'aurons pas besoin de nos amis de Frolix 8.

— Je ne boirai pas à cela, dit Nick en reposant son gobelet.

— Eh bien alors, buvez, tout simplement! Vous saurez quel est le goût du scotch! Le meilleur des whiskies...

Gram fixait Nick d'un air stupéfait et vexé. Nick se sentit rougir jusqu'aux oreilles.

— Vous ne comprenez pas ce qu'on est en train de vous offrir? Vous avez perdu votre juste évaluation des choses.

Gram martelait furieusement du poing le dessus de son imposant bureau de noyer.

— Toute cette affaire vous a fait perdre le sens de la mesure! Nous allons devoir...

— Le squib spécial est prêt, monsieur le président, fit l'intercom. Piste 5 sur la terrasse.

— Et le contact radio? Je ne peux pas me présenter là-bas avant d'avoir bien établi que mes intentions ne sont pas hostiles. Coupez les deux rayons laser. Immédiatement.

— Je vous demande pardon, monsieur le président?

Gram répéta l'ordre nerveusement.

— Bien, monsieur le président, fit la voix venant de l'intercom. Et nous continuons à rechercher le contact radio. Votre squib sera tenu prêt à partir tout le temps nécessaire.

Gram prit la bouteille de scotch et se versa un autre verre.

— Je ne vous comprends pas, Appleton, dit-il. Pourquoi êtes-vous revenu ici, nom de Dieu ? Vous êtes blessé, et pourtant vous refusez de...

— Peut-être est-ce pour cela que je suis revenu. « Au nom de Dieu, » comme vous dites.

Pour vous regarder tomber, pensa-t-il. Pour assister à votre effondrement, jusqu'à ce que vous soyez acculé à la mort. Parce que vous et vos pareils devez disparaître. Vous devez céder la place devant ce qui se prépare. Devant ce que *nous* allons faire. Devant *nos* projets, et non plus des entreprises à moitié démentes comme Grande Oreille.

Grande Oreille. Quel gadget rêvé pour un gouvernement, afin de maintenir tout le monde dans la droite ligne ! Quel dommage qu'il ne doive jamais être terminé ! Et pourtant, il restera inachevé : nous y veillerons. D'ailleurs, Provoni et son ami ont déjà dû le faire. Mais nous nous assurerons que le résultat soit définitif.

— Contacts vidéo et radio établis. Ligne 5, annonça à cet instant l'intercom.

Gram s'empara du vidfone rouge.

— Bonjour, monsieur Provoni.

Le visage rude et osseux du voyageur apparut sur l'écran avec ses sillons, ses crevasses, ses rides, ses coins d'ombre... Les yeux reflétaient ce vide absolu que Nick avait ressenti lorsqu'il avait été sondé... mais on y lisait autre chose, aussi : le regard au miroitement animal d'une créature obstinément fixée sur le but qu'elle s'était donné. Le regard d'un fauve ayant brisé sa cage. Des yeux puissants dans un masque puissant, tout fatigué qu'il fût.

— Je crois que ce serait une bonne chose pour vous de venir jusqu'ici, dit Willis Gram. Vous avez causé de grands dommages — vous, ou plus exactement le gigantesque et irresponsable organisme qui se trouve à vos côtés. Des milliers d'hommes et de femmes occupant de hautes fonctions dans le gouvernement, les sciences et l'industrie...

— Nous devrions nous rencontrer, en effet, interrompit rudement Provoni, mais il serait malaisé pour mon compagnon d'effectuer un aussi long déplacement.

— Nous avons coupé les rayons laser en signe de bonne volonté.

Gram ne cillait pas, visiblement tendu.

— Ah oui ! les rayons laser. Permettez-moi de vous remercier. (Le visage granitique se fendit en une sorte de sourire.) Sans cette source d'énergie, mon ami aurait été incapable d'accomplir sa tâche. En tout cas dans des délais aussi brefs. Il lui aurait fallu quelques mois — de toute manière, nous aurions fait notre travail, tôt ou tard.

— Parlez-vous sérieusement, en ce qui concerne les rayons laser ?

Le teint de Gram était devenu cendreux.

— Tout à fait. Morgo Rahn Wilc convertissait l'énergie des rayons à son propre usage.

Gram se détourna un moment de l'écran, s'efforçant de reprendre son contrôle.

— Vous sentez-vous bien, monsieur le président ? demanda Provoni.

Gram reprit avec effort :

— Ici, vous pourriez vous raser, prendre un bain, subir un massage, un examen médical, prendre un peu de repos... Alors seulement, nous ouvririons les pourparlers.

— C'est vous qui viendrez jusqu'à moi, dit calmement Provoni.

— Très bien, répondit Gram au bout d'un moment. Je serai là dans quarante minutes. Pouvez-vous vous porter garant de ma sécurité et de mon libre retour ?

— Votre « sécurité, » répéta Provoni en hochant la tête. Vous ne semblez pas encore avoir saisi l'ampleur des derniers événements. Mais n'ayez crainte, je serai heureux de garantir personnellement votre « sécurité ». Vous repartirez tout comme vous serez venu, en ce qui nous concerne. Maintenant, si vous avez une crise cardiaque...

— Très bien, fit Willis Gram.

En l'espace d'une minute, le président avait entièrement capitulé. C'était lui qui se rendrait auprès de Provoni et non l'inverse... Il ne s'était même pas tenu à une position intermédiaire qui eût obligé chacun à faire la moitié du chemin... Mais sa décision était la seule qui fût sensée : il n'avait plus le choix.

— Il n'y aura pas de crise cardiaque, ajouta Gram. Je suis prêt à faire face à n'importe quoi, à me plier à toutes les conditions par lesquelles il me faudra passer. Terminé.

Il raccrocha le fone.

— Savez-vous quelle est la peur qui me hante, Appleton ? C'est que d'autres Frolixiens ne viennent débarquer à la suite de celui-ci.

— Un seul est largement suffisant, dit Nick.

— Mais s'ils désirent s'emparer de la Terre...

— Ce n'est pas ce qu'ils cherchent.

— Mais c'est déjà ce qu'ils ont fait, en un sens.

— Les choses en resteront là. Provoni a obtenu ce qu'il désirait.

— Supposez qu'ils se moquent de Provoni et de ce qu'il désire ? Supposez que...

— Monsieur le président, fit l'un des pisseurs noirs, nous ferions bien de partir immédiatement si nous désirons être à Times Square dans quarante minutes.

Celui-ci devait être un occifier de haut rang, à en juger par ses galons.

Avec un grognement, Willis Gram prit un pardessus de laine synthétique qu'il jeta péniblement sur ses épaules. L'un des pisseurs vint à son aide.

— Qu'on emmène cet homme jusqu'à l'infirmerie et qu'on lui donne les soins nécessaires, dit le président en désignant Nick du doigt.

Il eut un hochement de tête et deux pisseurs vinrent encadrer Nick d'un air menaçant, le regard vide et pourtant hostile.

— Monsieur le président, dit Nick, j'ai une faveur à vous demander. Pourrais-je aller rendre visite à Amos Ild avant de partir pour l'infirmerie ?

— Pour quoi faire ? demanda Gram tout en se dirigeant vers la porte en compagnie des deux autres policiers.

— Je voudrais juste lui parler, le regarder. Essayer de comprendre ce qui est arrivé aux Hommes Nouveaux en le regardant, en me rendant compte du niveau où il...

— Niveau de débilité totale, fit durement Willis Gram. Vous ne désirez pas m'accompagner auprès de Provoni ? Vous pourriez vous faire l'interprète de... (Il eut un geste vague.) Barnes a dit que vous étiez représentatif.

— Provoni sait ce que je désire — ce que tout le monde désire. Ce qui va se passer entre vous et lui est extrêmement simple : vous allez démissionner et il va prendre votre succession. Le fonctionnement de l'Administration sera radicalement révisé. De nombreux postes seront électifs plutôt que désignés d'office. Des camps spéciaux seront créés pour les Hommes Nouveaux, des endroits où ils seront heureux. Nous devons penser à eux, qui sont à présent sans défense. C'est pour cela que je désire voir Amos Ild.

— Eh bien, faites comme bon vous semble.

Gram fit un signe de tête aux policiers qui entouraient Nick.

— Vous savez où se trouve Ild. Menez-le jusqu'à lui et, quand il aura fini, conduisez-le à l'infirmerie.

— Je vous remercie, dit Nick.

Willis Gram s'attardait encore près de la porte.

— Est-elle vraiment morte ? demanda-t-il.

— Oui.

— Je suis désolé.

Gram tendit une main que Nick refusa.

— C'est vous que je voulais voir mort, dit le président. A présent, ça n'a plus d'importance. Eh bien, j'ai finalement réussi à démêler ma vie publique de ma vie personnelle : ma vie personnelle est terminée.

— Comme vous l'avez dit, dit Nick d'un ton glacé, il y a un bon million de petites garces comme elle qui rôdent dans le pays.

— Oui, j'ai vraiment dit ça, n'est-ce pas ?

Le visage de Gram était devenu de pierre. Il sortit avec ses deux gardes. La porte coulissa derrière eux.

— Allons-y, fit l'un des deux pisseurs noirs qui étaient restés avec Nick.

— Je viendrai à l'allure qui me conviendra, dit Nick.

Son bras lui faisait très mal et il se sentait une nausée au creux de l'estomac. Gram avait raison : il lui faudrait descendre à l'infirmerie sans plus tarder.

Mais pas avant d'avoir vu de ses propres yeux Amos Ild. Le plus grand cerveau du genre humain.

— Par ici.

L'un des pisseurs indiqua une porte gardée par un occifier à la tenue verte ordinaire de la P.I.S.

— Ecartez-vous, fit le pisseur noir.

— Je ne suis pas autorisé à...

Le pisseur noir leva son arme comme pour frapper.

— Comme vous voudrez, dit l'occifier en vert tout en s'écartant.

Nicholas Appleton pénétra dans la pièce.

27

Au centre, Amos Ild était assis. Un collier de tiges métalliques soutenait sa grande tête. Il s'était entouré de divers objets : stylos, presse-papiers, trombones, gommes, règles, feuilles blanches, classeurs, revues, dossiers... Certaines pages de revues avaient été arrachées et jetées en boule dans un coin. Pour le moment, Amos Ild dessinait sur une feuille de papier.

Nick se pencha au-dessus du dessin. Des bonshommes filiformes et un grand cercle dans le ciel : le soleil.

— Est-ce que les gens aiment le soleil ? demanda Nick.

— Ça leur tient chaud, répondit Amos Ild.

— Alors les gens vont vers le soleil ?

— Oui.

Ce dessin n'amusait plus Amos Ild. Il sortit une autre feuille de papier et dessina une sorte d'animal.

— Qu'est-ce que c'est ? demanda Nick. Un cheval ? Un chien ? Il a quatre pattes. Un ours ? Un chat ?

— C'est moi, dit Amos Ild.

Nick sentit son cœur se serrer.

— J'ai un terrier.

Ild dessina un cercle irrégulier tout en bas de la feuille, avec un crayon marron.

— Là.

Il plaça un doigt épais dans le cercle.

— J'y vais quand il y a la pluie. C'est chaud.

— Nous allons te faire un terrier, exactement comme celui-là, dit Nick.

Amos Ild froissa son dessin avec un sourire.

— Qu'est-ce que tu voudrais être quand tu seras grand? demanda Nick.

— Je *suis* grand, dit Amos Ild.

— Qu'est-ce que tu es, alors?

Ild hésita.

— Je construis des choses. Regardez.

Il se mit debout. Sa tête oscillait dangereusement... Mon Dieu, ses vertèbres vont claquer, se dit Nick.

Ild montra fièrement à Nick l'échafaudage de règles et de presse-papiers qu'il avait construit.

— C'est très joli, dit Nick.

— Si on enlève un gros poids, tout s'écroule.

Son visage prit une expression malicieuse.

— Je vais enlever un gros poids.

— Mais tu ne voudrais pas que tout s'écroule, n'est-ce pas?

Amos Ild se dressait comme une tour, dominant Nick de toute son énorme tête haussée par la prothèse.

— Qu'est-ce que vous êtes, vous? demanda-t-il.

— Je suis rechapeur de pneus.

— Est-ce qu'un pneu c'est ce qu'il y a sous un squib quand il s'en va, vroum, vroum?

— Oui. C'est là-dessus que le squib se pose. Sur les pneus.

— Est-ce que je pourrais faire ça un jour, moi? Devenir un... un...

— Un rechapeur de pneus, dit patiemment Nick. (Il se sentait tout à fait calme.) C'est un très vilain métier. Je ne crois pas que ça te plairait.

— Pourquoi?

— Eh bien, vois-tu, il y a des sillons sur ces pneus... et toi, tu dois les creuser plus profonds, ces sillons, pour faire croire qu'il y a plus de caoutchouc qu'il n'en reste en réalité. Mais le monsieur qui achète le squib risque de crever son pneu, à cause de cela. Il pourrait même avoir un accident et se blesser.

— Vous, vous êtes blessé.
— J'ai un bras cassé.
— Alors, vous devez avoir mal.
— Non, pas réellement. Il est paralysé. Je suis encore sous le choc en quelque sorte.

La porte s'entrebâilla et l'un des pisseurs noirs passa la tête par l'ouverture, contemplant le tableau de ses petits yeux étroits.

— Pourriez-vous me faire apporter une tablette de morphine de l'infirmerie ? demanda Nick. Pour mon bras.
— D'accord, mon gars.

Le policier repartit.

— Ça doit vraiment faire mal, dit Amos Ild.
— Pas tant que cela. Ne vous inquiétez pas, Mr Ild.
— Comment vous appelez-vous ?
— Mr Appleton, Nick Appleton. Appelez-moi Nick et je vous appellerai Amos.
— Oh non ! on ne se connaît pas assez bien. Je vous appellerai Mr Appleton et vous m'appellerez Mr Ild. J'ai trente-quatre ans, vous savez. Le mois prochain, j'en aurais trente-cinq.
— Et vous aurez beaucoup de cadeaux.
— Il y a juste une chose que j'aimerais. Je veux... (Ild se tut un moment.) Il y a un coin tout vide dans mon esprit. Je voudrais bien qu'il n'y soit plus. Avant, il n'y était pas.
— Grande Oreille, vous vous souvenez de ça ? Quelque chose que vous avez construit ?
— Oh oui ! C'est moi qui ai fait ça. Ça va entendre tout ce que les gens pensent, et alors (une pause) on pourra les mettre dans des camps de replacement.
— C'est gentil, de faire ça ?
— Je... je ne sais pas.

Il ferma les yeux et mit les mains sur ses tempes.

— Qu'est-ce que c'est, les gens ? Peut-être qu'ils n'existent pas. Peut-être qu'ils font semblant. Comme vous — peut-être c'est moi qui vous ai inventé. Peut-être je peux vous faire faire ce que je veux.

— Qu'est-ce que vous voudriez que je fasse ?

— Tenez-moi, dit Amos Ild. J'aime bien qu'on me tienne, et puis il y a un jeu : vous tournez sur place en me tenant par les mains. C'est la force cen-tri-fuge. Vous me faites voler zoum à l'ho-ri-zon. (Ild trébucha de nouveau sur le mot.) Vous pouvez me tenir ? demanda-t-il plaintivement.

— Non, Mr Ild. A cause de mon bras cassé.

— Merci, de toute façon.

Amos Ild se dirigea pensivement vers la fenêtre et regarda le ciel étoilé.

— Les étoiles, dit-il. Il y a des gens qui vont dans les étoiles. Mr Provoni y est allé.

— Ça oui, on peut dire qu'il y est allé, dit Nick.

— Est-ce que c'est un gentil monsieur, Mr Provoni ?

— C'est un monsieur qui a fait ce qu'il y avait à faire. Non, il n'est pas gentil. C'est un méchant monsieur. Mais il voulait nous aider.

— Est-ce que c'est bon, aider ?

— La plupart des gens le pensent.

— Mr Appleton, vous avez une maman ?

— Non, elle n'est plus en vie.

— Moi non plus. Une femme ?

— Non. Plus réellement.

— Mr Appleton, vous avez une petite amie ?

— Non, fit Nick, durement.

— Elle est morte ?

— Oui.

— Il y a juste un petit moment ?

— Oui, grinça Nick.

— Vous devez vous en trouver une nouvelle.

— Vraiment ? Je ne crois pas. Je ne crois pas que j'aie jamais envie d'avoir une nouvelle petite amie...

— Il vous en faut une qui s'inquiétera pour vous.

— Celle que j'avais s'inquiétait pour moi. C'est ce qui l'a tuée.

— C'est merveilleux, dit Amos Ild.

— Pourquoi ?

— Pensez un peu comme elle devait vous aimer fort.

Essayez d'imaginer quelqu'un qui vous aime aussi fort. Je voudrais bien que quelqu'un m'aime autant.

— Est-ce que c'est cela qui est important ? demanda Nick. Au lieu d'une invasion d'extra-terrestres, de la destruction de dix millions de cerveaux supérieurs, du passage du pouvoir — d'un pouvoir entièrement détenu par une élite...

— Je ne comprends pas toutes ces choses, dit Amos Ild. Tout ce que je sais, c'est que c'est merveilleux quand quelqu'un vous aime autant. Et si quelqu'un l'a fait, c'est que vous devez en être digne, alors très bientôt, quelqu'un d'autre vous aimera comme ça, et vous, vous ferez pareil. Vous comprenez ?

— Je crois, dit Nick.

— Il n'y a rien de plus beau que quand un homme donne sa vie pour son ami. Je voudrais bien pouvoir faire ça.

Amos Ild s'était à présent installé sur une chaise pivotante.

— Mr Appleton, est-ce qu'il y a d'autres grandes personnes comme moi ?

— Qu'est-ce que vous voulez dire ?

— Des personnes qui ne peuvent pas penser. Qui ont un coin tout vide, là...

Il se toucha le front.

— Oui.

— Est-ce qu'une de ces personnes m'aimera ?

— Oui.

La porte s'ouvrit. Le pisseur noir se tenait dans l'embrasure avec un gobelet plein d'eau et une tablette de morphine.

— Encore cinq minutes, mon gars, et ensuite, direction l'infirmerie.

— Merci.

Nick absorba sa morphine.

— Ben mon vieux, vous avez vraiment l'air mal fichu. On dirait que vous êtes sur le point de tourner de l'œil. Ça ne serait pas bon pour le gosse (il se reprit), pour Mr Ild de voir ça. Ça le troublerait, et Mr Gram ne veut pas qu'on le trouble.

— Il y aura des camps pour eux, dans lesquels ils

pourront communiquer à leur propre niveau, au lieu d'essayer de nous imiter.

Le policier émit un grognement et referma la porte derrière lui.

— Est-ce que le noir n'est pas la couleur de la mort? demanda Ild.

— Si. En effet.

— Alors eux, ils sont la mort?

— Oui, mais ils ne vous feront pas de mal.

— Je n'avais pas peur qu'ils me fassent du mal. J'étais en train de me dire que vous avez déjà un bras cassé et que c'est peut-être eux qui ont fait ça.

— Non, c'est une fille. Un petit rat d'égout au nez épaté. Une fille pour qui je vendrais ma vie — pour effacer ce qui est arrivé. Mais il est trop tard.

— C'est votre petite amie? Celle qui est morte?

Nick hocha la tête.

Amos Ild prit un crayon noir et se mit à dessiner. Nick observait les petites silhouettes filiformes se préciser. Un homme, une femme. Un animal tout noir à quatre pattes; en forme de mouton. Et un soleil noir, un paysage noir, des maisons, des squibs noirs.

— Pourquoi tout noir? demanda Nick.

— Je ne sais pas.

— Est-ce que c'est bien qu'ils soient tous noirs?

— Attendez, fit Ild au bout d'un moment.

Il griffonna sur son dessin, puis déchira la feuille en petits morceaux, en fit une boule qu'il jeta dans un coin.

— Je n'arrive plus à penser, dit-il d'un ton geignard.

— Mais nous ne sommes pas tous noirs, n'est-ce pas? Dites-moi seulement ça et vous pourrez vous arrêter de penser.

— Je crois que la fille est toute noire. Et vous, vous êtes noir en partie, comme votre bras et d'autres choses à l'intérieur; mais je suppose que le reste n'est pas noir.

— Merci, dit Nick en se relevant, légèrement saisi par le vertige. Je crois que je ferais bien d'aller voir le docteur, maintenant. Je reviendrai plus tard.

— Non, vous ne reviendrez pas.

— Pourquoi ?

— Parce que vous avez trouvé ce que vous vouliez. Vous vouliez que je dessine la Terre et que je vous montre sa couleur, surtout si c'est le noir.

Amos Ild prit une autre feuille de papier et dessina un grand cercle vert.

— C'est vivant, dit-il à Nick avec un sourire.

— Je dois partir ! Là-bas est une tombe où ondulent le lis et le narcisse ; et je charmais le faune malheureux étendu sous la terre dormante de mes chants radieux avant l'aube. La liesse couronnait les jours où sa voix retentissait, et je rêve qu'encore il foule cette herbe, marchant irréel dans la rosée, percé par mon chant heureux.

— Merci, dit Amos Ild.

— Pourquoi ?

— Pour m'avoir expliqué.

Il commença un autre dessin avec son crayon noir. Cette fois, la femme était horizontale, et sous terre.

— Voilà la tombe, indiqua Ild. La tombe où vous devez aller. C'est là qu'elle se trouve.

— Est-ce qu'elle m'entendra ? Est-ce qu'elle saura que je suis là ?

— Oui, si vous chantez. Mais il faut chanter.

La porte s'ouvrit et le pisseur noir reparut.

— En route, mon gars. Pour l'infirmerie.

Nick s'attardait.

— Et faudra-t-il que j'apporte des lis et des narcisses ? demanda-t-il.

— Oui. Et il ne faudra pas oublier de l'appeler par son nom.

— Charlotte.

— Oui, dit Ild en hochant la tête.

— Allez, venez, dit le policier en prenant Nick par l'épaule et en le guidant hors de la pièce. Ça ne sert à rien de causer aux marmots.

— Des marmots ? Est-ce ainsi que vous les appelez ?

— Ben, on a pris c't'habitude, oui. C'est bien ce qu'ils sont, à présent, non ?

— Non. Ce ne sont pas des enfants.

Ce sont des saints, des prophètes, pensa Nick. Des

devins ou des vieux sages. Mais il faudra que nous prenions soin d'eux; ils n'en seront pas capables. Ils ne sauront même pas faire leur toilette.

— Il a dit quelque chose qui valait la peine? demanda le policier.

— Il a dit qu'elle pouvait m'entendre.

Nick n'ajouta aucune explication.

Ils étaient parvenus à l'infirmerie. Le pisseur noir indiqua une porte.

— Entrez par là.

— Merci.

Nick alla prendre sa place dans la file d'hommes et de femmes qui attendaient déjà leur tour.

— Il n'a pas dit grand-chose, en somme, insista le policier.

— C'était suffisant.

— Ils sont pathétiques, hein? Moi, j'avais toujours voulu être un Nouveau, mais à présent...

Il fit une grimace.

— Allez-vous-en, dit Nick, je veux avoir la paix pour pouvoir penser.

Le pisseur noir s'éloigna.

— Votre nom, s'il vous plaît? demanda l'infirmière du bureau d'accueil.

— Nick Appleton. Rechapeur de pneus. Je voudrais être tranquille pour réfléchir. Si je pouvais m'étendre un peu...

— Nous n'avons plus de lits disponibles, monsieur. Mais nous pouvons nous occuper de votre bras.

L'infirmière le toucha délicatement.

— Très bien.

Nick s'appuya contre le mur et attendit. Et, en attendant, réfléchit.

D'un pas alerte, l'avocat Horace Denfeld pénétra dans l'antichambre de Willis Gram. Il avait sa serviette avec lui et tout dans son expression, jusqu'à sa démarche, indiquait l'attitude de l'homme qui vient négocier en position de force.

— Veuillez dire à Mr Gram que j'apporte des éléments nouveaux concernant la pension alimentaire de son épouse et la répartition des biens que...

Miss Knight leva le nez de ses papiers et dit :

— Vous arrivez trop tard, monsieur l'avocat.

— Je vous demande pardon ? Dois-je comprendre que le président Gram est occupé pour l'instant et que je devrai l'attendre ?

Horace Denfeld jeta un coup d'œil sur sa montre sertie de diamants et dit :

— Je peux attendre quinze minutes tout au plus. Veuillez le faire savoir à Mr Gram.

— Mr Gram est parti, dit miss Knight en croisant les doigts sous son menton aigu, geste de bravade dont le sens n'échappa pas à Denfeld. Il en a fini avec ses problèmes personnels, tout particulièrement avec Irma et vous-même...

— Vous faites sans doute allusion à cette invasion...

Denfeld se gratta le nez d'un air irrité et prit son expression la plus terrible.

— Sachez que nous le poursuivrons avec une assignation de la Cour, où qu'il soit allé.

— Willis Gram s'en est allé là où personne ne peut le suivre.

— Voulez-vous dire qu'il est mort ?

— Il est au-delà de nos existences, à présent, au-delà de la Terre où nous vivons. Il est avec un vieil ennemi et peut-être avec un nouvel ami. Du moins nous l'espérons.

— Nous le retrouverons !

— Voulez-vous parier ? Cinquante pops ?

Denfeld hésita.

— Je...

Miss Knight reprit sa machine à écrire et lança entre deux rafales :

— Au revoir, Mr Denfeld.

L'avocat se tenait immobile à côté du bureau. Quelque chose semblait avoir attiré son attention : une statuette en matière plastique représentant un homme vêtu d'une ample tunique. Il tendit le bras, la souleva et resta ainsi un moment à l'examiner, le visage grave. Miss Knight affectait de l'ignorer. Une expression émerveillée se faisait jour sur le visage d'Horace Denfeld, comme si, de minute en minute, il découvrait encore quelque chose de nouveau dans la statuette.

— Qu'est-ce que cela représente? demanda-t-il.
— Dieu!

Miss Knight arrêta de frapper les touches de son clavier pour examiner l'avocat.

— Tout le monde achète ces statues. C'est la grande mode. Vous n'en avez jamais vu avant?
— Est-ce que Dieu a cet aspect?
— Bien sûr que non; c'est seulement...
— Mais c'est bien Dieu quand même?
— Eh bien... oui.

Miss Knight observait l'avocat, la lueur émerveillée dans ses yeux, la manière dont toute son attention se concentrait sur cet unique objet...

... et puis elle comprit : *Denfeld est un Homme Nouveau.* Je suis en train d'assister au processus : il devient comme un enfant. Elle se leva de sa chaise et conduisit l'avocat vers un canapé.

— Asseyez-vous, Mr Denfeld...

Il avait abandonné sa serviette. Oubliée pour toujours, se dit miss Knight. Elle ne savait trop que dire.

— Puis-je vous apporter quelque chose? Un Coca? Un Zing?

Horace Denfeld leva vers elle des yeux tout ébahis.

— Est-ce que je pourrais garder ceci? Le garder avec moi?
— Mais bien sûr.

Miss Knight se sentit touchée de compassion. Voici l'un des derniers, et des plus négligeables, parmi les Hommes Nouveaux, qui disparaît. Où est toute son arrogance, à présent? Et celle de tous les autres?

— Est-ce que Dieu peut voler? demanda Denfeld. Est-ce qu'il peut étendre Ses bras et S'envoler?
— Oui.
— Un jour... un jour, je crois que chaque créature vivante pourra voler. Certains iront très vite, comme dans cette vie; mais la plupart iront clopin-clopant. Un peu plus haut chaque fois. A l'infini. Même les limaces et les escargots. Ils iront très lentement, mais ils y

arrivèront un jour ou l'autre. Tous y arriveront, quelle que soit leur lenteur. Ils abandonneront beaucoup de choses derrière eux. C'est nécessaire. Vous ne pensez pas ?
— Oui. Enormément de choses.
— Merci, dit Horace Denfeld.
— Pourquoi ?
— Pour m'avoir donné Dieu.
— Ce n'est rien, dit miss Knight.

Elle se remit stoïquement à sa machine. Tandis que Horace Denfeld jouait sans fin avec la statuette de matière plastique. Avec l'immensité de Dieu.

Achevé d'imprimer sur les presses de l'imprimerie Brodard et Taupin
58, rue Jean Bleuzen, Vanves. Usine de La Flèche,
le 10 septembre 1984
6775-5 Dépôt Légal septembre 1984. ISBN : 2 - 277 - 21708 - 5
Imprimé en France

Editions J'ai Lu
27, rue Cassette, 75006 Paris
diffusion France et étranger : Flammarion